寻找前世之旅之

Solomon's

所罗门/seal 封印

Vivibear 著

湖南文艺出版社
HUNAN LITERATURE AND ART PUBLISHING HOUSE　博集天卷
CS-BOOKY

图书在版编目（CIP）数据

所罗门封印 / Vivibear 著 . -- 长沙：湖南文艺出版社，2014.5
ISBN 978-7-5404-6663-3

Ⅰ . ①所… Ⅱ . ① V… Ⅲ . ①长篇小说—中国—当代 Ⅳ . ① I247.5

中国版本图书馆 CIP 数据核字 (2014) 第 063386 号

上架建议：长篇｜青春小说

所罗门封印

作　　者：Vivibear
出 版 人：刘清华
责任编辑：薛　健　刘诗哲
监　　制：蔡明菲　潘　良
策划编辑：邢越超
特约编辑：温雅卿
营销支持：尤艺潼
封面设计：嫁衣工舍
版式设计：姜利锐
内文排版：百朗文化
出版发行：湖南文艺出版社
　　　　　（长沙市雨花区东二环一段 508 号　邮编：410014）
网　　址：www.hnwy.net
印　　刷：北京京都六环印刷厂
经　　销：新华书店
开　　本：700mm×1000mm　1/16
字　　数：200 千字
印　　张：18
版　　次：2014 年 5 月第 1 版
印　　次：2014 年 5 月第 1 次印刷
书　　号：ISBN 978-7-5404-6663-3
定　　价：32.80 元
（若有质量问题，请致电质量监督电话：010-84409925）

经书有云：世人过去之世皆有生命，辗转轮回，故称宿命。

人自诞生那一刻起，就已经注定了这一世的宿命。

宿命因人而异。有人含着金钥匙出生，一生荣华富贵；有人投胎贫寒之家，一生困苦劳顿。有人先苦后甘，有人先乐后悲；有人事事顺遂，有人处处碰壁；有人安于现状，有人则不甘于此。

那么，身为世间芸芸众生中的一员：

你，抱怨过自己的命运吗？

你，羡慕过别人的命运吗？

你，曾想过要改变自己的宿命吗？

目录·CONTENTS·所罗门封印

Part01
传说中的二手店

　　午后的 S 市骄阳似火，炙热的气流烘烤着地面，比情人的激吻更加令人窒息。街道两旁挺拔的梧桐树也被这滚滚热浪蒸腾得垂下了高贵的头，层层叶片打起了卷，蔫蔫地耷拉在一边。灼人的热风吹起站在树下的那个年轻女孩的发丝，有一搭没一搭地轻轻戏弄着。女孩抬手拨开眯眼的发丝，望着不远处的路牌微微眯起了眼睛。

　　五常巷。

　　没错。那家传说中的二手店——应该就在这条巷子里。

　　巷子狭窄幽深，曲曲折折的石板路上布满了黏滑的青色苔藓，空气里飘着一股潮湿又腐朽的味道。差不多走到巷子的尽头，她才看见一幢不起眼的瓦灰色小屋。阳光斜斜地从天顶射下来，正好落在那个斑驳模糊又不知所谓的店名上——无中有。

这家二手店看起来倒更像是个见不得人的黑店，偏偏还选在这种不易被人发现的隐蔽位置。房子周遭若有若无地弥漫着一种颓废阴郁的气息，幸好房檐下还攀爬着一墙的牵牛花，在如锦绿叶的衬托下，于微风中颤颤晃动着浅蓝色的杯盏形花朵，总算是为这里增添了几分难得的生气。

年轻女孩皱了皱眉，小心地伸手推开了那扇虚掩的浅棕色木门。

刚推开门，就只听叮咚一声响，接着一团白影飞也似的扑到了她的面前。女孩吓了一跳，一个趔趄往后退了两步，手里的那袋东西也砰的一声掉到了地上。就在她抬起头的瞬间，一张陌生男人的脸赫然在她眼前放大，那张脸被头发遮住了大半部分，只露出右边一只闪着幽光的眼睛，半边额上还文着极其古怪狰狞的刺青。她吓得忍不住低呼了一声——她这是大白天见着鬼了吗？

"基那，你又在那里吓人了。"随着那张可怕面容迅速远离眼前，一个温润的声音随即传入她的耳中，听起来就像是薄荷糖在琉璃碗里碰撞发出的清脆响声，仿佛能让人感觉到温暖明亮的色泽。

"这位小姐，你没事吧？"一位长着娃娃脸的漂亮少年不知何时站在了她的面前，一只手还拎着那团乱晃的白色影子——原来不过是只绿眼珠的波斯猫。少年看起来只有十五六岁的年纪，肌肤白得接近透明，有着如普罗旺斯薰衣草般梦幻的紫色眼瞳，浅茶色的柔顺短发让他更显出几分天真俏皮。

女孩不觉愣了愣，原来真如传闻中所言，管理这家二手店的人并不是本国人，而是几个中文说得相当流利的外国人。

"不好意思，让你受惊了。我叫瓦沙格，那个家伙叫基那，我们都是这里的店员。店主现在不在，有什么需要尽管对我们说。"少年微微一笑，明媚得让人仿佛见到了盛夏时分一望无际的薰衣草花田。

女孩听他这么一说，忍不住又瞥了几眼那个险些吓到她的男人。刚才因为一时惊吓并没有看清楚，原来这个男人的容貌勉强也还算英俊，那只独眼的颜色尤为特别，就像是繁星布满夜空的午夜蓝，空旷辽远，只不过额上的刺青和过长的黑发让他看起来多了几分阴森感。

那男人见她打量自己，立刻冷哼一声侧过脸，闪到了书架后。

女孩心里虽然有点好奇，但还是没有忘记自己来这里的目的。

"你好，我就是想问下，我手头现在有些穿不了的旧衣服，可以在这店里换些别的东西吗？是不是有什么特殊的限制和要求呢？"她也是听邻居聊天时说起这家店，才想来这里碰碰运气的。

瓦沙格嘴角一扬，露出了标准的店员笑容："没错，这个店里所有的东西，只要你看中就可以换走。我们不要求等价交换，也没有什么限制。只有一点，我们不收取任何现金，只接受以物换物。"

女孩抬头环视了一下四周，只见店堂里高低错落摆放了不少杂物，不仅有衣服器皿书籍玩具厨房用品，也有首饰家具电器，看起来货品种类倒是不少。她径直走到了厨房用品那里，弯下腰仔细挑选起来。前几天，她在出租屋里不小心烧破了一口锅，如果能用衣物换个合适的，就能节省一笔开支了。

就在这时，只听门铃丁零一声响，店里又陆陆续续进来几位顾客。女孩下意识地转过脸，正好和其中一个短发姑娘的目光对上。短发姑娘见到她先是一愣，随即便惊喜地喊出了她的名字："安璐，你怎么也在这里？这真是太巧了！"

女孩似乎也认出了来者，显然有些愕然又有些局促："陈雪，好久不见了……"

陈雪上前几步，热情地给了她一个拥抱，笑道："是啊是啊，真是好久不见！自从我从那个鸽子笼搬走后，咱俩就渐渐失去了联系。能在这里见到你太好了！对了，你现在过得怎么样？搬家了没有？"

安璐笑得似乎有些勉强："还不是老样子，你呢？现在在什么地方高就？"

"我找了家外企，整天还不是累死累活地干。不过最近和男朋友在市郊买了个小房子，虽然有点远，总算是有个自己的窝了。"陈雪的脸上洋溢着知足的幸福，"说实话，我还真有点怀念当初毕业后和你一起挤鸽子笼的日子呢。"

安璐的眼中闪过一丝羡慕之色，叹气道："你可就好了。我啊，别说房子和男朋友都没着落，就连工作单位都换了好几个。最近找的那家公司每天要加班到半夜一两点，可工资还是低得可怜。而且这点低得可怜的工资，我还得拿出一大部分给弟弟还债。"

陈雪有些同情地看着她："安璐，在大学里你就一直勤工俭学，舍不得吃舍不得穿，没想到现在还这么辛苦。你那弟弟我也见过，整日里游手好闲的，净和城里那帮不三不四的人混。我看你还是快点找个男朋友，以后少和你娘家来往吧。"

"谁叫我生来就是受苦的命呢。"安璐无奈地摇了摇头，忍不住倒起了苦水，"我家里穷，原以为等我读了大学后找份好工作就会有出头之日，可没门路没关系照样还是那么难。别人也不是没给我介绍男朋友，可现在男人们也现实得很，一看我家里那个情况就打退堂鼓了。我也不敢结婚，说难听点就连嫁妆的钱都拿不出。再加上我还有那么个人见人嫌的弟弟，我妈又重男轻女，净想着从我这里刮钱给他……"

"唉，家家有本难念的经。其实我们也好不到哪里去，买那个房子花光了双方父母的养老钱，还欠银行一大笔贷款，以后的婚礼只好一切从简，一分钱都要掰成两半儿花。要不然我怎么会来这二手店淘东西呢？没办法，谁让你我都不是富二代。"陈雪说着说着像是突然想起了什么，"对了，还记得我们大学同寝室的那个杨眉吗？"

安璐耸了耸肩，眉毛微挑："怎么会不记得，她老爸是大公司的总裁，开学第一天她就开着法拉利跑车来上课，当时可是轰动了全校呢。"

"是啊，大学四年就见她吃喝玩乐，根本不用担心就业问题。听说一毕业她老爸就给她安排了一份清闲又高收入的好工作，她还找了个相当帅气的男朋友，他们已经买好了市中心的豪华别墅，准备秋天就结婚了。"陈雪叹了口气，"同人不同命啊，你说有的人投的胎也太好了吧？"

安璐将挑好的锅拿在手中，低声道："有什么办法呢？要是人的命运也能像换东西一样随意交换就好了。我也不求什么皇室贵胄的命，只要能有杨眉这样的命就谢天谢地了。"

陈雪扑哧笑出了声："你呀，就别异想天开了，要是真能换，我都想换个含着金钥匙出生的好命呢。咱们这些平民小百姓还是想想怎么好好养家糊口吧。俗话说，命乃天定。如果违反天命，我看可能会变得更差也说不定呢。"

安璐若有所思地看着那口几乎全新的锅，小声应了一句："也是呢。"

一番精挑细选之后，安璐最终满意地淘了一堆有八成新的厨房用品。瓦沙格客客气气将她们送到门外，顺手将一张店里的名片塞到了她的袋子里，并再次露出了标准的职业化笑容向她们道别："谢谢光顾，欢迎下次光临。"

和陈雪在巷子口分手后，安璐神色黯然地望着她的背影，嘴角不禁扯出了一丝苦笑。

踏出校门已近一年的她，只身一人在这座城市挣扎生活着。新找的公司离住的地方很远，工资也不高。每天早上天不亮她就要起来，坐两小时的公交车去上班。晚上又要再花上同样的时间回到那个和别人同租的鸽子笼里。可就算是这样一份工作，还有很多人打破头想要挤进去。她好歹也是个堂堂大学毕业生，怎么就沦落到这个地步了呢？

一想到那个二三十人共用的厕所，还有那个连隔壁的咳嗽声都听得清清楚楚的小空间，她就更加厌恶现在的生活状态。可是……再厌恶也只能继续忍耐下去。

生活，还是要继续的，不是吗？

回到那个狭窄的鸽子笼时，天色已经不早了。安璐刚放下东西，就见到那张二手店的名片从袋子里飘了出来。她捡起来一看，只见那白色的底色上只有三个黑色的字——无中有，正是那家二手店的店名。她刚想将名片扔到一旁，却无比惊讶地发现一排排新的黑色字像是变戏法般渐渐浮现出来……

你，抱怨过自己的命运吗？

你，羡慕过别人的命运吗？

你，曾想过要改变自己的宿命吗？

她愕然地瞪大了眼睛，见到有更多的字涌现出来。之前的字迹缓缓隐去，新显现的字迹却清晰无比——如果想要改变自己的宿命，就请再次踏入无中有。

安璐只觉一头雾水，这什么莫名其妙的？什么改变宿命？一家二手店还故弄什么玄虚？如果是作为揽客的手段也太奇怪了吧？话又说回来，这小戏法是用了什么伎俩？难道是什么隐形墨水之类的玩意儿？

就在她好奇地研究这张古怪的名片时，熟悉的手机铃声忽然响了起来。安璐看号码是公司的，猜测可能又是叫她休息日去加班，本想不理，但考虑到现实的情况还是接了这个电话。

"安璐啊，我得告诉你一件事，你可千万要有心理准备。"打电话来的是平时和她关系还算不错的同事小张。

"什么事？"她的心一下子就揪紧了，一种不祥的预感在心头一闪而过。

"公司最近要裁员了，听说这次裁的人数还不少。我今天去老板办公室时，在裁员名单里看到你的名字就排在第一个！"

她的声音陡然提高了几分："你说什么？！这是真的？"

"是啊。看来这次是凶多吉少，所以我特意提醒你，还是快点找下家吧。好了，我就和你说这个事，不打扰了，再见。"

接完这个电话，安璐像个泄了气的皮球般瘫坐在了地上，脑海中一片空白。偏偏在此时，手机铃声再一次响了起来。她麻木地摁下了通话键，只听传来了母亲急切的声音："安璐，这个月的家用怎么还没打进账？你弟弟新认识了个女朋友，现在整天住在我们家里，花费也比以前多了些。妈知道你也不容易，可这不也是没办法嘛，你这回记得多打五百块在账上，知道吗？妈就不和你多说了，还得给你弟弟做饭去呢。你千万要记得！"

安璐木然地挂上电话，突然像是爆发般将手机狠狠摔到了床上。

为什么？从小到大，她就没有顺心的时候！为什么人与人之间有这么大的差异，为什么杨眉就可以那么幸福，为什么她就这么倒霉凄惨？为什么她偏偏不是杨眉呢！

想到这里，她下意识地捡起了那张被扔进废纸篓的名片，赫然看到名片的最后又多了几句话——现在，就是你改变宿命的唯一机会。想成为杨眉吗？那就来无中有。

安璐的脸上顿时骇然失色，简直无法相信自己的眼睛，这张卡片竟能知晓她的所思所想，这实在是太可怕了！

安璐吓得再次将名片扔掉，不停地告诉自己那只是幻觉而已，一定是自己受了打击才会产生这样的幻觉。她使劲甩了甩头，顺手拿起了刚换来的锅想分散注意力，没想到锅盖上也清楚地浮现出几个字——子时前来，过时不候。

"砰！"安璐手里的锅掉到了地上。她在原地呆立了许久，在极度惊恐过后反倒慢慢平静了下来。

这么多诡异的事情同时发生并不像是巧合。难道，那家二手店里真的隐藏着什么玄机？这个世界上，不是还存在着很多无法用科学解释的神秘事件吗？

安璐咬了咬嘴唇，深深吸了一口气。既然已经没什么比现在的境况更糟糕的了，索性就去那里看看究竟是怎么回事也好。

Part02
只在夜晚现身的店主

午夜十二点的钟声敲过。

再次走进这条小巷子的时候，安璐还以为自己记错了路。原本什么也没有的小巷子两边居然盛开了一路的白色蔷薇，层层叠叠的花瓣在月光下散发出晶莹的光晕，沿着小巷一路蔓延。花中有叶，叶上有花，轮生复生，无中有，有而盛。

安璐推门而进，前来相迎的还是那个娃娃脸少年瓦沙格。店里被一片橙黄色的光芒所笼罩，靠墙的旧桌子上点着一炉清淡的薰香，之前见过的那只波斯猫则懒洋洋地侧卧在桌脚下。这样的氛围和白天相比似乎更多了几分温馨和暖意。不过当她瞟到角落里那个长相阴森的独眼男人时，心里还是"突突"了一下。对方也冷冷瞪了她一眼，显然对她的到来并不欢迎。

"别理那个家伙，基那他就是个怪人。"瓦沙格笑眯眯地将她请到了屋子当中，"请在这里稍等片刻，我们的店主很快就来了。"

"其实，我……我来这里是因为……"安璐不知该说什么，此时此刻她又觉得这一切实在太过匪夷所思，如果这一切不过是自己的幻觉，那岂不是闹了个天大的笑话？

"我们当然知道你为何而来，不然店主也不会亲自来见你了。"瓦沙格笑着打断了她的话，紫色的眼眸里有抹诡异的神色一闪而过。

安璐心里乱糟糟的，不禁有些后悔自己的冲动，越想越觉得不安。就在她几乎想要站起身夺门而逃的时候，身后传来了一个冷泉般清澈优美的声音："既然来了，何必着急走呢？改变宿命的机会可只有一次哦。"

安璐惊讶地回过头，只见一位少女正坐在窗台上笑吟吟地看着自己。

她那深黑色的发丝仿佛比最幽深的梦境还要绵长，层层叠叠散落于窗台上。她的脸白皙如瓷、清华如雪，一双浅金色的眼瞳里仿佛有妖魅寄宿，流转着某种魔性的美丽。

明明是酷热炎炎的盛夏，可被那双奇异的金瞳瞧上一眼，仿佛一下子就退回到冰天雪地的寒冬。少女俏皮地晃着纤长的双腿，颈间挂着的一串宝石项链也随之轻轻摇动，在暗夜里散发着青幽奇特的光泽。

琉璃月色衬得她的神情有几分旖旎，清丽动人中偏偏透着一股神秘的妖异感。

大晚上突然见到这么一个美得不像真人的家伙，饶是安璐胆大也不由得愣了好几秒。直到那少女从窗台上轻飘飘地跳了下来，她才恍然回过神来。

"你——就是店主？"安璐不大确定地开口道。

"没错，我就是店主。怎么？看起来不像吗？"少女笑起来的样子就像蓝天上飘着白云般明净，那种妖魅之气似乎在这个笑容中一扫而尽。

安璐按捺住心头的惊讶："不是，我只是没想到店主会这么年轻。"

少女抿起了嘴，挑了挑眉："那么我们就直接进入正题吧。安璐，今年 24 岁。出身贫困，长大后生活略有改善，但整体运势还是呈下降趋势，今生和大富大贵无缘。家中还有重男轻女的双亲和到处惹是生非的弟弟。如今你正巧又要失业，可谓是祸不单行。不过，这只是一个开始，以后你的生活恐怕还会更加辛苦。"

安璐一脸震惊，这个少女连她的八字都没问，怎么就会将她的底细了解得这么清楚？

"你是说……我一辈子都是这个受苦命？"她更在意的是这少女所说的最后那句话。

"很遗憾，这就是你的宿命。"少女的身体微微前倾，长长金色睫毛下的眼睛流泻出几许迷人的光芒，"那么，你是否不满意自己的命运？你想要改变自己的宿命吗？"

安璐愣了愣，眼中闪现迷茫之色："人的宿命不都是注定的吗？"

"从常理上来说的确如此。"少女拨弄着自己颈间的宝石项链，"一直以来，这个世界上有一部分人都是习惯性地过着每一天，没想过也不知怎样改变自己的命运，所以这些人的一生基本就是注定的。但也有一部分人，想要通过各种不同的方法改运。改运的方法有很多，有通过改变五行来改运的，有通过改变八字来改运的，甚至还有通过整容来改运的。不过，这些都是治标不治本，人既定的宿命并不是能够轻易改变的……"

安璐忍不住打断了她的话："那说了半天还是不能改变喽？"

少女轻轻一笑："既然你再次踏入这家店，那就证明你和这里有缘。你也知道，这里是家二手店，所以我们只做以物换物的交换生意。不过，店里可以交换的东西可不仅仅是那些杂物哦。只要你愿意，就连别人的命运也一样可以交换。"

"交换别人的命运？这是什么意思？"安璐感到难以置信，这小姑娘是在胡言乱语吧？这到底是家什么店？居然连命运也可以交换？这怎么可能！

"我想，我说得已经很清楚了。你可以用你的东西交换身边任何一个人的命运，甚至，还可以交换历史上各色人物的命运，高高在上的女王、身世显赫的贵族、万人拥戴的君主……无一不可。"

这时，那只懒洋洋的猫咪忽然"喵"了一声，像是在附和少女这番听起来荒诞无稽的话。

安璐瞪大了眼睛，结结巴巴道："这……这怎么可能？你到底是什么人？"

"只要相信我，你的宿命就会改变。"就在这一瞬间，少女的浅金色眼睛忽然变成了魔魅妖异的暗金色，声音里更是带了一种莫名的蛊惑力，仿佛听见这个声音的人都会由此坠入不可见底的深渊。安璐以为自己看花了眼，连揉了几下眼睛，发现那好像只是自己的幻觉。

　　她犹豫了片刻低低开了口，声音听起来依然充满疑惑："你的意思是，我还可以拥有像女王那样的人生？比如说我想要拥有武则天的命运，那么我就会变成她？这怎么可能！"

　　"怎么不可能？只要你愿意，我就会将你送到那个时代去，让你拥有女皇的命运，并且还附送一本《武则天传记》。"少女的神情看上去就像是在调侃一件很平常的事。

　　安璐的嘴角微微一抽，慌忙摇头："不不，我还是更适应现代的生活，我也没有那样的野心。这辈子如果能拥有杨眉那样的命运，我就心满意足了。只不过……我不清楚要拿什么来交换。"

　　"这个嘛，我可不做赔本生意哦。不过，我收取的不是金钱，而是——"少女浅金色的眼眸中闪着幽幽的光芒，一眨不眨地盯着她的脸，"一样属于你的东西。"

　　"一样属于我的东西？"她苦笑了一下，想起以前看过的奇幻小说，"那是什么？难不成是青春、寿命、运气之类的东西？那些对我来说都是不能拿来交换的。"

　　"具体是什么东西我现在不能告诉你。等时间到了，我就会前来收取这样东西。"少女眨了眨眼，"不过我保证，那对你来说绝对不是重要的东西。什么青春、寿命、运气，那可都不是我想要的。"

　　安璐一时也有点发蒙："不重要的东西？原来……那也是可以交换的吗？"

"如果你不同意，我也不会强迫你。毕竟，这只是一桩你情我愿的交易而已。走出这个房间，你就再也找不到来这里的路。我们之间也不会再有任何交集了。"少女好整以暇地看着她，"决定权在你自己手中。"

安璐紧咬着嘴唇，沉默了半天最终还是点了点头："好，我愿意用那样东西来换杨眉的命运。"既然对她来说不是重要的东西，那么放弃也不可惜。如果能拥有杨眉那样的命运，为了自己的未来，她无论如何也要赌一赌。

"聪明的选择。不过我还要提醒你，在决定人的命运的因素里，有必然也有偶然，当两种因素相互作用时，命运也有可能被偶然因素改变。刚开始，你自身性格偶尔还会影响你，所以，你在做任何事情前都要多加考虑。你本身的记忆也会继续保留，所以千万不能和你以前的亲人和朋友有什么联系和互动，不然命运发生偏差也不是不可能的事。"少女耸了耸肩，"既有可能变得更好，也有可能变得更坏。"

"你是说，即便我拥有了杨眉的命运，如果不小心的话还是有可能会改变？"得到了少女肯定的回答，安璐又蓦地想起了另一件事，"假使我拥有了杨眉的命运，那么原先的我呢？是和杨眉交换了命运，还是不存在于这个世上了呢？杨眉她又会怎么样？"

"这个你就不必操心了。我所能告诉你的就是，她自有她的去处。"少女说完从自己的项链上取下一颗珠子，将它放在玻璃杯里。这时安璐才发现，原来少女的项链上共有七颗不同的珠子，分别是金、银、琉璃、砗磲、琥珀、珊瑚和珍珠。少女此刻取下的正是一颗深红色的珊瑚珠子。

少女垂下眼眸，低低念起了几句古怪的诗……

我提心吊胆将它浇灌，日夜浇灌着泪滴。

我用微笑来将它照耀，用软软的狡诈的诡计。

它日日夜夜地生长，终于结出了鲜亮的果实。

少女的话音刚落，不可思议的事情发生了！只见那颗珊瑚珠迅速抽出了嫩芽，像是被施了魔法般抽枝长叶开花，一眨眼的工夫，竟然结出了一个色泽鲜艳的红苹果！

安璐惊得差点连眼珠子都掉出来，这少女到底是何方神圣？

少女将苹果递到她的面前，微微一笑："回家以后吃下它，就代表你我签订了契约。契约一旦成立，绝不能反悔。"

安璐将信将疑地接过了那个苹果，又听到那少女对自己说道："你要记住。改变宿命的机会，只有一次。"

她点了点头，似乎还想再问什么，但犹豫一下还是转身出了门。

看着安璐的背影渐渐消失在暗夜里，少女的嘴角弯起了一抹难以捉摸的笑意。

"小宴，今天成绩不错，我们又完成了一单交易。"瓦沙格笑眯眯地端上了热气腾腾的红茶。少女接过来后一口就喝了个干净。这样的炎炎盛夏，少女却似乎完全感觉不到周围的高温。

"那也多亏瓦沙格师父你待客有道啊。才不像另外那两位师父，一个就整天阴着脸吓跑客人，一个就以自己的动物形象示人，事不关己高高挂起。都不知哪里得罪他们了。"少女转了转眼珠子，意有所指地瞟了一眼某个方向。那只侧卧的波斯猫伸了个懒腰，发出了低沉的声音："怎么说我也是所罗门王七十二魔王之首，比你的师父流迦还高好几个级别，让我来做店员也太委屈了吧。"

"巴尔师父你还狡辩，人家瓦沙格师父在七十二魔王里也排在第三位呢，在成为魔王前更是神力超强的堕天使，怎么就不像你那样呢。"少女冷哼了一声，也不打算放过角落里的那位，"还有你，萨米基那师父，每天被你吓走的客人也不在少数吧。亲爱的师父们，就算不帮忙，你们也不能帮倒忙嘛。各位可都是看着我长大的，虽说这次是所罗门王大人拜托你们来帮忙的，好歹也给我个小小面子嘛。"

巴尔拨弄着自己的猫胡须，摇了摇脑袋："看着你长大……那倒是，我们这七十二位魔王谁没吃过你的苦头啊。骗走列拉杰的魔弓，射中了汉帕化身的鸽子，险些让这两个魔王起内讧；伙同瓦利弗偷了火玉，点着了阿蒙的蛇尾……最气人的一次就是偷了弗拉斯的变形药，将我们全都恢复了动物原形，当时闹得魔界那个鸡飞狗跳啊！我的尾巴就是那个时候不知被谁给咬断了一截。记得当初你大哥叶宵在这里学习魔法时，可没像你这么爱折腾人……"

眼看老大开始痛诉陈年往事，瓦沙格忙笑嘻嘻地接过话题："其实比起小宴的正牌师父流迦，我们都已经算是幸运的了。每次流迦黑着脸跑来找我喝酒，我就知道一定是小宴你又干了好事。而且他也不敢对你怎么样，所罗门王可是将你宠上了天，再加上你的吸血鬼老爸，咱们没有一个魔王敢惹你。"

"若是所罗门王有七十二魔女，叶宴她一定名列第一。"连沉默寡言的萨米基那也忍不住插了一句嘴。看来，以前他也曾是受害者。

叶宴笑得很是灿烂，语气里隐隐还有些撒娇："小孩子顽皮点也是有的嘛。你们都是我的好师父，就偶尔包容一下我这个小孩子嘛。"

两人加一猫同时感到身体一阵发寒。熟悉她的人几乎都知道，这个所谓的"小孩子"笑得越灿烂，脑袋里的坏主意就越多。为了安全起见还是不要继续这个话题了，不然莫名其妙被她整了也无处申冤。

"小宴，你猜这次这个女孩换来的命运会不会发生偏差呢？"瓦沙格赶紧转移了话题。

叶宴收敛了笑容，露出了和她年纪不符的成熟，意味深长地看了他一眼："决定最终宿命的是潜藏的人心。这次的命运到底会不会发生偏差，那就要看她自己的造化了。"接着她又像是松了一口气，"幸好这女孩不想和历史上的人物交换命运，不然就只好请哥哥出马了。"

就在这时，萨米基那额上诡异的刺青忽然闪了一下光，他那阴郁的脸上隐隐呈现出罕见的兴奋之色："好久没人用这么高层次的黑魔法召唤我了。这次的方位……居然就在这个城市的南部！看来我得马上赶过去一趟。"

"基那师父，你的回魂术这么高超，这次一定有所收获。"叶宴扬起唇角眨了眨眼。比起笑容可掬的瓦沙格师父，萨米基那师父的形象好像更符合恶魔这个称呼。至于流迦师父嘛，虽然很多人都怕他，甚至连天不怕地不怕的老妈也是谈他色变，但在她心里，这位变态师父可是稳稳占据着 No.1（第一名）的位置哦。谁叫她还是个奶娃的时候就已经和魔王大人朝夕相处了呢。

萨米基那冷冷撇了下嘴角："这些目光短浅的人，通常只顾及眼前利益，不知道虽然可以达成愿望，他们死后的灵魂却会永远为我所奴役。"说完后他念了几句咒文，便如一阵烟雾般在众人面前消失了。

"其实，我们七十二魔王加起来恐怕也不如人类自己的心魔更可怕。我并不看好这个女孩。"巴尔捻了捻猫须，又四脚一伸趴在了丝绸软垫上。

叶宴笑了笑，眼睛微微眯起："那就让我们拭目以待吧。这个女孩身上一定会有我想要收取的东西。"

Part03
宿命的改变

　　安璐回到家后，把那个苹果用凉水洗了洗。还挂着水珠的苹果在灯光下闪耀着红玛瑙般的光泽，就像是童话里王后用来诱惑白雪公主的毒苹果，令人垂涎欲滴。尽管觉得少女的话有些令人匪夷所思，但她还是忍不住抱着试试看的心态，对着那个苹果轻轻咬了下去。在牙齿刚刚触碰到果肉的那一瞬间，她只觉一阵眩晕，立刻失去了意识，身子往后一仰，扑通跌倒在地上……

　　安璐醒过来的时候天已经亮了。她睁开眼睛呆了片刻，发现这里并不是她原来的房间。高高挑起的天花板上悬挂着奢华的奥地利水晶吊灯，周围的装潢看起来相当华丽高档，那些价值不菲的欧式家具，包括自己躺的这张床，都绝不是普通人家能消费得起的。

而且，这个房间足足有她原来那个鸽子笼十倍大！

就在她有些不知所措的时候，忽听房间的门被轻轻叩响，接着走进来一位打扮清爽、容貌秀气的中年妇女，冲着她微微一笑："小姐，该起床下楼吃早餐了。"

小姐？安璐一时对这个称呼有点转不过弯来。但她的脑海里奇异地闪现出这个人的基本资料：杨眉家中的保姆刘妈，今年43岁，自杨眉出生后就一直在这里做工，是杨眉去世母亲的远房亲戚。安璐愣了愣，忽然想到了什么，急忙跳下床，飞快跑到梳妆台的镜子前，见到镜面里映出的还是她自己原来的面容，不禁松了口气。

"小姐，太太和先生都在楼下等你一起用早餐。"刘妈又叮嘱了一句。

安璐点了点头，在宽敞无比的洗手间里洗漱完毕，犹如梦游般跟着刘妈下了楼。

进入楼下富丽堂皇的客厅，安璐不禁再次瞪大了眼睛。这可是只在电视里见过的豪宅啊，这一切真的就像是在做梦！

意大利手工制成的精致华贵餐桌前，一位风度儒雅的中年男子正在浏览当天的报纸。而坐在他对面的美女和安璐年龄相仿，一看到她就扬起了明丽的笑容，热情地招呼道："小眉，快来吃早餐吧，今天我特地让厨房做了你最爱吃的布达佩斯蛋糕。"

那个中年男子也抬起头，笑道："你看你韩娜阿姨多有心，你喜欢吃什么她都记得。"

安璐的大脑中又迅速地辨识出了两人的身份——杨眉的父亲杨志和

后母韩娜。

一定没错了，此时此刻她就是在杨眉的家。难道……从此刻起她已经拥有杨眉的命运了吗？这么说来，她也拥有了杨眉的一切？奢侈优雅的生活，清闲多金的工作，帅气体贴的男友……原本遥不可及的一切，如今竟然都近在咫尺，唾手可得。

原来……这个世界真的是有奇迹的。

如果不是有人在场，她恐怕会开心得笑出声来。

多久没在这么宽敞明亮的环境里吃过饭了？多久没有这么好好享受一顿早餐了？这些对杨眉来说或许都是家常便饭，可对她安璐来说就是一种高不可攀的奢望。

万万没想到，有一天她居然也可以过上这么美好的生活。

"对了，小眉，等会儿有没有空？我正好要去会所美容，要是有时间你陪我一起去吧。还有啊，上次你看中的那款限量版名牌包，我已经帮你订到了。"年轻的后母明显是想讨好这位挂名女儿。

安璐犹豫了一下："我倒是想去，可是还要上班……"

"那就请假陪你娜姨吧，那个班你想上就上，想不去就不去，反正我们也不缺这点钱，图个高兴最重要。"杨志推了推架在鼻梁上的无框眼镜，目光柔和地看着自己的小妻子，"你们俩玩得开心点。"

安璐长这么大，还是第一次出入这种高级的私人会所。为了不显出自己过分生疏，她只好尽量多看少问。幸好遇到和杨眉有关的人，她的脑海中就会自动给出资料，省却了很多麻烦。韩娜虽然感到挂名女儿今天和平时有点不同，但无论如何也不可能往换人那方面去想，所以根本没有任何怀疑。

享受完了高水准的美容和按摩之后，司机将她们送回了位于富人区的家中。一进家门，一个长相英俊的男子就迎上前来，将一束娇艳欲滴的香槟玫瑰递到她面前，笑吟吟道："小眉，今天你可真漂亮！"

刘妈在一旁笑道："小姐，林先生已经等你一下午了。"

"林霁，又是来接我们大小姐去吃晚饭的吧？"韩娜趁机打趣，似乎和他很熟悉的样子。看来，这位林霁已是这里的常客了。

不用说，这一定就是杨眉的那位帅哥男朋友。

当对方那张俊秀的面容映入眼帘时，安璐的心不禁漏跳了几拍，这不正是自己最喜欢的类型吗？杨眉实在是太好运了。

林霁趁人不注意，在她脸颊上偷偷亲了一下，笑道："小眉，晚上想吃什么？如果没有决定，我就做主了。听说城东那家意大利餐厅很不错，不如我们一起去尝尝？"

安璐下意识地点了点头。对这个男人，她有一种说不出的好感。

位于城东最高楼层的那家意大利餐厅向来生意很好，安璐早就听闻这家餐厅的大名，却因为囊中羞涩而从不敢问津。对于习惯了吃盒饭以及泡面的她来说，这样的享受还是破天荒头一遭。幸好她平时也看些书和电视，懂些西餐礼仪，不至于太手足无措。

红玛瑙般的法国葡萄酒，新鲜烧制的小牛肉，配合着慵懒的拉丁曲调，柔柔浮动的光线，以及弥漫在空气里的淡淡香料味，使整个餐厅充满了浪漫的异域风情。

　　林霁殷勤地为她切好牛肉，轻言细语地与她谈论各种话题。他的温柔体贴，使她这顿晚餐用得极为舒心。

　　在等最后一道甜点提拉米苏上桌时，安璐侧过头望了一眼窗外。正是华灯初上时分，从七十几层的高楼向下俯视，整座城市繁星似海，璀璨耀眼。熙熙攘攘的街道上，长长的车龙川流不息，霓虹灯晃得人视线模糊。

　　世界看起来是如此渺小，周围的一切让她觉得恐惧又迷离，仿佛自己正置身于一个透明的肥皂泡中，当肥皂泡"啪"的一声破裂时，她又要重新跌入现实的世界之中。

　　这一切真的都属于她了吗？从一无所有到梦想成真，这前后的反差实在是太大了，并不是普通的心脏能够承受得起的。直到此刻她也觉得自己只是在做梦而已。

　　只不过，这场梦意外得漫长。

　　一转眼，两个月的时间过去了。安璐已经渐渐适应成为杨眉的生活，出入各种高级场合也毫无压力了。怪不得古人有云，由俭入奢易，由奢入俭难。高端品牌店店员恭敬的态度，旁人羡慕嫉妒的目光，无不满足了她内心的虚荣。以前连想也不敢想的东西，现在居然轻易都能得到，而最大的收获就是得到了一位堪称完美的男朋友。

　　尽管她自身并无任何改变，但是在所有人眼中，她就是杨眉。安璐看到卧房里的相架，全是她从小到大的照片。这个房子原来的主人杨眉的痕迹已经荡然无存，就好像这个人从来不曾在这个世界上出现过。

安璐虽然对现状十分满意，但内心深处仍有些忐忑不安，自己占据了杨眉的位置，将她的命运据为己有，杨眉不会因为这样就从世上消失了吧？

不过，就算……是这样，她也不后悔自己的决定。

她无法忍受再回到那个鸽子笼的生活。

所以，对不起了，杨眉。

Part04
诡异的存在

　　每个星期天，都是安璐和林雾固定约会的日子。因为她的车恰巧送去检修，韩娜就将自己的保时捷跑车借给了她。不知是不是这场交易的特别附送，她不但能辨识出所有和杨眉有关系的人，就连杨眉所有的技能，包括开车、弹琴等都无师自通。

　　安璐似乎已经能看到自己光明的未来——家里就只有她一个独生女，亿万家产以后起码有一半是属于她的。她会在不久之后嫁给林雾，继续过着贵妇的生活。这一生，她不再是受穷受累的命，而是令众人羡慕的富贵命。虽然不知道那个神秘的店主到底要收取什么东西作为交易的代价，但既然不是她重视的东西，那么放弃也无所谓。有舍才有得，天下没有免费的午餐，这个道理她懂。

"小眉，你在偷偷地笑什么？"坐在副驾上的林霁略带好奇地笑看着她。

安璐抿唇一笑："没什么，只是想等会儿去哪里消磨时间。前几天，娜姨倒是向我推荐了一个好地方。"

林霁沉默了几秒，忽然开口问道："小眉，你觉得韩娜这人怎么样？"

"作为后妈，她还算不错。"安璐虽然和韩娜相处时间不长，但这位小后妈在各方面确实无可挑剔，对她也是有求必应。

"小眉，你这人向来单纯，俗话说害人之心不可有，防人之心不可无。韩娜虽说是宠你，但也不排除是在你爸面前装好人，你还是要留个心眼。"他勾了勾嘴角，"这话我以前也提醒过你好几次，你听我一句劝，这个女人真的不简单。"

安璐觉得他像是欲言又止，心里不禁有点纳闷，难道林霁以前认识韩娜？又或是这其中还有什么不为人知的内情？就在她略微分神的一刹那，车前忽然闪出一个人影，吓得她立刻急踩刹车！只听车轮底下发出一声刺耳的尖叫声，那个人影赫然跌倒在地上！

"糟了！林霁，我是不是撞到人了！"她紧握方向盘的双手微微颤抖，紧张急切地将求救的目光投向了身边的男友。

"小眉，你坐在这里别动，我下去看看。"林霁神色倒还镇定，安抚地拍了拍她的肩后便下了车。安璐坐立不安地待在车子里，犹豫了几秒还是摇下了车窗，探出头想看看情况到底怎么样。

"小伙子，你没事吧？要不要送你去医院？"林霁温和的声音从车前方传来。

那跌倒的人呻吟了几声，没好气道："好疼啊，疼死我了，我肯定是受了内伤。"

一听到这个熟悉的声音，安璐的脑袋里顿时轰的一声响。她顾不得那么多，急忙打开车门冲了下去……当她看到那个躺在地上不起的小伙子时，所有的思维好像都停止了。

那个人果然是她的亲弟弟安峰！

这些天来，安璐几乎已经忘记了以前的苦日子，她逐渐融入了杨眉的生活，甚至觉得自己已经成了杨眉。可此刻亲弟弟的出现，好像一盆冰水兜头浇了下来，让她瞬间变得清醒起来。紧接着，心里就急速涌起了一阵紧张和担忧，她现在的面容还是自己的，若是弟弟认出自己，那不就糟糕了吗？

她刚退后了一步，就听安峰有气无力地喊道："这位大小姐！你们难道就打算这么不管我了吗？我要是有个三长两短，你们也逃不了。"

安璐心里微微一动，稍稍释然，原来他根本就认不出自己了。

林霁在她耳边低声道："这人根本没受伤，我估计是故意想敲一笔竹杠。"说着，他转头问道，"那我们送你去医院怎么样？"

安峰讪讪一笑："今天遇上我算你们运气了，我也不麻烦你们，你们给我一点医药费，我自己去医院就行了。"

"你想要多少医药费？"林霁似乎想早点摆脱这个麻烦，准备拿钱解决这件事。

安峰眼中有贪婪的光芒闪过，嬉皮笑脸地仰起了脸："这个嘛，我要的也不多，不过你们也知道现在的医院都贵得离谱，你们就给我一千块算了。"

安璐皱了皱眉，弟弟还是和以前一样惹人讨厌，除了坑蒙拐骗就没别的本事。既然那个店主说过不要和以前认识的人扯上任何关系，那么——

林霄无奈地叹了口气，正要掏出钱包，安璐忽然拦住了他，冷冷地冲着安峰道："我有两个方法让你选：一个是给你三百块，你马上给我走；一个就是我们送你去医院，帮你支付医药费。"

安峰愣了愣，张了张口却没说出话来。

"怎么？要不要我们把交警叫过来，看看到底是怎么回事？不过，只怕到时候你一分钱也拿不到。"安璐见他完全不认识自己，胆子也不由得大了几分。

就在安峰想要说什么的时候，一个年轻女孩突然从斜刺里跑了出来，弯腰搀扶起安峰，小声道："小峰，你怎么又惹事了？还不跟我回去。"

安峰不耐烦地推开她，恶声恶气道："走开！你别管我。"说着，他伸出了手，无可奈何道，"行，算你们狠，那就给我三百块！"

接过钱后，他果然没有继续纠缠，心有不甘地在那女孩的搀扶下离开了这里。林霄长舒一口气，回过头却发现安璐的脸色煞白煞白的，像是被什么异常恐怖的事物给吓到了。

"小眉，你怎么了？小眉？"他连唤了几声，才让安璐回过神来。她扯了扯嘴角，勉强地笑了笑："没什么，只是忽然感到有点不舒服。林霄，今天我哪里也不想去了。"

"没关系，不舒服的话，我先送你回家吧。"林霄一脸关切地摸了摸她的脸。

"嗯。"安璐没拒绝他的好意，因为她知道自己现在的状态也没法儿开好车。窗外的景色如影画般在眼前掠过，安璐的眼前始终只晃动着那个女孩的脸。

她没有看错，那就是她自己的脸。或者说，那就是她自己。

一种无法形容的寒意从背脊上蜿蜒蔓延，让她忍不住打了个冷战。如果那个安璐还存在，那么她又算什么呢？这样的自己是依附于肉体还是灵魂，是依附于思维还是行动？哪个是真实的，哪个是虚幻的？恍忽中，她不知道哪个是自己了。

这到底是怎么回事？其中的一切或许只有那个神秘的店主才能解答吧。

"林霁，能不能在无常巷停一下，我想去那里看看。"想起了那家诡异的二手店，她的心里不禁一动，忍不住开口道。

在无常巷下了车，安璐快步走到巷子的尽头，意外地没有看到那幢瓦灰色的小房子。原来的店址上此时不过是一堆废墟。

"小眉，你怎么跑这里来了。这条巷子很快就要拆了，又脏又乱，还是快点走吧。"林霁停好车也赶了上来，对她的这个举动很是不解。

安璐像是没听见他所说的话，眼神略微有些涣散，没有色彩的瞳孔仿佛向着更远的地方望去。忽然，她自嘲地笑了起来。那个少女既然有办法交换宿命，自然也能让她找不到这家店。

回到家后，安璐无精打采地打算去自己房间休息，顺便理一理混乱的思路。就在她经过父亲房间的时候，听到从里面传来韩娜的笑声。

"娜娜，你快点给我生个儿子就好了。"杨志的声音听起来十分温和，"我这么多财产可就给我儿子留着呢。"

听到"财产"两字，安璐心里"咯噔"一下，忙站在门边侧耳倾听。

"你还有个宝贝女儿呢，这话可不能乱说，万一传到她耳朵里可要误会我了。"韩娜嗔笑道。

"女儿的那份我也不会少了她，不过小眉毕竟是个女孩子，以后结了婚就是人家的人了。林霄这孩子挺上进，但家里条件实在太一般。我想过了，要是这俩孩子结了婚，我给她准备几百万现金再加那栋别墅就差不多了，给多了也等于是给外人。我们老杨家的财产还是得由我的儿子来继承。"杨志的语气听起来并不像在开玩笑。

韩娜又轻笑了几声，两人很快开始说起其他的事情。

安璐听到这里，心里顿时一阵发凉，更有一种说不出的后悔。原来杨眉的命运也不是她想象中那么好，一旦后母有了儿子的话，这亿万家产不就泡汤了吗？几百万，或许以前对她来说这是个天文数字，可现在她已经过惯了奢侈的生活，将来嫁给林霄后自己还能适应吗？

看来林霄说得对，韩娜这个女人还真是不简单。

由于今天发生的事情太多，安璐的情绪一直很低落，晚餐时也找了个借口没有下楼。临睡前刘妈端了一碗燕窝粥上来，很是关切地询问了几句。

"小姐，今天你不是和林先生约会去了吗？没什么事吧？"

"哦，没事，放心吧刘妈。"

"林先生可是个好男人哪，我就没见过这么体贴细心的人，事事都以小姐为先。"刘妈顿了顿，像是试探地问道，"小姐年纪也不小了，应该快办喜事了吧？"

一想到结婚后就没法儿继续过这么奢侈的生活，安璐不由得感到一股烦闷涌上心头："林霁现在只是我的男朋友而已，谈婚论嫁也太早了。再说了，谁知道以后是不是和他结婚呢？"

"小姐以前不是说非林先生不嫁吗？"刘妈似乎有些惊讶。

"以前是以前，现在是现在，就他那点死工资，婚后能养得起我吗？"安璐脱口说出这些话后又觉得有些失言，赶紧转移了话题，"好啦好啦，不说这个了，刘妈，你也早点去休息吧。"

刘妈应了一声就退了出去。

安璐喝了几口燕窝粥，心里已经暗暗打定主意。看来这林霁也不是最合适的结婚人选，她得趁现在凭借自己的家境找一个门当户对的男朋友，那么到时就算是嫁过去也照样可以过贵妇生活。

人的命运生来就是不平等的。从一出生开始，由于每个人所生长的环境不同，以后踏上的人生之路也各不相同。初始的家庭环境可以给自己的人生提供一个初始值，拥有了杨眉的命运后，她的人生初始值已经提高了千百倍。所以，她现在要做的就是在以后的道路上不断修正这个初始值，让它不断提高，朝着对自己最有利的方向发展。

Part05
意想不到的发展

　　自从听到了杨志和韩娜的对话后，安璐虽然心里对他们不满，但面上没有表露出丝毫。相反，她对韩娜还更热络了几分，继续跟着她出入各种不同的高档聚会和派对，利用她结识了更多门当户对的青年俊杰。而另一方面，她则慢慢冷落了林霁，找借口推了几次和他的约会。

　　她就这样一边搪塞男朋友，一边物色条件更优越的对象。只可惜，接触了不少富家子弟后，安璐觉得无论在气质相貌还是谈吐上，始终还是林霁更胜一筹。但考虑到将来的生活，她又感到相当矛盾。

　　日子转眼又过去了三个多月，安璐渐渐淡忘了之前遇到安峰的事。这段时间里，她唯一担心的就是韩娜怀上孩子。幸好，目前看起来韩娜的肚子并没有任何动静。

这一天晚上，风平浪静，和往常没有什么不同。杨志和他的新合作伙伴去夜总会应酬，可一直到天亮时分都还没回家。他素来是个生活很有规律的人，就算是再重要的应酬，他也绝对会赶在子夜前回家。

韩娜和安璐打了无数次杨志的手机，却始终是关机。而打给他的新合作伙伴时，对方却说子夜前他们就分开了。这下子两人都意识到了事情的严重性，但是谁也没敢往最糟的方面去想。就在她们犹豫着到底要不要报警的时候，韩娜的手机忽然响了起来，来电显示正是杨志的手机号码。她激动地摁下了接听键，里面却传来了一个陌生又奇怪的声音："杨志现在在我们手里，想要他的命，就在两天内准备好三千万现金。至于什么时候给赎金，我到时再通知你们。要是你们敢报警，就别怪我们不客气！"

韩娜的手机滑落到地上，她的脸色苍白得吓人，嘴唇翕动着却发不出任何声音。

"娜姨，我们还是报警吧。"安璐刚才也听到了对方的那些话，虽然震惊无比，但还是很快镇定下来。如果这是杨眉本尊的话，恐怕不可能这么冷静吧。

"不行！"韩娜想也没想就一口否决，"你没听到吗？要是报警他们就会对你爸爸不利，绝对不能报警。这些钱我们还拿得出来。"

"那我们赶紧准备赎金吧。"安璐皱了皱眉，"一下子要筹到这么多现金也有些仓促，两天不知来不来得及。"

"管不了那么多了。小眉，这两天你就在家里守电话，对方要是打过来，你就问清赎金的交付地点、时间，什么要求都答应他们。我先去公司筹这笔现金。"韩娜吩咐完后就匆匆出了门。

"小姐，这可怎么办哪？"一旁的刘妈忧心忡忡地出了声。

安璐烦躁地摇了摇头："还能怎么办，只能等那些绑匪的电话了。希望他们收到钱后能赶快放人。"

没过多久，门铃响了起来。刘妈忙去开门，来访的人居然是林雰。刘妈一见他就像是见到了亲人，不假思索地脱口道："林先生，你来了就好了。我们先生被绑架了，小姐她——"

"刘妈，你怎么这么多嘴！"安璐恼怒地打断了她的话。

"小眉，你赶紧告诉我是怎么回事，看看我能不能帮上忙。总好过你一个人在这里胡思乱想。"林雰焦急的声音里满含关切。

安璐本也是六神无主，犹豫了一下还是将这件事原原本本告诉了他。

"别担心，小眉，那些绑匪也是冲着钱来的，不会对你爸怎么样。"林雰安慰她，"再说，你后妈不是筹钱去了吗？"

"唉，但愿吧。"安璐叹了一口气。尽管她对杨志没什么感情，但一直以来这个挂名老爸对她还是挺不错的。

"不过你后妈倒也厉害，短短两天就能筹到三千万现金。看来你爸也很信任她。"林雰的这句话看似无意，却让安璐心里蓦地一沉。

"这次如果能顺利救出你爸，她的功劳最大。要是再给你生个弟弟的话——"他顿了顿，"虽然现在说这个不合适，不过小眉，这件事过后，你还是要多长个心眼。"

安璐冷冷地撇了撇嘴角，忍不住道："我爸早就说过了，以后财产都给她儿子。"

"怎么会这样？你爸不是很疼你吗？"林霈倒也没有很在意，"不过那也是他老人家的选择，就算你一分钱没有，我也照样对你好。"

"未免也太偏心了点。"安璐小声地说了一句，心里又感到有些许暖意。刘妈说得没错，林霈还真是个好男人。

只是，这样将巨额财产拱手相让，她实在不甘心。

两天后，韩娜果然顺利筹到了三千万现金，不过她也因此累倒了。当天晚上绑匪打来电话，让她们第二天将赎金送到郊区的一家小工厂，并指明要她们两人中的一个亲自送去。

韩娜自告奋勇地要求去救自己的丈夫，安璐见她愿意去也就乐得顺水推舟。没想到她喝了碗燕窝粥后就开始肚子疼，急得刘妈赶紧打电话叫来了杨家的私人医生。王医生给韩娜做了检查后，告诉了大家一个好消息，原来她已经有了两个月的身孕。

韩娜简直不敢相信自己的耳朵，当即激动地流下了眼泪，哽咽道："这个孩子，我真的盼很久了。我还以为自己这辈子都不会有孩子了呢。"

有人欢喜有人愁。这个意外的消息让安璐的情绪顿时降到了冰点，但她还是保持着笑容恭喜了对方。

"只是……太太现在有了身孕，那明天……"刘妈吞吞吐吐地说道。

韩娜神色微微一变，似是有些纠结。她既担心丈夫的安危，又怕伤害到肚子里的宝宝，一时也犹豫起来。

安璐只好硬着头皮开口道："既然娜姨你身子不方便，明天就我去吧。反正……他们也同意让我送。"

韩娜叹了口气："那就拜托你了，小眉，一定要把你爸爸平安地带回来。你自己也千万要小心。"

安璐点了点头："放心吧，娜姨。那个人是我爸爸，我会小心的。"

回到房里，她看到装着三千万现金的两个箱子已经放在了床边。当打开箱子时，安璐的眼睛一亮，忍不住咽了口口水。说真的，她从来也没见过这么多现金，脑海中的第一个反应居然是——如果这些钱都属于自己就好了。

她连忙甩甩头，想赶走这个不切实际的念头。再怎么说，这些也是杨志的救命钱。如果明天出什么差错的话，杨志可就凶多吉少了。想到这里，她的耳边忽然又响起了王医生刚才的话："恭喜你啊，杨太太，你已经有两个月身孕了。"

如果这是胎男孩的话，那么杨志的财产自己不就根本没份儿了吗？几百万，还不如赎金来得高呢。除非……安璐脑中蓦地像是有什么念头闪过，倒先将她自己惊吓到了。假如赎金没能顺利送到，杨志出了意外的话，那么她身为直系亲属，毫无疑问能够继承至少一半的遗产。也就是说，杨志的性命现在就掌握在自己的手里。还有，她的将来，同样也掌握在自己的手里。

到底……该如何选择？

第二天晚上，安璐根据绑匪的指示，带着钱向郊区的小工厂出发了。这一路上，她的心里还在进行着激烈的天人交战。

换来的命运只有一次，因为残酷所以珍贵。她不能就这样任由事态朝着不利于自己的方向发展。杨志是杨眉的父亲，却不是她安璐的。既然现在有了一个扭转乾坤的好机会，她又怎能轻言放弃？想到这里，她暗暗下了决心。接下来，就是如何创造一个无懈可击的借口来破坏送赎金这件事。想要不被任何人怀疑，只有铤而走险。

她冷静地又开了十来分钟，发现已经快接近郊区了。城郊交接的地方正好有片树林，平时根本就不会有人经过那里。她咬了咬嘴唇，开着车子冲进了小树林，对准其中一棵树就撞了过去。安全气囊迅速弹出，顿时将她震晕了过去。

安璐再次恢复意识时，略带模糊的眼前晃动着的全是林霁充满焦虑和担心的眼神，他那张平日里俊秀干净的面庞此时竟长出了一层淡青色的胡楂。

"小眉，你总算醒过来了！知不知道你昏迷了两天两夜，真是吓死我了！"他紧紧握住她的手，无法掩饰的喜悦从他的眼中流露出来。

她心里有些感动，一开口才发现自己的声音听起来异常干涩："我……这是在哪里？"

"这里当然是医院。"林霁似乎稍稍松了口气，"那天你撞车后就被人送到了这里，幸好有安全气囊挡着，你只是有点轻微脑震荡，并没什么大碍。你平时都很小心，怎么这次会这么不当心？"

"我……我可能是因为太心急想要救爸爸，所以……"她突然脸色一变，声音微微颤抖，"糟了！我没把赎金送到，那爸爸呢？爸爸现在怎么样了？”

林雳的脸色变得古怪起来，似乎想说什么，可又好像不知该如何开口。

“你告诉我，到底怎么了！”安璐猛地坐起了身，扯住了他的衣领，“是不是……是不是我爸爸他……”

林雳见再也无法隐瞒，只得点了点头：“小眉，你要有心理准备。在你昏迷的这两天，警方已经找到了你爸爸的……尸体。”

安璐双目发直地瞪着他，像是想从他眼中找到什么，可最终还是颓然地松开了手，无力地瘫倒在床上，眼泪也随之涌了出来：“都是我，都是我的错……是我害了爸爸……”

“小眉，这怎么能怪你呢？”林雳心痛地叹了口气，“唉，你先好好休息吧。等会儿刘妈会过来给你送些吃的，她现在正在家里照顾韩娜呢。”

安璐睁开泪眼望向他，哽咽道：“娜姨她怎么了？”

“可能受刺激太大，她的精神状态现在也不是很好。医院这边已经给她请了心理医生。”林雳替她拉了拉毯子，站起身道，“我去给你倒杯热水来，你千万别胡思乱想了。”

听到病房门关上的声音，安璐停止了哭泣，泪痕未干的脸上露出一抹复杂的神色。没想到事情进展得比她想象的还要顺利，绑匪如她所愿将杨志撕票，韩娜还犯了病，而她的这次撞车似乎也没引起任何人的怀疑。

如今这家里有资格和她争遗产的，只有韩娜和她肚子里的孩子了。就算只分到一半家产，那起码也有上亿，足够她继续过奢侈的生活了。

想到这里，安璐的嘴角不由得往上扬了起来。几乎是同时，她也想到了另外一点。如果这是杨眉本尊的话，或许杨志就不会遇害了。那么她这样做算不算是已经偏离了杨眉的命运轨迹呢？正如那个少女所说的，在决定人的命运的因素里，有必然也有偶然，当两种因素相互作用时，命运也有可能被偶然因素改变。既有可能变得更好，也有可能变得更坏。

她深深地相信，这样的改变，一定会比杨眉本身的命运要好上百倍。

Part06
不重要的东西

办完了杨志的丧事后，安璐和韩娜还是继续住在原来那幢别墅里。自从这件事后，韩娜一直对安璐耿耿于怀。但车祸的意外谁也不能预料，再加上安璐自己也受了伤，所以韩娜尽管对安璐有怨言，但也找不到合适的途径来发泄。两人虽同住一个屋檐下，却再不复以往的和谐气氛。

这天安璐从房间出来，正好见韩娜吞下一把药片，不禁开口劝了几句："娜姨，你肚子里还有孩子呢，吃药还是要小心点。"

韩娜这次倒没有对她冷嘲热讽，而是苦笑了一下，低声道："什么孩子……只不过是一场空欢喜而已。"

安璐听她说得含糊，不禁疑惑地问道："你说什么？孩子怎么了？

怎么是空欢喜？"

"前两天王医生来给我做检查时说是他诊断错了，我根本就没怀上孩子。"韩娜继续苦涩地笑着，眼圈微微一红，"我还以为自己的身体……没想到……"她说着说着话锋又一转，眼神瞬间变得古怪，"小眉，或许你也不希望这个孩子出生吧？"

"我怎么会那么想，娜姨，你还是早点休息吧。我该走了，林霁还等着我呢。"安璐心里一慌，忙找了个借口离开。

其实听到韩娜没孩子不是应该高兴吗？这样和她抢家产的人就又少了一个。可不知为什么，安璐觉得整件事透着一种说不出的诡异。

一种让她无从猜透又无法掌握的诡异。

王医生能成为他们家的私人医生，医学方面的能力那是没得说，怎么可能连有没有身孕都搞不清楚呢？正是因为信得过他的医术，所以韩娜都没去医院确诊是否怀孕。偏偏到了现在，王医生又来说是自己搞错了，这其中……似乎有点不对劲。

非常不对劲。

接下来的日子，随着和林霁的感情突飞猛进，安璐渐渐地把心里的这种疑惑抛到了脑后，两人很快就到了谈婚论嫁的地步。她越来越觉得自己的每一步都没有走错，到时只要拿到属于自己的一半财产，就能和喜欢的人过上幸福美满的生活了。每个人身上都藏着两个自己，她也不例外。一个是对着别人的自己，一个是对着自己的自己。对着别人的自己是无可挑剔的，至于那个对着自己的自己，虽然有时也会产生不安和愧疚，但是这种情绪很快就会被自我安慰所缓解。

但生活总是充满戏剧性。就在律师处理财产期间，忽然不知从哪里冒出来一个女人，自称是杨志在外面的私生女。这件节外生枝的事情自然使遗产继承之事不得不往后顺延。

安璐对此更是头痛不已，本以为一切顺利，没想到现在又多了个麻烦。如果证实私生女身份的话，那杨志的财产岂不是又要分出去一部分了？

韩娜对此却是毫无反应，甚至没有听完律师的话就起身自顾自地吃药去了。那种药是医生专门给韩娜配的抗抑郁药。自从丈夫过世，孩子又成了泡影，韩娜整个人看起来像是老了二十岁，每天活得跟行尸走肉差不多。

这样的人拿了一半财产也只是浪费而已。安璐望着对方的背影，脑中突然闪过了异样的念头——如果在公布财产继承前这个女人消失的话，那么……既然已经做过一次这样的事情，做第二次也未尝不可能。

安璐的眼中闪过一丝阴郁的神色，暗暗握紧了拳头，像是做出了什么决定。

当天晚上，安璐就偷偷将韩娜的抗抑郁药全部换成了普通药片，之后在家里也时时以杨志的事情不冷不热地刺激她，几次故意挑起事端争吵，使她的情绪更加低落。安璐想要的只是在最短的时间里加重她的抑郁症而已，因为这个病症而选择自杀的病人可不在少数，更何况是韩娜这样的重度患者。到时韩娜若是自杀了，别人也不会轻易怀疑到安璐的头上。就算是做尸检，也根本没有任何证据。

就这样过了一个多月，在遗产还没处理完毕之前，韩娜终于受不了重度抑郁症的折磨，和安璐大吵了一架后就从楼顶跳了下来，当场死亡。

韩娜死后不久，那个私生女的鉴定报告也出来了，原来她并不是杨志的亲生孩子，纯属讹诈。因为韩娜那边也没什么直系亲属，所以现在连她应该继承的那一半财产也都落到了安璐手里。在一个阳光明媚的清晨，安璐终于在律师楼签了文件，正式成为亿万遗产的继承人。

她人生中的初始值，在她的努力下已经不断积累增长。抛弃过去获得新的命运，或许风险很大，但得到的回报也是无法计算的。

半年后，安璐如愿和林霁领取了结婚证。不久，林霁就搬进了这幢别墅，两人的日子过得幸福美满。金钱、爱情、事业……如今的安璐可谓春风得意，什么也不缺。

这天正好是安璐的生日，晚上林霁亲自下厨做了一顿美食，并送上了满怀心意的生日礼物。浪漫的乐曲在房间里悠扬地回响，暖暖的灯光让这一刻显得格外温馨。林霁亲吻了一下她的脸，出了房间去拿烤好的蛋糕。

四周显得格外静谧。深蓝色的夜幕中高悬一轮明月，银色的月光在地板上反射出略带诡异的光晕，窗外的树木在屋内投射出奇怪的影子，随着微风不断晃动。

安璐品尝着杯中的红酒，心里是说不出的惬意。林霁将蛋糕拿进来时，对她笑了笑，说："对了，小眉，今晚我还特别请来了一位客人，你也一起见见好吗？"

安璐虽然感到有点突兀，但还是点了点头："好啊，不知道这位客人什么时候到？"

她的话音刚落，就见房间的门被推了开来——逆着光，她看得不是很清楚，只觉得出现在门口的那个身影相当眼熟。

"小姐，这么快就不认得我了吗？"那个人如幽灵般闪进了房间。

安璐本来还气恼这客人怎么如此没礼貌，此时一听这声音，再定睛一看，顿时面色微变："刘妈，怎么是你？"为了避免不必要的麻烦，韩娜过世之后，安璐就将刘妈辞退了，没想到今晚的客人居然是她。

"林霁，这是怎么回事？"安璐的脸上浮现出一丝愠怒。

林霁还在微笑，只是那笑容却透着一种令人不安的古怪。他望向了刘妈，柔声道："你有什么想告诉她的，今天就说个清楚吧，妈。"

听到最后一个字，安璐的脑中被炸得轰的一阵响，半天才缓过神来，结结巴巴道："林霁，你……你刚才叫她什么？"

"还是由我来将一切原原本本告诉你吧。"刘妈接过了话题，不慌不忙地说道，"我二十多岁就来你家做工了。你妈身体一直不好，不瞒你说，那段日子我和杨志曾经也好过。当初他还答应我，如果你妈不在了就会娶我，谁知道最后还是娶了韩娜那个小妖精。林霁是我第一次婚姻生下的孩子，过去一直在老家让我父母抚养。"

她见安璐还是一脸震惊，顿了顿又说了下去："我不甘心就这样失去一切，所以就以低姿态和眼泪换得杨志的同情，得以在你家继续做工。同时，我决定让我的儿子来追求你。在儿子的培养上，我可是竭尽全力，所以你喜欢上他也在我的意料之中。本来我想若是你们结了婚，那么我儿子也算是替我得到了一份该有的财产。可后来从你的话里，我探听出你有了和他分手的念头。恰好是这个时候，杨志被人绑架了，我知道，机会来了。"

安璐将难以置信的目光投向林霁时，对方却扭过脸避免和她有眼神接触。

"记得有一次杨志提到财产要让儿子继承，这话不光你听到，其实我也听到了。所以我们就安排了新的计划。当你听到后母有身孕的时候，多半会被愤怒和担心冲昏头脑，做出不理智的事情。那天我在韩娜的汤里下了点东西，让她没法儿去送赎金，这件事自然就交给了你。其实我们真是想帮你一把，你想这次如果是你亲自去救了你父亲，那么他以后对你一定更加宠爱，分财产怎么也要多分点给你。不过你比我们想象的还要狠心，居然为了钱连父亲的命也不顾了。"刘妈的唇边扯出了一抹讥笑。

安璐的身子剧烈颤抖了一下，脸上顿时失去了血色，神情也变得激动起来："你胡说！我那次撞车纯属意外！"她转念又一想，"难道王医生也是你们……"

"没错，王医生收了我们不少钱，不帮我们撒个谎就说不过去了。至于你的撞车是不是意外……"刘妈冷笑一声，"当时我是想让小霁和你一起去救杨志，让他也能得个好印象。所以，小霁，你当时就在她身后看得清清楚楚，是吗？"

林霁转过脸，用一种十分陌生的眼神看着安璐，缓缓点了点头："既然你下得了这样的狠手，我们的计划也不得不再一次改变。"

"我……我没有！"安璐的否认此刻听起来却是那么无力。

林霁扬了扬唇："人的贪欲是无止境的，你既然连自己的亲生父亲都能下手，那么只要有合适的契机，你同样也会除去韩娜。所谓的私生女就是我们想到的一招，这样既能给你一个契机，又能延缓遗产的继承。因为只有在遗产还属于你父亲的情况下韩娜死亡，你才能继承全部遗产。"

安璐这时也慢慢从巨变中冷静下来，强作镇定地扯了扯嘴角："韩娜是自杀死的，关我什么事？"

林霁忽然嘲讽地笑了起来，伸手拿出遥控器，摁下了按钮，只见电视上赫然出现了一组画面—— 一个年轻女人正在换瓶子里的药片，而当这女人回过头时，安璐清楚地看到了那就是自己的脸！

一瞬间，她的心脏仿佛也停止了跳动，周围的空气像是被迅速抽离，让她无法呼吸。

"这个就是最好的证据。"他低下了头，声音温柔地拂过她的耳边，"而且我已经拷贝了一盘送到了公安局，估计他们很快就到了。小眉，你费尽心机，想不到最后全部财产还是会归我所有吧。"

"不要！不是这样的，我的命运不是这样的！"她突然恐慌地叫喊起来，尖锐的声音似乎一下子刺破了夜空。刘妈和林霁的笑容渐渐变得模糊起来，眼前的一切让她觉得无比恐惧，她仿佛见到了自己破碎的梦想和脱轨的命运……不，这不是真的，这一定只是一场噩梦！

就在这时，所有的人和物好像都在一瞬间消失了，她茫然地睁大了眼睛，愕然见到那个叫叶宴的少女正笑嘻嘻地站在她的面前。

"时间刚刚好。安璐，我来收取我想要的东西了。"叶宴俏皮地伸出了手。

安璐呆立了几秒，忽然像是抓到救命稻草般拉住了少女的衣袖，连声恳求道："我能不能回到原来的命运？或者再交换一次命运行不行？我愿意用一切来换！一切！"

"命运可以重来，但机会只有一次。我想我之前已经说得很清楚了。"叶宴挑了挑眉，"走到这一步，都是你自己的选择。"

"不行了吗？"她颓然地瘫倒在了地上，喃喃道，"那你要拿走我的什么东西？"

"我要拿走的东西嘛……"叶宴笑着晃了晃自己的链子，"就是你内心深处的贪欲。"

她忽然抬头，紧接着又猛地摇头："你想拿什么就拿什么！只有你才能救我！我宁愿要回自己原来的命运！我愿意拿我的任何东西来交换！如果知道交换了命运会是这样的结局，我……我怎么也不会换的！"

叶宴的笑容里隐隐带着几分冷漠："已经太晚了。我之前可是告诉过你，不要轻易改变宿命的轨迹。因为改变的方向是无法得知的，既有可能变得更好，也有可能变得更坏。如果不是你内心的贪欲作祟，杨志就不会死，那么你的结局也不会如此。"

"是，是我的错。如果是杨眉，她一定会救自己的父亲……"安璐颓然地捂住了自己的脸，泪水从她的指缝里流了下来，"可是我不甘心，真的不甘心……韩娜如果生下孩子的话，那么就算是原来的杨眉不也一样过不了好日子吗？我想要改变宿命轨迹也是迫不得已的！"

"每个人有每个人的命运。韩娜的身体有病，她根本就很难怀孕，所以韩娜一辈子都没有孩子，最后这些财产还是归杨眉所有。是你自作聪明，现在也只有自作自受。"

"可是杨眉嫁给林霁这样的渣男，她的命运其实也是不幸福的吧？"安璐无法接受自己听到的这一切，挣扎着辩驳叶宴的话。

"你又错了。在他们结婚前夕，杨眉经由杨志介绍认识了他的一位朋友的儿子，双方一见钟情，所以她最后并没嫁给林霁。她还生了两个儿子，生活幸福美满，一直到九十五岁高龄才过世。这就是她的命运。原本，你也可以和她一样的。"叶宴看了看已经惊呆的她，"其实命运的改变从很微小的地方就开始了，还记得你撞到你弟弟的事吗？要不是他当时对你怀恨在心，也不会伙同其他人绑架杨志了。"

"不……"安璐脸色惨白地刚说了一个字，胸口突然闪过一道红光，又迅速落入叶宴的项链里。原来的那颗粒珊瑚已经归于原位，像是吸足了鲜血和精魅，红得格外邪恶。

"接下来，你只能继续去走完你的人生之路了，这就是你最后的宿命。不过放心，你不会被判处死刑，只会被判处无期徒刑。"叶宴托着下巴眨了眨眼，"对了，就当是这次交易的特别赠送，我再告诉你一件事，你的寿命和杨眉是一样的。"

听到最后一句话，安璐的脸上顿时露出了绝望惊惧的神色，九十五岁高龄……她那么漫长的余生都要在监狱里度过？不！这个惩罚比一刀杀了她更可怕千倍百倍……为什么要改变自己的命运！为什么！真的好后悔……好后悔……

"我也该走了。接下来……有足够长的时间让你反省。"叶宴淡淡地笑了笑，轻轻地摸着那颗珊瑚珠子。

"等一下！"安璐突然苦笑起来，"那么你能不能告诉我，为什么，为什么我会看到另外一个自己？为什么我的弟弟认不出我，在他们眼里我究竟是什么？"

叶宴抿了抿唇，忽闪着那双浅金色的眼睛："对不起，我不能再回答你更多了。"

她的话音刚落，安璐周围的一切就恢复了原状，只是房间里多了几个拿着手铐的警察，林雾和刘妈母子俩则惊慌失措地躲在一旁，沉痛的表情下是怎样也遮掩不住的得意。

安璐认命般地叹了一口气，原来人生中的一切苦难皆由心生。交换了命运，人生究竟是重新开始了，还是就此结束了？

此刻，在小巷深处的二手店里，叶宴低下头，看到自己链子上的珍珠发出了一阵奇特的亮光，不禁微微一笑。看来，第二位客人很快就要上门了。

Part07
叶宴的恶趣味

　　傍晚时分，S市的大排档一条街上灯火通明。各色夸张又简陋的招牌在昏黄的灯光下竭力吸引着食客们的目光，不同食物混杂的气味和呛人的油烟味四处弥漫。食客们肆无忌惮地大声谈笑，不时传来玻璃杯相碰的声音。沾着油渍的餐桌下散落着一些空啤酒瓶和食物的残渣，引得附近的猫儿狗儿纷纷前来觅食。

　　这样的用餐环境或许只能用乱糟糟来形容，可每到入夜这里是全市最具人气的地方，若是来晚了就根本找不着位置。在所有的排档摊位里，其中一家的酥炸鱼皮称得上是排档里的头牌。长相粗犷的店主有一手做鱼的好本事。只见他从水盆里捞出新鲜活鱼，一划一割一挑，将鱼皮轻松拉起，裹上独家的秘制酱汁，放入油中煎炸再捞起——金黄酥脆的成品令人垂涎欲滴，也成了众多食客的首选。

就在食客们翘首以待新的一锅酥炸鱼皮出盘时，一个凄厉的声音忽然在人群中突兀地响起，顿时打破了这里的热闹与和谐。众人循声望去，只见一个面色惨白的女人发了疯似的逮人就问："你们看到过我的孩子吗？一个穿黄色衣服、白色短裤的小男孩？他刚刚还在我身边啊，一转眼的工夫就不见了！你们看到过吗？看到过吗？"

大家纷纷围拢，好奇地打听到底发生了什么事。原来这女人带着五岁的儿子来尝尝小吃，没想到刚付完钱就发现孩子不见了，也难怪她急得快发疯了。

"还用问吗，多半是被拐子拐走了吧。这种情况也不是第一次发生了。听说前几天也有个小姑娘不见了，真是作孽哦。"

"是啊，我也听说这里经常有拐子出没，而且这些人往往偷了孩子就迅速转移，根本就找不回来……"

"啧啧，这些拐子可真是该死……"

听到旁人三三两两的对话，女人的脸色变得更加绝望，眼泪如断了线的珠子般直往下掉。她奋力地摇了摇头，跌跌撞撞地冲出了人群……

离这里并不太远的马路上，一辆脏兮兮的白色面包车飞快地行驶着。开车的是个肤色深黑的外地男人，坐在后车座的胖女人则一脸不耐烦地哄着一个正在大哭的小男孩。

"这孩子怎么哭个没完了？吵得老子头都痛裂了！"男人的语气里明显带着几分恼意。

"就是！我还没碰到过这么难哄的孩子。烦死人了！"胖女人也嫌弃地皱了皱眉，"老公，你开快点，等到了目的地给他灌点安眠药，按时交到买家手里就没我们的事了。"

男人闻言神情又变得愉快起来，双眼直放光："老婆，你说这次我们能赚多少？"

胖女人咧了咧嘴正要回答，那男人突然一个急刹车，面包车发出一声诡异的长音后骤然停了下来，强大的惯性险些让她的脑袋碰开了花。

"死男人，你是怎么开——"胖女人刚开骂了半句，剩下的半句却硬生生被她自己吞了回去。她脸上的肥肉颤动了几下，那双金鱼泡眼睛睁得大大的，死死盯住了出现在面包车前的身影。

那是个身穿黑色丝质长裙的少女。她那深黑色的发丝仿佛比最幽深的梦境还要绵长，层层叠叠散落肩下，于夜风中飞舞相叠，仿佛交织成了一张引人堕落的黑网。她的脸白皙如瓷、清华如雪，一双浅金色的眼瞳里仿佛有妖魅寄宿，流转着某种魔性的美丽。琉璃月色衬得她的神情有几分旖旎，清丽动人中偏偏透着一股神秘的妖异感。

"你……你是什么人？找死吗？赶紧让开！"男人提高了音量，想借以掩饰心头涌起的莫名不安，粗嘎短促的声音听起来似乎并没什么底气。

少女展颜一笑，纤长细白的手指指向那个小男孩："我是来带他回去的。"

胖女人一听这话也顾不得害怕，冷哼着歪了歪嘴道："我可不管你是什么人。俗话说得好，挡人财路如同杀人父母，你快点让开，不然别怪我们不客气！"说着她斜看了一眼自己的丈夫，"老公，你就给我撞上去，老娘就不信她不让开。"

少女扑哧一声笑了出来："好吧，那就让我见识见识你们的不客气。当然了，也要你们的车子动得了才行。"

"死丫头还嘴硬！老公，别磨蹭了！还不撞上去！"胖女人一脸阴戾地催促自己的男人。

"老婆，不是我不想撞上去，这车子动不了了！"男人说着抬头惊恐地瞪着少女，心里生出了丝丝寒意，颤声道，"这是怎么回事？"

少女俏皮地眨了眨眼："咦？难道你没留意到身边有什么不同吗？"

被少女这么一提醒，夫妇俩这才发现马路上不知何时居然空无一物，冷冷清清，他们就像是这世界上唯一幸存的生物。而眼前的这个少女，周身更是散发着说不出的诡异，让人瞧着心里直发冷。

"你……你到底想怎样？这孩子你要的话就带走好了！"男人心知不妙，自然而然想起了好汉不吃眼前亏的道理。

"孩子我当然要带走。另外呢——"少女笑吟吟地看着他们，"我还要和你们玩个游戏，保证让你们觉得刺激好玩，终生难忘。"她的笑容是那么无邪，那双浅金色眼睛忽然变成了魔魅妖异的暗金色，美好与邪恶并不突兀地在她身上融合，就像是拥有洁白双翼的美丽天使，投落在人间的却是地狱恶魔的黑影。

"妈呀！妖……妖怪！"胖女人吓得大喊一声就晕了过去，而那男人还没来得及再说话，便眼前一黑失去了知觉。

也不知过了多久，胖女人首先恢复了意识，迷迷糊糊中她感觉到自己的全身都好像浸在冰凉的液体里，湿漉漉地极为难受。她尝试着想挪动一下手脚，却发现什么也做不了，甚至无法感知到手和脚的存在。这是怎么回事？自己到底在哪里？她惶恐不安地向四周张望——当看清眼前那不可思议的一切时，她惊骇得几乎又要晕过去。

她的周围竟然全都是鱼！一大群挤在狭小空间里的鱼！

天哪，这究竟是什么地方？！她艰难地抬起头，映入眼帘的却是大排档上那家酥炸鱼皮店的招牌。就在这个时候，耳边清楚传来了女客人尖细兴奋的声音："老板，这条鱼又大又肥，就先剥它的皮吧！哇！一定很好吃！"

随着客人的话音落下，胖女人蓦地感到自己的身子腾空而起，居然就这样被拎了起来！

她的脑中一片空白，呆滞的目光朝自己身上一转，顿时吓得直翻白眼——老天！原来自己就是那条又大又肥的鱼！这，这也太匪夷所思了吧！一定是自己在做噩梦，一定是！

"滋！"铁锅里一滴爆起的油不偏不倚正好溅在她的身上，顿时从那个部位传来了一阵火辣辣的疼痛。胖女人绝望地扭动着身体，欲哭无泪。原来这不是梦！这竟然不是梦！她就要被活生生地剥皮油煎了，就要成为别人的食物了！难道这匪夷所思的一切都是因为那个少女的关系吗？那个少女根本就是个魔鬼！魔鬼！

"不！不要杀我！我，我不是鱼！救命啊！"她竭力大声呼叫，可在旁人看来那只是一条鱼在挣扎而已。既然是条鱼，那么就要接受自己成为人类食物的命运。

不远处的树梢上，黑发少女惬意地微微晃动双腿，唇边露出一抹鄙夷的笑容。

"小宴，你又在玩这种恶趣味游戏了？"一个少年的声音懒洋洋地从她身边传来。少年说出的每一个字，都带着一种特别的轻盈和温柔，仿佛漫漫冬夜的雪花幽幽飘落在温泉水里，一瞬间就融化了。他的面容隐匿在树枝的阴影中，月光下只能见到他整个人似是被裹在一团光晕里，金色的发丝在风中舒展开来，如同希腊神话里海妖的长发，充满神秘和令人心惊胆战的危险。

"谁叫这两个人贩子做这种事，正好给他们一个教训，也让他们尝尝被贩卖的滋味嘛。嗯，游戏时间到。"话音刚落，叶宴的指尖突然发出一道诡异的蓝光，在胖女人的苦胆被吓破之前解除了魔法，用了个障眼法换了老板手中的鱼。滋！只听一声煎炸的脆响，那条鱼瞬间就变成了金黄色。

"你可是比小晚姐姐还厉害，她最多鞭打一顿虐猫的人，你呢，差点把人给油炸了。"少年的语气中满是宠溺的笑意。

"以暴制暴，以门牙还乳牙，你打我一拳我踹你十脚，一向就是你妹妹我的原则啊。"她微扬睫毛，眼中有淡淡的神采流转。

"我看，你是跟着流迦那变态师父太久了。"少年不以为然地撇了撇嘴。

少女嘻嘻笑着："青出于蓝胜于蓝，我当然要比师父更变态才能对得起他的教诲，对不对？"说着她又眨了眨眼，"对了，'变态'对我来说可是个褒义词哦，谢谢哥哥，我收下你的赞美了。"

"小宴，你的脸皮好像也在苗壮成长。"少年有些无奈地看了看她，意味不明的目光在她的宝石项链上停留了一瞬，"那件事，真的不用哥哥帮忙？"

叶宴的脸色微微一敛，随即坚定地摇了摇头："放心吧，我自己能搞定。这一次，我不会让师父小看我的。"

少年转过脸，眼底有复杂的神色一闪而过："但是那个封印……"

叶宴飞快地打断了他的话："别说这么多了，哥哥，你到人界来一次也不容易，不如我请你吃夜宵吧。"她说完这句话，不怀好意地笑了起来，随即果然看到对方的眼角微微抽了一下。说起来也是好笑又好气，不知道老妈当时是怎么给他们取名的，一个叫叶宵，一个叫叶宴，都和吃的有关！不过和更加可怜的"夜宵"哥哥相比，她的名字似乎就没那么悲剧了。

"哥哥，你想吃什么夜宵啊？可千万别客气！"她笑得更加奸猾。

"酥炸——鱼皮！"

此时此刻，那个年轻母亲还在神思恍惚地继续寻找自己的孩子，心中满是痛苦、自责、懊悔……失去了孩子的她几乎也失去了活下去的勇气。整个世界仿佛变得一片黑暗，她跟跟跄跄地走在这片黑暗里，只觉得灵魂也仿佛随着孩子丢失了。忽然，一个稚嫩的声音从前方哭哭啼啼地传来："妈妈——"这个微弱的声音好像一只有力的手，蓦地撕开了原来那片沉沉的黑暗，透出了一丝明亮的、充满希望的光明。

年轻母亲全身一颤，回过头看清冲着自己跑过来的小小身影时，脸上的泪水再次无法遏制地流了下来，她毫不犹豫地对着那个身影张开了双臂，就像要迎接世界上最美丽的阳光……

而就在不远处的垃圾箱旁，一对全身湿透的夫妻正蜷缩成一团抖个不停，似乎还没从无边的恐惧中恢复过来。胖女人先挣扎着坐起了身子，费力地搀扶起双目无神、一脸惊惧的丈夫。两人好不容易才缓过一口气，只见一个小姑娘牵着母亲的手蹦蹦跳跳地从他们身后走过，嘴里还叽叽喳喳地叫着："妈妈，我要去吃酥炸鱼皮！"

刚刚清醒的夫妻俩面面相觑，同时发出了一声瘆人的惨叫，再次以很不雅的姿势昏了过去，同时还有不明的液体从他们身下缓缓流了出来……

Part08
失去亲人的男子

　　已经连着下了两天的雨。

　　在市区的一条小巷深处，有一幢外表丝毫不起眼的瓦灰色小楼，乍一看就像是家见不得人的黑店。从年久失修的屋檐上流下的雨水滴落在地面上，发出单调又古板的声音，听起来令人觉得十分无趣。此刻小楼的棕色木门深锁，显然已是打烊时间。如果有灵力高又较为敏感的人经过这里，耳膜就会产生轻微的耳鸣，那是小楼周围布满了高等结界的缘故。

　　小楼二层的客厅里倒是一片敞亮。浅茶色短发的美少年正捧着一台平板电脑团在沙发角落里，眯着紫色的眼睛聚精会神地上网。他身旁的波斯猫则摊开四肢，霸道地占据了沙发中间的最佳位置，眼睛一眨不眨地盯着电视，看到兴起时还不忘用爪子捞面前的爆米花吃。而那位宛若普通邻家女孩的黑发金瞳少女，正努力地和手机游戏对抗。

这样古怪又诡异的两人一猫组合，正是店主叶宴和她的两位魔王店员瓦沙格和巴尔。从辈分上说，这两位魔王应该算得上是她的师伯师叔。

"这真是太气人了！"瓦沙格忽然气恼地扔开了平板电脑，口中还不停地碎碎念，"居然还有这种事！这该死的新闻看得我胸闷死了！"

"都和你说别多关注人类世界的社会新闻了，自寻烦恼。还不如看点肥皂剧打发时间呢。"波斯猫巴尔眯了眯眼睛，懒洋洋地开了口。

"可是这则新闻确实也太惨了！"瓦沙格愤愤道，"看看！一对老教师夫妻和自己的女儿好端端地在路边散步时被车子撞了，老教师夫妻和女儿当场都断了气。那个女儿还怀着九个月的身孕，很快就要临产了！四条命一下子就这么没了！"

正在玩手机游戏的叶宴头也没抬，淡淡道："天灾人祸，不是很正常吗？每个人都有属于自己的命运，包括何时以何种方式死亡都是既定的命数。发生这样的事情，只能说这家人的命格太差了，命中该有此一劫。"

"你们两个家伙也太没同情心了！问题不是这个！"瓦沙格腾地站了起来，"开车的人好像是本市某大集团总裁的千金小姐，这女人不但没有道歉认罪，她的父亲态度还相当强硬嚣张呢，说什么不就撞死了几个人，他有的是钱赔！现在好像引起众怒了，网上闹得乱糟糟的，大家正联名抗议要求严惩那个肇事的女人呢。"

巴尔翻了翻眼皮："这种联名抗议最是幼稚无聊，你看着吧，那位千金小姐绝对会没事的。这种事在人类世界又不是第一次了。"

瓦沙格不服气地扬起了眉："那我用自己的方式惩罚那个女人总可以吧？"

"当然不可以。你要是随意破坏游戏规则，我就立刻告诉沙利叶。"叶宴放下了正在把玩的手机，面带威胁地看了他一眼。瓦沙格，这位在所罗门七十二魔王里排位第三的魔王，性格温和，拥有无比善良的内心，他通晓过去、未来以及所有隐藏或者失传的事物与知识。每次看到类似这样的新闻或消息，他总是沉不住气，爱打抱不平，实在无法让人把他和魔王这份很有前途的工作联系起来。

"只许自己放火，不许魔王点灯。"瓦沙格小声地嘟囔了一句，没有再坚持。谁不知道所罗门王沙利叶和叶宴的母亲叶隐情分非同一般，所以他自小对叶宴就格外宽容疼爱。要是这小姑娘在所罗门王那里给他上点眼药，那就不是什么好玩的事了。

"基那师父也不知什么时候回来。"叶宴用手托住腮，笑眯眯道，"我开始想念他最拿手的马卡龙了。"谁也想不到，精通回魂术、降灵术的魔王萨米基那还能做一手米其林水准的甜点吧。

"说起来我也有点好奇，这个城市里居然还有能使用高级魔法的人？"巴尔怀疑地摇了摇尾巴。

"谁知道呢，越是不起眼的人，说不定越是深藏不露。"叶宴说着若有所思地望向了窗外，微微闪动的目光遥遥穿透了沉沉的黑暗，落在了很远很远的地方。

雨，似乎下得更急了。

下了几天雨之后，原本酷热的天气倒是凉爽了些许。辽远的天空中一丝云也没有，那澄澈清透的水蓝色浅淡得像是随时都会融化，仿佛能洗尽人们心头所有的烦躁。位于市区最佳地段的高级别墅区里，绿树成荫，繁花似锦。夏日阳光清且明媚，微风吹过，攀墙而上的几架红色蔷薇，弥漫开丝丝甜香。

此时，一位神情憔悴、面色苍白的年轻男子正在小区外徘徊，眼神冰冷地注视着一辆豪华的玛莎拉蒂缓缓开进了小区。车刚停下，开车的人就先下了车——那是个眉眼相当英俊的高个子帅哥。只见他快步绕过车的另一边打开了车门，殷勤地将一位身穿红色连衣裙的女孩从车上请了下来。女孩长相娇艳俏丽，举手投足间散发着一种张扬的美，就像是阳光下盛放的玫瑰，令人见之难忘。可那男子一看到这女孩，瞳孔骤然紧缩，眼睛霎时充血，全身难以抑制地散发出强烈的恨意。

别墅区的保安室旁有两个正在等车的女人正好见到了这一幕，忍不住一脸兴奋地聊起了八卦。

"这是绿意集团的大小姐何思媛吧？她不是前阵子撞死了孕妇一家吗？好像还闹得沸沸扬扬的，这么快就没事了？哎哟哎哟，你看她手上那个包，是S家的最新款，一个要二十几万呢！"

"啧啧！对了，听我朋友说，好像那孕妇的老公接受了大笔赔偿，这事也就不了了之了吧。"

"嘿！有钱就是好，撞死人也不用偿命。怪不得她爸爸那么嚣张呢。"

"没办法，我们这些老百姓也羡慕不来。对了，那个开车的人是她的男朋友吗？"

"是啊！你的消息也太不灵通了。这男的好像是个普通的公司职员吧，长得不错，听说把大小姐迷得神魂颠倒，他的这身行头，包括这车都是大小姐送给他的。"

"那不就是倒贴小白脸……"

"哼！也要看你有没有这资格让人家贴……"

"呵呵……"

男子听着这些话，神情中夹杂着痛苦和仇恨，下唇不知何时已经咬破了，一丝殷红的鲜血慢慢渗了开来。他似乎根本没有感觉到疼痛，只是死死盯着何思媛的背影。那如冰似刃般的眼神，仿佛正在一刀刀地凌迟肢解眼前的这个女孩。

他的父母和姐姐，还有那未出生的外甥，就这样无声无息，悲惨地死去了。

他那稳重憨厚、和姐姐一向夫妻情深的姐夫，居然为了那笔赔偿金放弃了追究被告的权利……在得了那笔钱后更是一走了之，不知所终。

这个世界，为什么这么不公平？为什么！父母和姐姐，他们都是那么善良的人，他们与世无争，只想过普通平凡的生活。为什么连这个小小的愿望，都成了遥不可及的奢望？他们得罪了谁，要落得这样凄惨的下场！他们的命运怎么会这样？

　　还有自己，本来是多么幸福的人生，有父母疼爱，有姐姐姐夫宠着，可一下子就从天堂跌到了地狱。他变得一无所有，这个世界上最爱他的人都在一瞬间消失了，这就是他的命运吗？注定要背负着亲人的死所带来的悲伤和绝望过一生？而那个悲剧的造成者，背负了四条人命却依然逍遥自在……四条人命啊！竟然就这样被轻易抹杀了！

　　不！这个人必须付出代价！杀人偿命，天经地义！

　　仿佛有什么声音在脑中疯狂地叫嚣，几乎要淹没他所有的理智。男子攥紧了怀里的匕首，像是做了最后决定般缓缓迈出了脚步——

　　"我劝你还是别做傻事的好。"一个清澈的声音忽然从他身后传来，与此同时，一股强大的力量阻止了他的动作。男子愕然回头，却连个人的影子都没看到，只见到一张白色卡片晃晃悠悠地飘到了他的手上。

　　他定睛一看，只见纯白的底色上只有黑色的三个字——无中有，下面还有一行小字写明了地址，接着，一排排新的黑色字像是变戏法般渐渐浮现出来……

　　你，抱怨过自己的命运吗？

　　你，羡慕过别人的命运吗？

　　你，曾想过要改变自己的宿命吗？

　　改变宿命？他愕然地瞪大了眼睛，正想将这古怪的名片扔掉，却见到有更多的字涌现出来。之前的字迹缓缓隐去，新显现的字迹却清晰无比——如果想要改变自己的宿命，就请踏入无中有。接着就出现了一行清晰无比的地址。

　　他愣了愣，冷冷扯了一下嘴唇。

一定是最近没有好好睡过一觉，才产生了这样的幻觉。

"瓦沙格，要是让小宴知道这个客人是你主动招来的，恐怕她会不高兴吧。"巴尔冷眼瞧着远去的男子，语气淡淡地说道。

瓦沙格笑得像只狡猾的狐狸："我又没有动用魔法，只是给了他一张本店的名片而已。小宴也抓不到我的把柄。"

"哦，不过我看你的心机可能白费了。"巴尔伸出爪子朝那个方向一指，只见男子已经扔掉了那张名片。白色的卡片随着风在空中打了个旋，悲惨地掉进了排水道里。

瓦沙格的脸顿时就绿了，看上去比阴沟还要臭上几分。怎么说这也是他第一次主动帮助一个人啊，竟然就这样无情地"夭折"了。

"能否踏进无中有，可不是你我说了算。"巴尔嘲笑地摸了摸胡子，嗖地一下就蹿入了巷子里。

瓦沙格叹了一口气，自己所能做的也只能到这里了。

Part09
小白脸的命运

　　两天后的一个傍晚。夜幕逐渐降临，皎洁的月亮散发出的银色光华冷冽无比，仿佛在嘲笑世人对自身命运的无能为力。瓦沙格从门上取下了"正在营业"的牌子，正打算关店打烊，小店的房门此时忽然被人推开了。看到那迟疑着走进门的客人，瓦沙格不由得眼前一亮，差点就脱口而出："你怎么来了！"

　　来者面色苍白、神情憔悴，秀气的眉宇间笼着化不开的愁云和戾气，正是之前在别墅区外徘徊的男子。

　　男子定定看了他几秒，用一种不确定的声音问道："这里，是无中有二手店？"

　　"没错。"瓦沙格点点头，心里暗暗纳闷，这家伙当时不是把名片给扔了吗？怎么又会找到这里来的？

"是这样的。我的姐姐不久前去世了。昨晚我翻看她的记事本，发现她打算下星期要来无中有用茶壶换个早已看中的玫瑰花咖啡杯。我……"男子顿了顿，声音里夹杂着强抑的哽咽和哀伤，"我很想帮我姐完成这个遗愿。所以就特地跑了这么一趟。不知道那个咖啡杯还在不在？"

瓦沙格稍稍一愣，似有点惊讶于这样的巧合。他快步走到一侧，从堆在那里的餐具杯具里找出了一个绘有玫瑰花的咖啡杯，微微扯了扯嘴角："应该就是这个吧，我们店里只有这么一只玫瑰花咖啡杯。"

男子的眸光一闪，唇角浮起些许凄凉的笑意，幽幽道："太好了。希望姐姐会喜欢这份最后的礼物，在那个世界也能用喜欢的杯子喝咖啡。"说着他接过了杯子，迟疑了一下就转身向门外走去。就在快要走到门口的时候，他忽然又停下了脚步，犹豫着问道，"对了，之前我看到过一张你们店的名片……"

"'如果想要改变自己的宿命，就请踏入无中有。'是这张吗？"听到瓦沙格微笑着说出了这句话，男子的脸色顿时一变，视线低垂，瓮声道："这只是个玩笑，是吗？"

"这怎么会是玩笑呢？"一个冷泉般清澈优美的声音伴随着一声轻笑突然从窗口传来。男子抬头望去，不觉大吃一惊。只见少女那一头深黑色的发丝密如水藻，倾腰而散，仿佛是黑夜里一场最幽深的梦境。她的五官无一不美，最为引人注目的就是那双浅金色的眼瞳，其中仿佛有妖魅寄宿，流转着某种魔性的美丽。

不等男子说话，少女又笑着淡淡说道："刘子俊，今年二十二岁，目前在本市一所大学就读化学系。三岁时曾得过一场大病，病愈后诸事顺遂。但今年你们家遭遇了一个难以化解的凶劫。你的父母姐姐等亲人遇意外过世，家中只有你一人幸存，恐怕在很长时间内你要形单影只，孤独度日。"

"你怎么会知道这一切？！"刘子俊震惊地瞪大了眼睛，就像是瞅着一个外星怪物。

少女似乎已经习惯于这样的反应，目光微闪："你别管我是怎么知道的。我问你，你是否不满意自己的命运？你想要改变自己的宿命吗？"

"改变——宿命？你知道你在说什么吗？"他更是一脸惊疑，"这怎么可能？"

少女轻轻一笑："既然你再次踏入这家店，那就证明你和这里有缘。你也知道，这里是家二手店，所以我们只做以物换物的交换生意。不过，店里可以交换的东西可不仅仅是那些杂物哦。只要你愿意，就连别人的命运一样也可以交换。"

"交换别人的命运？这是什么意思？"刘子俊觉得自己一定是悲伤过度所以才产生了幻听。

"我想我说得已经很清楚了。你可以用你的东西交换身边任何一个人的命运，甚至，还可以交换历史上各色人物的命运，高高在上的女王、身世显赫的贵族、万人拥戴的君主……无一不可。"少女的声音平静无澜，却并不令人觉得荒谬，甚至带着一种令人全身血液急速奔涌的蛊惑力。

也就是在这一刹那，他突然毫无理由地相信了少女所说的话。心头竟生出一丝期盼，就像是濒临溺亡的人突然胡乱抓到了一根稻草，怎么也不肯放手了。他的脑中忽然闪过一个荒谬的念头——如果将自己的命运和那个人交换，是不是就能报复那个害死他们全家的元凶？

"真的——什么人都可以？"他的声音听起来带有微微的颤抖。

"任何人。"少女干脆地应了下来，又挑眉一笑，"不过，我可不做赔本生意哦。我收取的不是金钱，而是一样属于你的东西。现在，我并不能告诉你那是什么。"

刘子俊低低地笑了起来，那笑容里有几分嘲讽，几分绝望。

"如果真的可以，你可以拿去我的任何东西，包括这条命。"

"我对你的命可没兴趣。"少女望着他的眼睛，脸上的表情有些让人看不真切，浅金色眼波魅惑得如同夜色中的点点妖气，暗暗涌动。

"那么告诉我，你想和谁交换命运？"

刘子俊再次恢复意识的那一刻，并没有感觉到什么不妥之处，直到一个脆生生的声音在他耳边柔柔响起——"韩磊，快点起床哦！再不起来上班可要迟到了！"随即，一双细腻润滑的纤手就调皮地落到了他的脖子上胡乱抓挠了几下。

刘子俊的身子一僵，脑海里回忆起之前在那家二手店里发生的种种，不禁心里一紧。韩磊？对了，何思媛的男朋友不就叫韩磊吗？这么说来，他真的和那个人交换命运了？这世上真有这种匪夷所思的事情？这真的不是梦？

按捺住纷乱繁杂的情绪，他迟疑地睁开眼睛，一张漂亮张扬的面庞赫然出现在他的视线中。他心神俱震——是她！果然是她！

"我可是特地从家里赶来叫你起床的哦，还给你买了早点呢。是你最爱吃的小笼包！"少女笑靥如花，可在他看来比恶魔更可憎。痛恨的仇人此刻就在眼前，他竭力按捺住扼紧她脖子的冲动，低下头飞快说了一句："我先去趟洗手间。"

以最快的速度冲进了洗手间，他掬起几捧冷水泼在自己脸上，抬起头直直望向镜子。镜子里还是他自己的脸，原来的刘子俊的一切已经被全部消除。他举起了手，用微微颤抖的指尖触碰自己的脸，似乎还不能相信眼前所发生的一切。他的脑中好像还能回想起那个少女听到他的要求时的古怪表情……耳边还回荡着那句话："和那个人交换命运，你……真的不后悔？"

后悔？笑话！怎么可能！只要能给自己的亲人报仇，付出再大的代价他也心甘情愿。

当刘子俊再次走出洗手间时，脸上已经换上了较为平静的表情，甚至嘴角边还挤出了一丝略带僵硬的笑容。生命中猝不及防的一记惨烈重击，仿佛让他在最短时间内褪去了所有的幼稚，之后，一夜成长。

"思媛，你对我真好。"说着言不由衷的话语，他的眼神显得有些飘忽。

何思媛并未察觉到他的不妥，颇为娇嗔地扫了他一眼："你是我的男朋友，我不对你好对谁好呀。"

男朋友……他在心底冷冷笑了一声。这个蠢女人根本想不到自己的男朋友已经被调包了。死，根本就是太便宜这个肇事者了。让她生不如死，才是最好的惩罚。何思媛这么在意自己的男朋友，由此可见这个韩磊就是她最大的软肋。那么，从这里下手应该是最合适的吧。从幸福的巅峰跌落到悲剧的深渊，那种落差对她造成的刺激想必一定非常令人期待。想到这里，他的嘴角隐约勾勒出几分残忍的笑意。

他会有足够的耐心等到那一天的。

"对了，思媛，上次撞人那件事都已经搞定了吧。"他试探着问了一句。

何思媛的笑容微微一滞，脸上的表情似乎显得有些古怪，愣了好几秒才僵硬地点了点头："放心吧小磊，已经都搞定了。那些人不会来找麻烦了。"

麻烦……听到这个词，他的心脏骤然一阵抽痛，脸上却显现出担忧的表情："思媛，摆平这件事……花了你不少钱吧。"

"这个你就不用操心了。能用钱解决的问题就不是问题。"她微微笑了笑，似乎不想再继续这个话题，"好了好了，快点吃完早饭去上班吧。对了，下了班陪我给我爸爸买生日礼物哦。"

他应了一声，胸口那个位置仿佛被冰霜冻结过一般，冰冷冰冷的。没错。能用钱解决的问题就不是问题。他的那位好姐夫杨琛……曾经以为他会是姐姐最安心的依靠，曾经以为他对姐姐的爱无人能及，曾经以为……万万没有想到，姐姐出车祸后最先向对方妥协的人是他，收取了天价赔偿金后逃之夭夭的人也是他……

或许以前是自己太天真了。

用完早餐，何思媛像往常一样用自己的玛莎拉蒂将韩磊送到了公司——位于市中心最黄金地段的绿意集团总部。韩磊在绿意集团里虽然只是一个小小的职员，但大家都不敢轻易得罪他。毕竟他和老板千金之间的事已经不是什么秘密了。

只不过，灰姑娘不容易做，成为灰王子也绝不是那么轻松的。此刻被董事长叫到办公室的刘子俊对此就深有感触。

很明显，董事长并不待见这个有可能成为自己女婿的男人。

"废话我就不多说了。今天叫你来是最后给你一个机会。到底你要多少钱才肯离开我的女儿？"董事长眼中是显而易见的轻蔑。

这个无比俗气的桥段居然在自己身上上演了。刘子俊面上不显，心里却对此嗤之以鼻。就在这时，他忽然摸到裤兜里的手机，心念一动，上前半步露出了诚挚无比的表情："董事长，或许我现在说的您并不会相信。但我和思媛确实是真心相爱，我是不会和她分开的。我知道现在我许下任何承诺都无法让您接受，唯有时间才能证明一切。就请您给我一个机会。"

"年轻人，你就别在我面前要心眼了。你这样的人，我见得多了。"董事长淡淡扫了韩磊一眼，"思媛是我最珍爱的宝贝，我是不会让她有机会继续犯糊涂的。"说着，他飞快地写了一张支票，递到了他的面前。

刘子俊扫都没扫那张支票一眼，不用看他都猜得到，那一定是笔巨款，说不定比赔偿他遇难家人的还要多。动不动就拿钱解决问题，显然是这些有钱人的习惯。难怪嚣张地视人命为无物，说出那些惹众怒的话。

他略略提高了音调，似乎因气愤而显得有些激动："董事长，并不是所有人都会为了金钱出卖爱情。在我的心里，思媛是无价的。您这样做不只污辱了我，也同样污辱了您的女儿。这张支票，还是请您收回去吧。"

董事长目光一沉，脸色更加难看："年轻人，你好像比我想象的还要贪心。"

"董事长，这个世界上还是有比钱更重要的东西存在的。如果您一直抱着这样的念头，那么思媛会很辛苦。您的在意我完全能理解，你担心思媛受骗，担心我只是冲着钱来，所以宁可错杀一万，也不留下一个不稳定的因素。可是也正因为如此，思媛或许会错过很多珍贵的东西，比如真情，比如纯粹的爱。只是因为爱而爱。"他一改韩磊本尊之前的小心谨慎，冲着对方侃侃而谈。

董事长似乎对他的反应有些惊讶，神色反倒缓和了一些，但语气还是很冷漠："这些话哄思媛还行，对我可完全没效果。我是绝不会同意你和思媛在一起的。"他的话语犹如利刃般刺了过来，"如果你还有自知之明，那么应该对'门当户对'这四个字有所理解。"

刘子俊扬起了眉，沉稳的声音掷地有声："物质上我们或许并不匹配，但是在爱情上，我和思媛绝对是门当户对！"

他的话音刚落，办公室的门突然"砰"的一声被打开了。何思媛如一阵旋风般轻盈地卷了进来，她清脆明朗的声音随即打破了房间内略显沉闷的气氛："小磊，你说得太好了！"说着她扭头瞥了她爸爸一眼，撇了撇嘴，"老爸，现在都什么年代了，还提什么门当户对这么老掉牙的东西，笑死人了！"

董事长不悦地蹙起了眉："思媛，你怎么会来？"

"我想你了嘛，老爸。"思媛抱住董事长的手臂开始撒娇。董事长对这个女儿果然是无可奈何，只能宠溺地低语一句："你啊。"

何思媛望着刘子俊，眼中漾起一缕柔情，又慢慢转过头看向自己的父亲："老爸，我正好有点事要小磊帮忙呢。你要没什么事的话，我就带他走了。"说着思媛露出了一个明媚灿烂的笑容，也不等董事长回答就拉着刘子俊离开了这个"危险阵地"。

到了门外，何思媛含情脉脉地看了看刘子俊："小磊，刚才你说的我都听到了。我真的……很开心。我就知道你和其他人不同。"

"你……都听到了？怎么会？"刘子俊似乎愣了一下，露出了疑惑的神色。

何思媛轻点了一下他的额头："你一定是不小心按到快捷键了吧，我摁下通话键正好都听到了。你呀，有时就是那么粗心迟钝……不过，我就是喜欢这样的你。"

"啊？怎么会这样……"刘子俊似乎不好意思地皱了皱眉，立即引来了何思媛的一阵娇笑。他也跟着弯起嘴角笑了起来。只是如果仔细看，那腼腆的笑容下隐藏着冷漠和嘲讽。

不过是个无脑的千金小姐而已……刘子俊心里一哂，他刚才故意按下了手机的快捷键，直接拨打到了她的手机上，才能让她如此"凑巧"地听到了自己的"表白"。

不知为何，他对自己忽然产生了一种莫名的陌生感。自从和这个

　　韩磊交换命运以后，他自己原先的个性似乎正在逐渐消失。他的性格，他的行为，好像正在一点点地发生着改变。他的心脏，也比以前更加冷硬。

　　仇恨，或许是让一个人迅速成熟的最佳催化剂。

Part10
如愿以偿

那次谈话之后，董事长就没有再找过刘子俊，似乎已经将他的事抛诸脑后。但刘子俊心里很清楚，爱女如命的董事长是不会就这样算了的。董事长如今不过是持观望态度，一旦发现有不利于他女儿的苗头出现，就会毫不留情地亲手掐灭。

他早就打听过，以前的韩磊行事乖张冲动，仗着自己和董事长千金的关系目中无人，在公司里人缘比较差。所以当开始自己的计划后，刘子俊为人变得低调谨慎，对同事和领导的态度不卑不亢，处事也极为得体。同事们在惊讶他的转变时，对他的印象也有所改观。这些自然都丝毫没有遗漏地被汇报到了董事长的耳中。

不过，董事长似乎并没有那么容易认可他的存在。虽说对这个年轻人的印象有所改观，但内心还是不希望他继续接近自己的女儿。在一位父亲的眼里，他的女儿配得上更好的，可不能嫁给这么一个平庸的穷男人。

刘子俊倒也不气馁，对何思媛更加关心体贴，只是有时在柔情蜜意时又会不经意地流露出对两人未来的担忧。或许是面具戴久成了习惯，原本僵硬的动作如今做来已经自然无比，哄人的话也是轻轻巧巧就能说出一大串。明明是此生最憎恨的人，偏偏要对她说出世上最甜蜜的话语。他清楚地知道，自己身体内那个叫刘子俊的灵魂已经变得越来越陌生了。

在这期间，董事长给女儿介绍了几个名校毕业的精英，都被何思媛用各种理由搅黄了。当董事长再次提出让女儿和某位世交的儿子见个面后，何思媛索性拉着刘子俊来到了董事长的办公室。

"老爸，我已经决定了。我的结婚对象就是他。"她开门见山地说道。

董事长皱了皱眉，不悦地扫了一眼垂目不语的刘子俊："思媛，婚姻大事还是慎重点好。虽然现在对婚姻比较开明了，但门当户对是存在了几千年的真理。作为长辈，我还是希望你考虑清楚。我也明确地告诉你，我觉得你们两个人并不合适。"

"可是伯父，我——"刘子俊抬起头，似乎打算辩驳一下，却见何思媛拉了拉他的衣袖，示意他先别说话。

"老爸，这次你不同意也得同意了。"她的嘴角不着痕迹地微扬起来，"你也不想你的外孙一出生就没爸爸吧？"

什么？董事长显然大吃一惊，复杂的神色在他的脸上一一呈现，愤怒，惊疑，失望，无奈……最终归于平静。

"思媛，你说的是真的吗？"刘子俊做出了无比兴奋激动的神情，完全符合一个即将做父亲的人的反应。

何思媛羞涩地笑了笑："是的，小磊，我也是昨天才确认的。这是我们两个人的孩子。是上天赐给我们的最好礼物。"她的笑容充满了即将成为人母的温柔幸福，仿佛玫瑰在阳光温暖下层层绽放，散发出一种令人心动的美丽。

似乎是被这样的笑容所惑，刘子俊竟也是微微一愣。一个手上沾满了鲜血的人竟然能笑得这样纯真无邪，这简直就是对笑容的亵渎。仅仅是一瞬间，他的心很快再次恢复了坚硬。

再怎样美丽的人，也只是他不共戴天的仇人。

刘子俊低下了头，唇边有冷冷的笑意一闪而过。看来连老天都在帮他，这个女人居然在这个时候有了身孕，正好省去了一些麻烦。

接下来事情的发展比他想象的更加顺利。董事长看在外孙的面子上最终还是同意了这桩婚事，为他们举办了一场盛大的婚礼。婚礼过去后，作为"驸马"的刘子俊在公司依然保持低调亲和。董事长虽对这一点感到颇为满意，但对他还是有所保留，因此在公司职务上并未对他做出任何升迁变动。刘子俊也没表现出丝毫不满，还是兢兢业业地完成自己的本职工作。

而在私人生活方面，刘子俊对待何思媛比婚前更加温柔体贴，事无巨细件件到位。出乎他的意料，何思媛一改以前的奢靡生活，全心全意做起了贤妻良母，即使购物，买的也都是和宝宝有关的东西，每天晚上临睡前的胎教更是必不可少。

今晚也不例外。

卧室里响起了优雅动听的莫扎特钢琴曲。昏黄的灯光下，何思媛正耐心无比地给肚子里的孩子讲故事。她脸上带着微笑，那笑容仿佛被镀上了一层浅金色，散发出一种神圣又令人心动的美。

此刻从刘子俊的角度望去，看到的正是这样温馨如画的一幕。

他的心不知怎么微微颤了一下，目光在她的腹部停留了几秒。那里面正在孕育着一个新生命，而且不管怎么说，这个生命还是他的孩子，是这个世上唯一和他血脉相连的人，是他的亲人。

亲人。在失去了自己所有的亲人后，他才感受到这两个字是多么珍贵。

"小磊，宝宝在踢我了！"思媛兴奋的声音打断了他有些恍惚的思绪。

他的心脏深处突然传来一阵绞痛，眼前仿佛浮现出一个相似的画面——温柔美丽的姐姐用手轻抚着自己的小腹，微笑着对他说："子俊，姐姐肚子里的宝宝会踢人了。你要不要也来摸一下？"

他死死攥紧了自己的手。眼前的这个女人再漂亮再温柔，也不能抹杀她害得他失去了全部亲人的事实！当她的车轮残忍地碾压过他的亲人身体的那一刻，她就要为之付出惨痛的代价！

几个月后，何思媛顺利产下一个白白胖胖的儿子。董事长大喜之下，立刻大方地将公司的一部分股份赠送给了外孙，同时给刘子俊升了职位。尽管职位并不算高，但至少是一个风向标，表示董事长开始慢慢尝试着接受女婿了。

平时忙完工作，刘子俊能不应酬就不应酬，尽量多花时间陪伴妻子和儿子。说来也奇怪，这个孩子竟然长得和原来的他有几分相似。或许是由于这个原因，他对这个孩子倒生出了几分真心的欢喜。同时，他也念念不忘继续追查姐夫杨琛的下落，甚至还花钱让道上的朋友帮忙。比起凶手，背叛姐姐的那个男人更让他感到不耻和愤怒。

这天，某位从北京过来的客户要来谈一笔大生意的合作。据说这位客户有极深的背景，如果生意能够谈成的话，集团的发展必定会更上一层楼。因此，董事长非常重视这次合作，甚至亲自出面作陪。或许是为了让刘子俊多积累些经验，董事长这次将他也带在了身边。从某种意义上说，董事长似乎越来越接受这个女婿了。

前往见面酒店的路上，董事长不忘提醒他一些注意事项。刘子俊听得十分认真。

车窗外的街景犹如一帧帧照片般掠过，夜晚流光溢彩的霓虹灯倒映在车窗上，将这个世界渲染得虚幻迷离。一切，看起来是那么不真实。就像他此刻的人生。

和仇人结婚，生子，一切的一切，只是为了给予对方毁灭性的一击。只不过……到那时……儿子……会难过吧？

不行，他不能有半点动摇。那个孩子绝对不能成为他的弱点。

像是为了甩掉这种令人烦扰的念头，他甩了甩头，望向窗外。前面正好有个红灯，车子也缓缓减速——他漫无目的地扫过街上景物，突然，瞳孔微微一缩。他的身子也条件反射般前倾了几分，想要看得更加清楚——那个从书店走出来的青年怎么和他的原身长得一模一样！不，那根本就是他刘子俊！

他的心里生出了一丝惶恐，微微走神了一瞬，再睁眼已经完全看不到那人的身影了。

我看见了我自己。他默默念着这句话，背后陡然冒起一股凉气。

到了酒店的时候，刘子俊还是有点恍惚。幸好董事长的一声轻咳将他拉了回来。这位来自北京的大客户性格倒是豪爽，只是嗜酒如命，酒席上不停地劝董事长喝酒。董事长喝了几杯后似乎就有点不胜酒力。但这位客户还是敬个不停，并且扬言不喝就是不给他面子。

当客户再次敬酒时，刘子俊不慌不忙站起来，半挡在董事长身前，举起满满一杯白酒，笑道："刘哥，如果看得起我，这杯酒就当是我敬您的。我就先干为敬了。"说完，他仰头将一整杯白酒都灌了下去。

"哈哈，爽快！再来再来！"刘哥咧开嘴连声赞道，也将手里的酒一饮而尽。

刘子俊的眉不着痕迹地微微一蹙，又立即展开笑颜，继续倒起了酒。一旁的董事长若有所思地看着自己的女婿，什么也没说。

一切结束之后，刘子俊已经不知道自己到底喝了多少酒。他摇摇晃晃地站起身，对董事长露出了一个略带孩子气的笑容："爸，我今天表现还不错吧。"

董事长看着他发白的面色，心里不禁一软，伸手拍了拍他的肩："小磊，今天你表现得很好。不过还是要小心身子，早点回去休息。有什么不舒服就及时去看医……"还没等他把话说完，只见刘子俊似乎放心地舒了一口气，整个身体就倒了下去。

当刘子俊再次睁开眼睛恢复意识时，映入眼帘的是何思媛早已哭红的双眼。一见他醒来，那双美丽的大眼睛里顿时漾起了一阵雾霭，狂喜之色显而易见。

"小磊，小磊，你醒了？！吓死我了！你感觉怎么样？哪里不舒服？头还痛不痛？"

她的小手在他额间轻轻触碰，痒痒的，软软的，温温的。他突然惊讶地发现自己竟然有些贪恋这份温暖了，这个认知让他感到十分恐慌。

不可以。绝对不可以。

他侧过头不着痕迹地躲开了她的手，揉了揉太阳穴，轻微摇晃了下沉重的脑袋，低声道："思媛……我这是怎么了？"

"医生说你酒精中毒了。你喝的酒太多了。"何思媛说着幽幽扫了某个方向一眼，"老爸，你怎么也不拦着点，他可是为了给你挡酒才这样的。"

董事长上前两步，目光和蔼地看着刘子俊："这次小磊确实是帮了我大忙，辛苦了。下次一定不会再发生这种事。"

刘子俊略略直了直身子，目光坦荡地望向董事长："我为您挡酒，并不是因为您是董事长，而是因为您是思媛的爸爸。为了思媛，您也要当心自己的身体。"

董事长似是微微一愣，面色变得柔和了几分。那冷硬的眉宇间竟好像掠过一丝温和的笑意。自刘子俊认识董事长以来，从未见过他对自己有如此和颜悦色的一面。他心里不禁暗喜，看来自己这一步没有走错。董事长这样的身份，当时其实不必和对方硬碰硬拼酒，只要董事长有所暗示，对方必然也会有所收敛。但昨晚董事长并未有任何暗示，可见某种程度上也是对他的一种考验。

目前看起来，他好像是通过了这次考验。

"小磊，谢谢你。"

他猛一抬头，正好看到思媛的笑容。那笑容竟如此明媚，就像春风里绽放的一朵艳丽玫瑰，让他的心神晃了晃。被单之下，他攥紧了自己的手，似乎在宣泄着那不知所以的复杂情绪。

Part11
难以操纵的命运

自从挡酒事件后，董事长对刘子俊又多了几分信任，并且逐渐开始将部分权力下放给他。刘子俊依然不骄不躁，在公司里低调做事。董事长倒是对这样沉稳成熟的他越来越欣赏了。

一转眼，四年时间匆匆而过。刘子俊凭借着平日的表现早已进入了公司的管理层，对公司的各项工作更是得心应手，算得上是董事长的得力助手了。如今的他，岳父花费心血栽培，妻子温柔，儿子聪明，人生看起来似乎没什么遗憾了。

他伸手摸上了自己的脸，恐惧感从心底升起，迅速笼罩全身，仿佛要吞噬掉他的灵魂——再怎么美好再怎么风光，这全部都是别人的人生。

更何况，他从没忘记和别人交换命运的目的。这几年里，面对着妻儿，他偶尔也会迷失也会犹豫，但一触及心脏外包裹的坚硬外壳，所有的动摇都会灰飞烟灭。

他交换了别人的命运，就是为了毁掉那个女人的人生。

"小刘，今天怎么这么早回去了？"同办公室的李姐的声音将他从沉思中拉了回来。

他露出了一贯的笑容："是啊，今天有点事。"

李姐冲他眨了眨眼："今天好像是思媛的生日吧。不用说，一定是给她庆祝生日去了。公司里谁不知道你们是最恩爱的夫妻，结婚四年还和谈恋爱时一样呢。"

"李姐，你就别取笑我了。"他挥了下手转身而出，只留给对方一个潇洒的背影。

李姐说得没错。今天是何思媛的生日。像往常一样，他在市区最高档的精品花店订了一束从荷兰空运而来的郁金香——那是何思媛最喜欢的花。

位于市中心的精品花店由于价格高昂，所以平时客人并不算多。此刻除了刘子俊外，还有一个年轻男人也正在店里挑选花束。老板娘一看到这位老客户就笑吟吟地迎了上来，将早已准备好的花束交给了刘子俊。刘子俊接过花正从兜里掏钱包，那个选花的年轻男人突然从旁边跳了出来，恶狠狠地拔出匕首威胁他们把钱交出来。

老板娘顿时吓得脸上没了血色，直往刘子俊身后躲。而刘子俊看清那歹徒的容貌时不禁大吃一惊——那张脸竟然和原来的他长得一模一样！虽说人有相似，但不可能相似到分毫不差，竟然连左眉上的一颗痣都一模一样！那根本就是他自己！

在这种情形下看到另一个自己，刘子俊一时脑中空白，毫无反应地愣在了那里，根本没听到那歹徒在说些什么。直到小腹部一凉，这才发现对方的匕首已经插进了他的小腹中，同时还伴随着那人尖锐的声音。

"不就是要你们拿几个钱出来吗？磨磨蹭蹭的一点诚意也没有。你这是活该！"

看着自己的鲜血汩汩流出，刘子俊的意识也逐渐开始模糊，难道就这样死于非命了吗？可是他还没有复仇啊……他不甘心……真不甘心……可连他自己也不敢相信，昏迷之前在他脑中闪过的最后的画面，竟然是何思媛带着儿子荡秋千的画面。

不知过了多久，当他迷迷糊糊醒过来时，睁开眼睛，映入眼帘的是悬在头顶上方的瓶子，瓶子中那鲜红色的液体正透过导管一点点地注入他的血管中。

"爸爸，爸爸！你醒了！"儿子兴奋的面孔放大出现在他的面前，小脸涨得通红，"你睡了好久好久呢！"说着，他又推了推趴在床边的何思媛，"妈妈，妈妈，爸爸醒了！"何思媛抬头一看也是惊喜无比，连忙问道："小磊，你感觉怎么样？要不要叫医生？"

刘子俊摇了摇头："我感觉好多了。这真是飞来横祸，我还以为再也见不到你们了。"

"我当时接到电话都吓蒙了。还好那一刀没伤到要害，真是老天保佑。"何思媛一脸庆幸地站起了身，"这么长时间也有点渴了吧？我给你倒水喝。"

"爸爸，爸爸，你不会有事的。因为有妈妈救你哦。"趁着何思媛倒水的工夫，儿子笑嘻嘻地凑到了他的身边。

他愣了愣："什么？"

"这些，都是从妈妈身上抽出来的哦。"儿子指了指瓶子里的血液，又做了个噤声的手势，"我听到外公和妈妈说话了，妈妈还让我不要告诉你。"

妈妈身上抽出来的？难道这些都是何思媛……他不禁心头微震——对了，他的血型是稀有的熊猫血型，没想到何思媛的竟然也是……怪不得她的脸色看起来那么苍白，怪不得她累得趴在床边睡着了。此刻，她的血，正在一点一滴渗入他的身体，和他的血他的肉他的骨融为一体，再也无法剥离。

看着儿子讨好的笑容，他心中涌现百般滋味，伸出右手温柔地抚摸那张和何思媛也有些相似的脸。摸着摸着他忽然搂住了儿子，心里觉得有些温暖，却又觉得更加悲伤。

他始终不明白，做夫妻做了四年，何思媛给人的感觉一直都是善良明快，她会为穷人做善事，会为受伤的小动物哭泣，会为受侮辱的人不平，喜怒哀乐，都是那么跳脱直接。

为什么她会做出那样残忍的事？为什么？

难道平时的一切都是她的伪装？如果这样的话，她伪装的本领未免也太高了。

如果……如果她不是杀死自己亲人的凶手……那该有多好……

那该……有多好……

接下来好几个晚上，他竟然失眠了，哪怕是迷迷糊糊睡了几分钟，脑中也是乱糟糟一片，就像是有两队人马不停地在那里厮杀。这样的情形差不多维持了半个月，在之后的一个雨夜，他终于不再失眠。

他竟然又回到了那个熟悉的家，客厅的电视里播放着当天的新闻，沙发前的茶几上堆满了各种水果和零食，父母和怀了孕的姐姐在沙发上闲聊，不时传来一阵阵笑声。很快谈话声被一声门铃打断，母亲起身去开门，原来是姐夫买了姐姐最爱吃的良记叉烧过来。姐夫将头靠在姐姐的肚子上，笑着说："经常听到有人说生孩子不如生块叉烧，儿子，你可要比叉烧争气啊……"全家笑成了一片，唯有他，作为一个旁观者根本参与不进去。

画面不知何时又转了。他看到了只有七八岁的自己。似乎是生了病，正无精打采地躺在床上。父母和姐姐都围绕在他的身边，有人给他讲故事，有人给他喂甜甜的梨水。忽然天边响起了一个惊雷，父母和姐姐匆匆起身，争先恐后地向前挤……

"别走，爸爸……妈妈……姐姐！"

醒来时，他一摸脸颊，竟然已泪流满面。

点点滴滴的往日回忆就像是沙粒，硌得他眼睛生疼生疼。

往日亲情难以忘怀，昔日仇恨不可忘记。

"老公，你怎么了？是不是做噩梦了？"睡在身旁的何思媛似乎也被惊醒，一脸关切地伸手来揽他。

他如避蛇蝎般躲过了她的拥抱，盯着她的眼睛哑声道："不知怎么回事，我居然梦到了四年前被撞死的那家人。"话音刚落，他并不意外地看到她脸色大变，不过很快她就恢复了正常，只是低垂视线避过了他的目光，淡淡道："怎么会梦到那个，都已经是很久之前的事了。好了好了，别乱想，快点睡吧，又不是什么大不了的事。"

又不是什么大不了的事……这些话就像一大把锐利的冰针，狠狠地戳入他的心房，痛得他想大叫，痛得他想掐死眼前的这个女人。

死死攥住双手，他深深吸了一口气，重新躺了下来。

从这一刻起，他的复仇之心不会再为任何人任何事动摇。何思媛，你和你的父亲准备好迎接这场暴风雨了吗？

Part12
最后的真相

　　两个月之后，绿意集团一份极为重要的海外订单出现差错。这个差错给集团带来了不可估量的巨大损失，并且直接影响了接下来的合作。偏偏祸不单行，还没等这次危机过去，集团又爆出了一个大丑闻，董事长因吸毒和涉嫌行贿被捕。这下子，集团顿时失去了主心骨和决策人，董事长只能暂时授权亲生女儿何思媛管理集团的所有事务，女婿韩磊则只是协助管理。虽说忽然遭逢巨变，但何思媛毕竟也是见过世面的，在最初的震惊伤心后慢慢冷静下来，很快就投入了集团的所有事务当中。她只有一个念头，就是在爸爸回来之前替爸爸管好公司。

　　在一系列意外的打击下，绿意集团的信用度急剧下降，不少原来的合作伙伴都纷纷取消了订单，集团的运营更是举步维艰。

此时，刘子俊正独坐在酒廊里，悠闲地品尝着一杯 1988 年的意大利红酒。或许是心情舒畅的关系，今天的红酒味道似乎特别浓郁醇香。

所有的一切，都在他的掌握之中。这个差错的制造者自然是他，就连设计栽赃董事长吸毒，也是他的手笔。至于行贿，这样的大集团有几笔烂账是非常正常的。刘子俊抿了一口酒，微闭的眼中闪过一丝嘲讽的笑意。董事长对他还是存有一丝忌惮，果然如他所料，将集团的一切都交给了自己女儿打理。

这个老家伙，真以为这样他就束手无策了吗？

刘子俊握紧了玻璃杯，抿唇勾起一抹残酷的冷笑。

接下来只要把那块绊脚石挪开，集团的所有权力就会归他所有。到时，他想怎么折腾都无所谓了。这对父女的依靠不就是这个集团吗？当初能顺利脱罪不也是因为有足够的金钱吗？等到这些消失的话，他们会不会痛苦万分？

不过，这些痛苦还远远不够。

刘子俊从酒廊回到家已是半夜了。儿子睡得正香，何思媛倒还没睡，像往常一样等着他。四年了，每个他晚归的夜晚，何思媛都会在客厅里等着他，执着地为他点一盏明亮的灯。每当看到那明亮的灯，他心里的纠结仿佛就加深几分。若这何思媛是个本性恶毒的女人，他一定会将她甩得干脆。可这几年来，她对他始终如一，对其他人和事也是温柔相待，怎么也不能将她和那个嚣张的车祸惨案肇事者联系起来。

刘子俊热了杯牛奶递到她面前，脸上的神色温和又关切："这么晚还不睡？来喝杯牛奶，宁神助眠。"

何思媛点了点头，眉宇间还是笼着化不开的轻愁。

"集团和爸爸搞成这样子，我怎么还睡得着。小磊，爸爸他根本不可能吸毒，警察怎么会从家里搜出那些东西。我真是不敢相信。"

"放心吧，会没事的。"他指了指那杯牛奶，眼神温柔得仿佛能将人融化，"快喝吧，喝了早点睡觉。明天醒来，你会发现只是做了一场梦。"

"小磊……幸好身边还有你。"何思媛将头靠在了刘子俊肩上，露出欣慰的笑容，只是她没看到此刻对方眼中闪过的寒光。在刘子俊的再次催促下，何思媛将那杯牛奶喝了个精光。不知是心理作用还是牛奶真的有效，她很快就进入了梦乡。

一夜好眠。何思媛醒来时，发现自己正睡在刘子俊的怀抱里，不禁面色一红，唇边荡起了一抹甜美的笑容。她刚想坐起身，却感觉脑袋沉重如石，两边的太阳穴隐隐作痛。

"怎么了？是不是生病了？"一只温暖的手伸过来贴在了她的额上，紧接着那张熟悉的俊秀的脸瞬间放大出现在她面前，秀气的眉微微蹙在一起，"好像有点热度，我看还是叫家庭医生来吧。"

她笑了笑："不碍事的。我等下吃点药就好了。"

他摇了摇头："不行，一定得叫医生看过，我才放心。"

"你呀，"她的脸上浮出些许红晕，"小磊，你这么宠我，我会越来越骄纵的。"

他微微一笑，似有半明半暗的流光从瞳中一闪而过。

不多时，家庭医生就到了。他给何思媛做了检查后，迅速和刘子俊交换了一个眼色，迟疑了一下才开口道："夫人的病……"

刘子俊飞快打断了他的话："王医生，我夫人的父亲被抓，集团快要破产，会不会是这些压力导致她得了暂时性的精神分裂？"

轰的一声巨响在何思媛的脑中炸开，她睁大眼睛，不敢相信地看着自己的丈夫，似乎完全没有听懂对方在说些什么。

王医生神色复杂地瞅了何思媛一眼："这个……完全是有可能。所以，我建议将夫人送到医院去治疗一段时间。"

"那太感谢了。王医生，你先回去吧。"刘子俊彬彬有礼地送走了王医生，关上门回过头，好整以暇地看着还在发呆的何思媛。

"小磊，刚才的话……什么意思？"何思媛艰难地开了口。她的脑中仿佛有什么闪过，快得她根本抓不住。

"你不是听明白了吗？"他抿唇一笑。那笑容里依稀竟有几分血腥味，就像是久候的野兽终于猎到了自己想要的猎物。

"我不明白！我什么都不明白！"她翻身想要下床，脸上带着一丝恐惧，"我要去集团。我现在就要去。"

"抱歉，你哪里都不能去。"曾经深情款款的眸中凝了寒冰，一丝情意也无，"刚才王医生的话你也听到了，现在只能先送你到精神病院去待几天。"

"小磊？你疯了吗？你到底要干什么？为什么要这样做？"她的声音里带了几分颤抖，像是不认识般盯着眼前这个男人。

他森森地盯着她，眼底仿佛闪动着地狱深处的火焰："为什么……你还记得四年前的那起车祸吗？你撞死了一家人……"

"什么？！"她的眼睛瞪得更大，像看怪物般看着他。

"或许你都快忘记了吧。对你来说，那不过是一次练车失手，可对我……"他顿了顿，到底还是没将交换命运的事说出来，"对我的朋友来说，却是人生的毁灭。"

她愣愣地盯着他，眼珠好像都没有转动一下，声音听起来更是古怪："你是说，那是你的朋友？"

"没错。"他低头看了看手表，茶里的安眠药就快要发生作用了。

"韩磊，你这个疯子！你根本——"还没等这句话说完，她就一头栽在了地上。

刘子俊的脸上有意味不明的神色闪过，似是有些恍惚和哀痛，但很快就恢复了原有的冷酷。没过多久，门外如幽灵般闪进了两人。

"把她直接送到精神病院。"他神色淡淡地吩咐着，心里却好像被一只大手拽了一把，猛地抽搐了几下。

Part13
意料之外的真相

　　一转眼，距离何思媛被送到精神病院已经有半个月了。刘子俊和精神病院的院长关系相当不错，所以何思媛还得在里面待上很长一段时间。据说开始几天她也吵闹了一阵子说什么自己没病，是被丈夫害的，但医院里根本就没人理她，无论她说什么都被当作疯言疯语。几天过后，何思媛就完全沉默下来，再也没有开口说过一个字。

　　相比较处理这些事，儿子每天的询问才是让刘子俊最为头疼的。

　　"爸爸，妈妈什么时候才回来？"儿子又像往常那样趴在他怀里略带委屈地抬起头，"爸爸，我好想妈妈。"这话一下子就击中了他心中最为柔软的地方。他伸出手臂将儿子抱在怀里，柔声道："妈妈生病住到医院去了，等病好就能回来了。"

儿子用那双黝黑漂亮的眼睛看着："真的吗？爸爸？"

"当然是真的。"他露出了最为温和的笑容，心里却冷笑了一声。妈妈病好了是能回来，可要是妈妈的病一直不好，那么……那个女人的余生就在精神病院里度过吧。活着受罪，才是对她最残忍的惩罚。

看着儿子纯真无比的睡颜，他的心里一阵柔软。这是他在这个世上唯一的亲人了。他抬起头望向星空，低声道："爸爸、妈妈、姐姐，还有没见到阳光的小外甥，我总算能给你们一个交代了。"

尽管目的达成，可不知为什么，心里却好像空落落的。胸口的某个角落隐隐有点疼痛，尤其是一想到那个女人，疼痛就好像更加厉害了。

很长一段时间里，儿子似乎是相信了他所说的话，再没问过妈妈的去向。

一个月后，董事长的案子终于判了下来。因为涉及经济罪和藏毒罪，尽管请了有名的大律师辩护，最后董事长还是被判了十年有期徒刑。刘子俊收到这个消息的时候，正在和朋友喝酒。他一口喝干了杯中的酒，心里却涌起了一种说不出的失落。

现在，这个家、这个集团全都属于他了，仇人也得到了应有的下场。可是为什么，他却觉得心脏的某个地方被堵上了，也品尝不到那种胜利者的快乐。

脑海里甚至有时会闪现出以前和何思媛在一起的生活场景。

是自己开始变老了吗？还是自己变得太心软了？

不。那只是习惯而已。毕竟做了四年的夫妻，现在一时有点不习惯而已。

一定是这样的。

一个人的夜晚总是格外寂寞。刘子俊睁着眼睛躺在冷冷清清的床上，只觉得全身乏累不堪。不知为什么，今晚儿子特别想念妈妈，吃完晚饭就开始大吵大闹要妈妈，刚才好不容易才哄他睡着了。

他盯着天花板，眼前却开始慢慢变得模糊起来……

明媚的阳光下，一家人在草地上愉快地野餐。爸爸和儿子兴致勃勃地在草丛间玩着抓特务的游戏，妈妈有条不紊地准备着食物。画面是如此美丽，美丽得令人流泪。

在笑声里，那位爸爸忽然缓缓转过了脸——刘子俊一下子就醒了过来，那不就是自己的脸吗？

刘子俊缓缓坐起了身子，才反应过来那不过是场梦。

他揉了揉太阳穴，像是要将什么甩开，很快又浑浑噩噩地睡着了。

这次的梦似曾相识。充斥着一片白色的医院，耳边仿佛出现了滴答滴答的声音。他抬头一看，映入眼帘的是鲜红的输血管，鲜艳到极致的鲜血，正顺着导管一点点地落入他的手臂里。那张熟悉的面容也出现在他眼前，下一秒，她的眼睛里居然也流出了血泪，声音听起来令人毛骨悚然："小磊，这都是我的血，都是我的血……"

"啊！"他再次从梦中惊醒，一摸额头，居然全是冷汗。

他起床给自己倒了一杯热水后，才冷静下来。这些天不知怎么搞的，总是梦到以前的事。这四年来，他的确是度过了一段温馨的时光。恍惚中，他的心里竟然开始动摇——自己做得那样绝情，真的没关系吗？

一阵电话铃声突然打破了凌晨的寂静。刘子俊看到来电显示，不禁微微一愣——那是来自精神病院的电话。

他接起电话，从那一端传来了院长朋友的声音："韩磊，你送来的人半夜自杀了。"

他的身子一震，手里的电话差点掉到了地上。院长的声音仿佛来自很远的地方，来势汹汹地冲得他耳朵里的每个细胞都疼痛起来。

"你在听吗？韩磊？是用刀片割腕自杀的，流了一地的血。你要不要来一趟？"

他攥紧了电话，脸上坚硬的外壳似乎碎裂了一下，但很快又恢复如初："一个精神病人而已，你们自己处置好了。"放下电话，他久久地保持着那个姿势，如同坐化了一般纹丝不动，任凭黑暗和冰冷席卷他的全身。不知不觉，他居然默默流下了一滴眼泪。温热的液体被冷风吹干，在脸上没有留下任何痕迹。

儿子睡眼蒙眬地从自己房间跑了出来。

"爸爸……爸爸……"儿子打着哈欠无意识地叫着，显然还没完全睡醒。

他的神色缓和了几分，伸手将儿子抱上了床，发现儿子手里还紧紧捏着一张照片。他在扫过那张照片时目光忽然定住了，脸上浮现出一丝惊恐之色。

那张照片很显然是一对小情侣在车上的自拍。女的是何思媛，男的就是韩磊。两人的心情看起来极好。但让他一瞬间感到毛骨悚然的是这张照片拍摄的时间，那不正是他亲人遇难的那天吗？

这是怎么回事？是巧合还是——难道发生车祸的现场，那个男人也在？

太阳从天边升起时，刘子俊才从坐化中恢复过来。他像往常一样吃了早饭，接着送儿子上幼儿园，然后再继续开车到公司。从幼儿园到公司有个三岔路口，就在他等红灯时，忽然从后面撞上一辆越野车，他只听见"砰"的一声，整个人就陷入了混沌中。

隐隐约约，仿佛有人从那辆越野车上下来，一步步地走到他的面前。

他睁大了眼睛，差点喊出一个熟悉的称呼，姐夫！可终究只是吞了口口水，什么话也说不出来。他太过震惊了。这个人渣怎么会在这里？现在死他不怕，遗憾的是还没有将这个人拉下地狱。或许是被自己亲人背叛的关系，他恨他甚至超过何思媛。

"看什么看！"他的身上被重重踹了一脚。

"韩磊，我等这个机会很久了。"一个低沉的声音开口道，"这么多年，我要的那些钱没白花。我终于查到了真正的元凶，我妻子、孩子还有岳父母，都需要一个交代。"

真正的元凶？刘子俊感到头更加痛了。这是怎么回事？

"真没想到，那个撞死我一家四口的人居然是你！那个千金大小姐也是个傻子，居然为了你干脆顶包。"姐夫的声音里充满嘲讽和仇恨。

听到这里，他终于全线崩溃了。他睁开眼睛，充血的眸子死死盯着眼前的人。

他在说什么？自己怎么一点也听不懂。他挣扎着想问什么，可从喉咙深处冲上来的是浓浓的血腥味。

"当初你撞死我家人的时候，是不是从没想到自己有一天也会死在别人的车轮下。"杨琛的声音仿佛来自很远的地方，"韩磊，这是最适合你的死法。"

汽车引擎的声音从身边传来。刘子俊仅剩的意识告诉自己，姐夫已经离开了。可他现在所能做的，就是静静地躺在这里等死。只是，他心里有太多的震撼和疑问。姐夫刚才所说的一切到底是什么意思？难道真正的凶手并不是何思媛，而是……再联想到那张照片，不！不！这不可能！这绝对不可能！

他不能死，至少不能现在死。他要知道真相！

"这里有人被车撞了！快点叫救护车！"不远处响起的声音让他精神为之一振。有人发现他了，太好了！或许，他能获救也说不定。一旦他脱离危险，他一定要去找到姐夫了解所有的真相。

他不能这样混沌地死去。

手术室天花板上的灯带着惨淡的白色，耳边是嘈杂的人声和急促的说话声。

"糟糕，他的血型是熊猫血，医院没有库存！"

"可以从其他医院调吗？再不输血的话，他就没救了！"

"其他医院都问过，暂时没有这种血型的库存！"

"唉！怎么会这样！"

果然糟糕得很。他居然感到有些好笑，能输血救他的那个人已经不在了……而且还是被他害死的。这么说，也等于是他自己害死了自己。

自作孽，不可活。

或许这样也好，他就能到那个世界去问何思媛了。

突然，他发现身边的人和声音仿佛一下子都消失得无影无踪，整个手术室陷入了一片令人恐惧的死寂中。他茫然地睁开眼，却看到窗边不知何时已经坐了一个穿着黑色长裙的少女。她那深黑色的发丝仿佛比最幽深的梦境还要绵长，层层叠叠散落肩下，于夜风中飞舞相叠，仿佛交织成了一张引人堕落的黑网。她的脸白皙如瓷、清华如雪，一双浅金色的眼瞳里仿佛有妖魅寄宿，流转着某种魔性的美丽。

"是你！"他震惊地脱口喊道。

少女微微一笑："按照约定，我来拿属于我的东西了。"

"不！等一下！我想知道到底是怎么回事！怎么韩磊会变成了凶手？凶手不是何思媛？"他也不知从哪里来的力气，奋力地从手术台上挣扎着坐起，"请告诉我真相，不然我死不瞑目！"

叶宴的目光流转："你不是已经知道真相了吗？你的姐夫说得没错。"

他只觉得心口仿佛也要裂开，浑身疼痛难忍："不可能！这怎么可能！"

"怎么不可能？"叶宴轻抿唇角，"你们家人出事的那天，韩磊正好拿到了驾照，想借女友的车练练手。何思媛当时一直坐在副驾驶座位上，撞车的一瞬，坐在驾驶员座位上的人正是韩磊。何思媛为了替心上人隐瞒，谎称是自己撞了车，背负了所有的责任。"

"你是不是早就知道了？所以，所以当时才会说那样的话！"

"是啊，所以我不是让你考虑清楚吗？"

冰冷的寒意从心脏源源不断地扩散到全身。他无力地倒在手术台上，脑中一片混沌，再也听不到对方在说什么了。他真的很想笑。一心复仇却得到了这样的结果。最可笑的是，他抛弃了自己的人生，换来的居然是……

原来，思媛是无辜的……她是无辜的……

胸口的那个位置针刺般地痛了起来，苦涩得就像是即将窒息般的感觉。

叶宴晃了晃手中的项链："看来你的时间已经不多了，我也该拿走我想要的东西了。"

他失神地喃喃道："拿走吧，都拿走吧。最好把我的命也拿走。这样我就能亲自去向思媛赎罪了。不……不……我也不一定能遇见她，我去的一定是地狱……她那么好的女人不能够……不能够……"

叶宴的眼中一暗，微微勾起了嘴角："我说过对你的命没兴趣。我要的，是你内心深处的暴怒。"话音刚落，她项链中的那颗珍珠忽然撞入他的胸口，在闪过一道白光后又迅速落回了原位。原本呈银白色的珍珠仿佛瞬间吸收了天地日月的精华，绽放出莹润无双的光华，在暗夜里璀璨生辉。

"剩下的时间，我就不奉陪了。"少女轻盈地立于窗台，长裙随着夜风飞舞，仿佛随时都能长出翅膀乘风而去。她在月色下沐浴着最美的光华，像天使般圣洁完美，可投落在地面上的黑色影子，又像恶魔般邪魅恐怖。

他凄然一笑，幽幽道："你……究竟是天使还是恶魔？"

她轻挑了一下飘扬的黑色长发，笑容宛若黑夜里盛开的花："没有永远的天使，也没有天生的恶魔。善恶因果，冥冥之中都是注定的。"

当他再次睁开眼睛时，少女已经消失不见，就好像——她从来不曾在这里出现过。

他静静地躺在手术台上，仿佛能听到时间和生命同时流逝的声音。像有无数双细小的触手抚过他的身体，将生命之线一点点地从他身上剥离。就在快要丧失全部意识前，脑海里回忆起的却是那个女人鲜红滚烫的血，一点点地滴入他身体里的情景。

她的笑，她的眼泪，她的一举一动，她的每一个表情，竟已如此深刻地印在了他的脑海里。世上最痛苦的事不是看着深爱的人死去而无能为力，比那更痛苦的是那人死去后才明白自己原来已经爱上了她，而自己正是置那人于死地的凶手。

人生中的一切痛苦，皆由心生。

Part14
偶像明星

　　位于城东的高级公寓区，因其环境幽雅价格昂贵等卖点，历来就是明星名人扎堆的地方。在这片公寓的某个豪华套房里，一个女人正表情平静地注视着镜子里的自己。镜子里映出了一张如含露鲜花般的面容，柔软白皙的肌肤，鲜艳欲滴的嘴唇，明媚清澈的眼波，无不昭示着这是一个相当年轻漂亮的女人。

　　孟雨伸出手轻轻抚摸着自己的面孔，眼底闪动着幽幽的光芒。

　　在昨天以前，她还只是一个三流小演员。仅仅一夜间，她的命运就发生了奇迹般的转折，她不再是默默无闻之辈，而是最近正当红的青春偶像孟菲菲。

　　想起之前发生的一连串不可思议的遭遇，她还是觉得自己好像一直都在做梦。小巷里的那家二手店，那些奇怪的外国店员，还有，那如天使又如恶魔般的金瞳少女……究竟是真是幻？到此刻为止，她依然不敢相信，自己居然真的和孟菲菲交换了命运。

孟菲菲，近两年来人气暴涨的青春偶像明星，通过选秀节目脱颖而出，出道不久就荣获最受欢迎新人奖，平时她也只能从电视节目上看到这位明星而已。尽管自己的容貌长得和这位偶像明星颇为相似，彼此的命运却是云泥之别。从电影学院毕业之后，或许是时运不济，她在圈子里一直混得不好。频繁辗转于各个剧组，往往只能捞到个仅有几句台词的小角色。更因为容貌的原因，屡屡被暗示潜规则不说，戏路也受到限制。事业停滞不前，但她曾经一直充满信心，甚至认为只要有希望就一切皆有可能。因为身边一直……有那个人的陪伴。直到后来发生了那件事，她内心的世界轰然崩塌。

幸好上天还算厚待她，竟然给了她这样一个令人难以置信的机会。现在，地位、名气以及美好的未来，这一切……全都属于自己。在别人眼中，她就是孟菲菲。

那个人——如果得知孟菲菲换了人，不知会是怎样的反应呢？

同一时刻，城中某条人烟稀少的巷子内，几个十来岁的男孩正在用石子扔一只小猫玩。小猫哀哀地叫着，耳朵和身上显然已经被砸伤，不断有鲜血流出。为首的胖男孩却丝毫没有收手的意思，甚至弯腰捡起一块拳头大的石头，对准小猫的脑袋狠狠地扔了过去——就在这一瞬间，一道暗银色光芒迅速闪过，那块石头突然转了方向直冲那群男孩而去！

男孩们大骇，急忙想要逃走，却一个个像是被定住了脚怎么也无法移动。石头在离胖男孩面门几毫米的地方才掉下来，在地上"砰"地砸出了一个洞。树上的叶子同时纷纷落下，竟然无比神奇地幻化为一只只肥硕的老鼠！随着树叶不停簌簌落下，老鼠的数量也在不停增加，犹如织毯般将男孩们埋了起来，只露出了他们的脸和脖子，老鼠们不时还将锋利的长牙亮在他们面前。

一下子和这么多老鼠亲密接触，男孩们都吓得面色如土。为首那个胖男孩更是吓得差点尿裤子，哇哇大哭起来。

"我还以为有多勇敢呢，原来这就吓哭了。"一个如冷泉般清澈的声音从他们头顶传来。男孩们循声望去，只见一位少女正悠闲地坐在树枝上好整以暇地看着他们。她的黑色长发放纵地随风飞扬，在月色下闪烁着琉璃般的光华，半明半昧的光影掠过她的眼角眉梢，为她平添了几分深不可测的神秘。

胖男孩不顾一切地大叫起来："姐姐，救命！"

少女扑哧一笑："嘴倒是挺甜。猫是捉老鼠的，你们这么欺负猫，那岂不是该和老鼠做好朋友？既然这样，就让它们陪你们过夜好了。"她说着随手扯过一片叶子，漫不经心地卷了起来。

"不要，姐姐！不要！我们再也不欺负猫咪了！"胖男孩将头甩得似拨浪鼓般，一脸后悔。其他男孩自然也是纷纷表决心。少女微笑片刻才吹了下叶子，声音刚从她口中逸出，所有的老鼠又重新变成了树叶。

待男孩子们惊吓万分地一溜烟跑没了影之后，少女跳下树抱起那只受伤的小猫，纤细的手指抚摸了几下伤口后，那几个伤口竟然奇迹般地复原了。

"以后见到人就躲远点，尤其是那些熊孩子。下次可没这么好运气遇到我了。"少女揉了揉它的耳尖，"就算遇到我，我也不一定有同样的心情来救你。"

"看来这只猫今天的运气不错。"一个怪腔怪调的声音忽然从不远处响了起来，在这幽静的夜里听起来似乎透着一股诡异。

少女定睛一看，发现说话的竟然是一只皮毛全黑的猫咪。和其他猫不同，这只黑猫是直立以双足走路的，脚上甚至还穿着皮制的长靴。它衣着华丽，头顶皇冠，一双碧眼如宝石般闪闪发光，看起来无比古怪。

少女看过的妖物没一千也有八百，所以并不吃惊。她盯着它看了一会儿，目光落在它胸口那撮奇特的白毛上，突然像是想到了什么，眼中终于闪现出一丝惊讶之色："难道你就是——"

黑猫得意地摸了摸胡子，打断了她的话："怎么，你认得我？"

"据说在欧洲靠近英格兰和爱尔兰的地方有个神秘的猫之国，那里的猫有自己的智慧，能了解人类的语言，还拥有完整的社会体系，包括皇室成员和平民百姓。听说他们的国王凯西是一只胸前有白毛的黑猫，双眼闪烁着智慧的光芒，最喜欢在黑暗的地方出没。"她唇角轻扬，笑容明快，"瞧阁下风度翩翩，毛发与众不同，难道就是传说中的凯西陛下？"

黑猫眯眼笑了起来："这都被你看出来了，叶宴，果然不愧是流迦的徒弟。"

"你认识我师父？"叶宴有些诧异对方如此了解自己的身份，只是她好像从来没听流迦师父提过有关猫之国的事情，这猫之国的传说还是母亲告诉自己的。

"算得上是吧。"凯西看了一眼叶宴怀里的猫，不动声色地转移了话题，"今天幸好你及时救下了这只猫。既然我遇到了，等会儿就顺便将它带回猫之国吧。"

"那真是再好不过了。"叶宴挑了挑眉，心里不禁也有些好奇，那传说中的猫之国不知是什么样的。听说猫之国的猫民有时也会出外游历，如果有人虐待它们，它们就会变得如牦牛那么大，并将那些人带回猫之国接受惩罚。

凯西仿佛看穿了她的念头，笑道："可惜现在太匆忙了。如果你愿意，下次我请你到我们的国家来做客，或许你会喜欢那里。那里比人类的世界要简单清静多了。"

叶宴眨了眨眼："那就多谢了。只要餐点不是老鼠，我多半会喜欢那里的。"

凯西轻笑出声："我会期待你的到来。身为魔王流迦的徒弟，必定也有过人之处吧。"它道别后就很快消失了。

望着对方消失的方向，叶宴的眼中隐现探究之色，传说中的猫国王竟然出现在这么偏僻的地方，一定是有什么缘故吧。而且听它的口吻，似乎对师父并不陌生。猫国王和魔王也曾有过交集吗？

一个月之后的某天清晨，孟雨刚睁开眼就接到了经纪人赵姐的电话："菲菲，今晚鼎新集团的剪彩仪式提前了半个小时。你白天好好休息休息，我会安排好一切的。"

"知道了，赵姐，辛苦你了。那就到时候再联系。"孟雨放下电话，唇边浮现出一丝冷笑。鼎新集团……有意思，这么快就要和那个人见面了吗？

到了傍晚时分，赵姐开车来接她出席当晚的剪彩仪式。鼎新集团在本市是数一数二的大公司，旗下产业涉及房地产、金融以及酒店，资产数以亿计。这次请孟菲菲等明星出席剪彩仪式，报酬自然也是不菲。

一进入集团那华丽大气的大堂，孟雨微微攥紧了手指，自从和那个人一起以后，她从来不曾正大光明地走进这里。现在终于名正言顺地来到这里，虽然借用的是别人的身份。

"菲菲，你总算来了！"一个压抑着激动的声音传入耳中，让她心头霍然一震。是他！

按捺住有些烦躁的心情，她深深吸了几口气。声音的主人已经快步来到她面前，就算她不抬头，也知道那个人是谁。

鼎新集团老总最疼爱的小儿子杨宙，名副其实的富二代，她曾经的男朋友。

还是那样英俊的眉眼、那样熟悉的面容，只是此刻呈现出来的爱慕和兴奋，落在她的眼中怎么看都有些讽刺的意味。对了，他最痴迷的不就是孟菲菲吗？这次剪彩活动看来也是他一手安排的。

"路上有些累吧？不如先到贵宾室休息一下。等时间到了我再来叫你。贵宾室里,我特地叫人准备了你最喜欢的点心和零食。"他的声音温柔似水,一如初识的时候。

"那就谢谢你了,杨少。你可真是个细心的人。"赵姐眉眼弯弯地笑了起来。

"那也要看是对谁。菲菲能来我已经很高兴了。不知剪彩仪式结束以后,能不能和我一起用个夜宵?"他眼睛一眨不眨地盯着眼前的人。孟雨感受到对方深情款款的目光,对他露出了一个意味不明的笑容:"好啊。"

"菲菲,你终于肯给我机会了。"杨宙眼底的愉快如流水满溢而出,俊俏的眉眼因为这愉快而显得更加生动柔和。

看着这张熟悉的面容,孟雨的神思有瞬间的恍惚,曾经的一幕幕如电影胶片般出现在眼前。

"小雨,工作再忙也要记得吃饭哦。我会随时提醒你的。"

"小雨,我知道你喜欢吃澳门的蛋挞,早上特地叫人去澳门买过来。你男朋友我对你好吧!"

"小雨,拍戏这么辛苦别拍了,我养你好了……每天只看着你的脸我就满足了。"

忽然,这些温馨的画面全部消失,只余一片空白。耳边赫然响起了那天无意中听到的对话。

"杨少，还和你那小明星女友混在一起呢？难不成来真的了？什么时候办喜事啊？"

"别开玩笑了！什么小明星，不过是个不入流的小戏子，玩玩而已。要不是因为她和孟菲菲长得像，我哪会看上这种小角色。"

"哈哈，我知道，孟菲菲是你心里的女神，谁也比不上。没想到，你痴迷孟菲菲到这种地步，没追上她还特地搞了个代替品。"

"假货就是假货，她怎么能和菲菲比。再陪她玩一阵子，我就打算撤了。菲菲是拒绝了我两次，不过这才更有挑战性。女神就是女神，哪像那假货，一追就上钩。过阵子集团的剪彩仪式要是菲菲肯来，我觉得有戏。"

"哈，那就加油了。女人欲擒故纵也是常有的事……"

"菲菲，你还好吧？你的脸色怎么这么差？"赵姐的声音突然打断了她的回忆。孟雨侧过头，扯出一丝凉凉的笑容："我没事。"曾以为他会是陪伴自己一生的人，曾无数次被他的温柔感动，曾将一腔柔情毫无保留地托付……在听到那些话的一刹那，曾经的幸福和温馨转眼都成了笑话，他的每一句话都像锋利的刀刃，将她的心脏一刀刀凌迟，分解为一片片尖锐的碎片，在胸中分崩离析……

剪彩仪式圆满结束后，当着众多记者和客人的面，杨宙向孟雨送上了一大束红玫瑰。每一朵玫瑰都是从荷兰直接空运过来，价格不菲。对于不差钱的杨少来说，这自然不算什么。不过，红玫瑰代表的花语却惹人深思。

围观群众中果然有记者喊了起来："杨少，你这是在表白吗？"

杨宙看了一眼孟菲菲，梦中女神笑意盈盈，一脸鼓励和期待。他顿时脑子一热，大声道："没错！我暗恋菲菲很久了。今天就当众向她表白！在场的各位，你们都是我的见证！"

他的话音刚落，从门外忽然传来一个略显得意的声音："那可要对不起了，杨宙，菲菲恐怕没法儿接受你的好意。"那人故意在"好意"上咬得重了些，透出了几分明显的嘲讽。众人只见一个高挑的青年走了进来，青年容貌秀美，气质文雅，一双似笑非笑的桃花眼甚是勾人。

"那不是王博吗？世新集团的小开，听说他和杨宙一直不对付，什么都要攀比。"

"比起杨宙倒也不差，长得也那么好看。不知孟菲菲会选谁。"

"这下可好看了，明天的娱乐版有内容了……"

孟雨笑吟吟地看着王博，很自然地挽起了他的手臂，不顾众人瞠目结舌的表情开口道："对了，趁这个机会，我向大家介绍一下。他——就是我的新男友。"

杨宙手里的玫瑰花一下子滑落在地，他的脸上是难以置信、失望，以及越来越明显的愤怒。她拒绝了他，在这么多媒体前明明白白给了他一个耳光，打得他差点脑震荡。既然这样，她之前的那些暗示只是在要他吗？！

"菲菲，今天辛苦了。来，今晚我送你回家。"王博握紧她的手，生怕一放手她就如小妖精般从自己的指尖消失。

"等一下！"杨宙终于无法忍耐今天所发生的一切，上前两步拦住了她，眼底似乎有什么就要喷薄而出，令人想到了火山爆发的前夕，"菲菲，我不明白！容貌、家世、财富，有哪一点我比他差？为什么你宁可接受他，而不接受我？"

孟雨浅笑着转过头，那笑容宛若玫瑰含露、百合展蕊，娇艳动人下偏偏隐含着一抹若有若无的嘲笑和阴冷："我就告诉你，所有的理由概括起来不过三个字：我，喜，欢。对不起了，杨少。相信你会找到比我更合适的人。"说着，她撒娇一般拉住王博的手臂往前走去。就算不回头，她也能想象出杨宙此刻的脸色。

今天的一切本就在她的计划之中。先是联系了追求者之一的王博，让他在恰当的时候到场，再以暗示诱惑杨宙当众求爱，最后再给予其无情的拒绝。让他所谓的脸面，在客人和媒体前丢得干干净净。

不是一直仰慕女神吗？那就尝尝被女神踩在脚下践踏的滋味吧。

Part15
男人如衣服

两个月后，娱乐杂志上又刊登了偶像明星孟菲菲和某官二代公子携手同看话剧的消息，以前的男友王博很快就消失在娱乐记者的视线里。没过多久，孟菲菲和海归新男友拥吻的偷拍照再次荣登娱乐新闻头版。一时间，孟菲菲换男友的速度在娱乐圈内引起了不少议论。尽管私生活惹人非议，但她的演技日益提高，再加上因为换男友频繁而备受媒体关注，人气反而只升不降，邀请她拍片和拍广告的合约越来越多。

市中心装修奢华的 SPA 中心贵宾房内，挑高的天花板上悬挂着优雅的灯饰，浮在水面上的水晶烛台和黄色睡莲相映成趣，点燃的檀香散发着幽幽香气。孟雨神情舒展地躺在床上，享受着护理师小敏地道的按摩。小敏是个爽朗直性子的姑娘，时间一长和孟雨成了私交不错的朋友。

"菲菲，听说最近你和那个球星董奇走得比较近？不是又打算换了吧？"小敏和她说话也相当随意。

"再看看吧。"她垂眸低笑，"你的消息倒挺灵通。"

"那是，我这不一直关注着你嘛。菲菲，别看你现在年轻漂亮又有名气，以后总要嫁人过日子的。姐姐劝你一句，还是踏踏实实找个靠得住的好男人。这么换来换去也不是个事。同样的事，男的大家还能夸句风流，女的在名声上就吃亏了。"

孟雨抬眸看着她的眼神温和了几分，小敏这几句确是真心实意的。

"找个靠得住的男人也没那么容易。"她笑了笑，"只能随缘了。"

如果是以前的她，或许觉得小敏这样的想法没错。但是被杨宙伤害过之后，她的想法发生了翻天覆地的改变。既然男人可以不忠，可以左拥右抱，那么女人为什么不可以？还有那句可笑的"女人如衣服，兄弟如手足"，在她看来，男人也不过是件可以随时换掉的衣服而已。女人生性爱打扮，应该换得更勤才是。如果说当初对于交换孟菲菲的命运还有所迟疑，那么她现在很满足于这个身份所带来的一切。一个有名又漂亮的偶像明星，总是让各怀心思的男人趋之若鹜。而挑选男人的权利，则牢牢掌握在她的手中。那些曾经爱慕她的男人，无论是杨宙还是王博，或是最近的董奇，不是被她的名气所惑，就是为她的容貌倾倒，又有谁真正了解过她的内心？被这些外在东西所诱惑的浅薄的男人，她又怎么可能真正看上眼，不过是借助这些绯闻进一步提高自己的名气而已。当然，顺便品尝一下那些美色也无伤大雅。

孟菲菲，如果是你一定不会这样做吧。若是知道清纯形象完全被颠覆，不知你会有什么反应呢？她的脑海里忽然回响起那个金瞳少女曾告诫过她的话——决定最终宿命的是潜藏的人心。孟菲菲原本的命运到底会不会发生偏差，那就要看你自己的造化了。

人心最多变。就算命运发生偏差，她也不在乎，至少现在她能恣意任性地生活着。

交换了命运，将自己交给了未来。她不后悔。

房间里的丹麦音响正低低地回响着歌剧《卡门》中的《哈巴涅拉》选曲：

爱情不过是一种普通的玩意儿一点也不稀奇

男人不过是一件消遣的东西有什么了不起

什么叫情什么叫意

还不是大家自己骗自己

什么叫痴什么叫迷

简直是男的女的在做戏

是男人我都喜欢

不管穷富和高低

是男人我都抛弃

不怕你再有魔力

当球星董奇再一次成为历史后,孟雨经过慎重考虑,签下了一份恐怖电影的合约。在一个晴朗的周日,孟雨和经纪人赵姐准时到达位于城中的某家高档私人会所,和电影的男主角及其经纪人见个面吃顿饭,彼此先熟悉一下。为了避免记者的骚扰,对方特地将约见地点定在了这里。孟雨知道这家名叫 BLACK 的私人会所低调却不失奢华,对会员要求极高,身份、权势、家财缺一不可,就算是当红的影视明星也没几个有资格入会。

一走进包厢,就有个斯文的眼镜帅哥迎了上来,笑若春风:"菲菲、赵姐,你们来得真准时。我们家卢卡斯已经到了。"

听到这个名字,孟雨抬起头,目光准确地落在了不远处正在打电话的某人身上。那是一位身材极为完美的年轻男子,年纪有二十六七岁,茶色的头发晕开了淡淡的光泽,让她想起了自己刚买的那串茶色发晶。一双绿翡翠般的眼眸犹如迷宫般神秘,令人流连忘返。他的举手投足更是优雅无比,赏心悦目,看起来像位翩翩贵公子。

孟雨的脑海里立刻浮现出有关这个男人的一切资料。卢卡斯·杨,中英混血儿。今年 26 岁,影视圈里的超人气男星,出道已经有十年了。造物主给了他卓然出众的外貌,也给了他温和的性格以及良好的出身。听说他的母亲是英国的旧贵族后裔,父亲拥有令人艳羡的权势和财富,难怪可以出入这样的场所。据说几年前他曾出过一次严重的车祸,不过现在看起来,那次意外没有给他留下任何后遗症。

说实话,她从未见过长相这么俊美的男人。在知道他之前,她从不相信世上真的有男人可以漂亮成这样。而且真人比起影视图像更加风姿迷人,难怪那么多少女,包括很多影视圈女星都为之痴迷。

听说他换女友的速度一点也不逊色于她，而且交往的多半是大美女。

"不好意思，正好有个重要电话。"卢卡斯很快挂了电话走过来，适当地表达了歉意，优雅地向孟雨伸出了手，"你好，菲菲，你不介意我这样叫你吧？"

即使以前交的那些男友个个秀色可餐，孟雨还是被他的笑容晃得有些失神。这个卢卡斯……让她的心里腾地升起了一种从未有过的强烈的征服欲。将这样的男人收为裙下之臣，那一定会是个无比刺激的游戏。

"当然……不介意。"她连忙收敛心神，嘴角抿成了一个最秀美的弧度，"在你面前，我只是个新人，到时还要请你多多指教。"

赵姐赶紧殷勤地为卢卡斯倒上了酒，笑道："菲菲，卢卡斯可是你的前辈，给你一些指点就能让你受用不尽了。"

卢卡斯微微一笑，翡翠色眼眸波光流转："说指教就太客气了。互相切磋倒无妨。像你这样美丽又迷人的小姐，我想任何人都不会为难你的。"

孟雨抬眼撞入了他的目光中。那翡翠眼眸此刻融为一池碧水，荡漾着令人心醉的温柔。

想起赵姐跟她提过这次的女主角人选是卢卡斯亲自选定的，孟雨不由得心里微微一动。卢卡斯对孟菲菲本尊应该是有好感的吧。这无疑也给了她更多的信心。

"虽然这次我们演的情侣是以悲剧结束，但现实中希望我们能成为最合拍的搭档。"卢卡斯缓缓举起酒杯，深红色的葡萄酒在灯光下呈现出鲜血般美丽诡异的光泽，"合作愉快。"

Part16
超人气的贵公子

新戏开拍的场地有几场就安排在 BLACK 私人会所。能借到这样难得的场地，自然是卢卡斯的关系。据说，BLACK 的幕后老板和他是私交很好的朋友。这部电影是卢卡斯接下的第一个恐怖片脚本，内容是灰姑娘付出真情后才知道一切不过是贵公子的爱情游戏，并为此失去了最重要的亲人和朋友。于是，灰姑娘开始了庞大而残忍的复仇计划。看剧情倒像是女版的《基督山伯爵》。

"菲菲，你记住，你一直暗恋这个男人，所以当你看到他来到你的工作场所时，你的心情是很复杂的，激动当然有，更多的是难以置信，以及深深存在于内心的自卑。所以，你要将这些通过细微的动作表现出来……"导演聚精会神地给孟雨说戏，后者也一脸认真地听着。孟雨饰演的女主角在私人会所打工，某天晚上遇到了一直暗恋的男主角。一场巨大的阴谋就此展开……毕竟她自己是正经科班出身，演起戏来还算得心应手。再加上平时虽然换男友频繁，但在演技上从不曾松懈，所以逐渐摆脱了孟菲菲本尊原来给人的花瓶印象。至于卢卡斯，更是对此类角色驾轻就熟，连续几十条拍下来，两人之间的对手戏竟无一条 NG。

稍作休息后，新的一条片子开始拍摄——俊美的贵公子和友人品着红酒，谈论着关于女人和爱情的话题。卢卡斯仿佛就是为这种角色而生的，他轻晃着盛酒的杯子，眉目间隐有春意，嘴角却闪过嘲讽之色，侃侃而谈："你难道没听过这句话吗？让一个女人成长的最好方式，是让她经历一场失败的爱情。而让她老去的最好方法，是经历好几场失败的爱情……"虽然口中说着无情的话，可唇边的笑容如钻石般流光溢彩，晃得人睁不开眼睛。在场的演员和工作人员，似乎都被他的绝代风华所惑，难以移开视线。孟雨凝视着眼前的画面，恍然觉得除了那个人外，周围的一切都成了布景板。

拍摄进展得很顺利，天还没完全黑，剧组就提前收工了。

孟雨揉了揉发酸的肩膀，拍戏这份工作真的一点也不轻松。她还在跑龙套的时候就深有体会，现在成了明星备受瞩目，压力反倒更大了。人们只见到明星光鲜的一面，却忽视了他们背后的付出。

"怎么样？感觉还好吗？"卢卡斯边说边将一瓶矿泉水递到她面前。

孟雨心里一个激灵，赶紧敛住心神接过水，点点头道："还好。和前辈你一起拍戏获益匪浅。"

卢卡斯似笑非笑地看了她一眼，在她的身边坐了下来，笑道："今天你的表现很不错。还有，叫我卢卡斯就好了。前辈前辈，都把我叫老了。"

孟雨轻笑出声，侧头望去，映入眼帘的是他的面颊。只见他的肌肤白净如瓷，细腻似绸，竟比女子还要漂亮细致。那密密长长的睫毛，微微颤动如拢翅的蝶。似乎是感觉到她的目光，他一掀睫毛，斜斜瞥了她一眼，眼底流光轻泻，恍若云霞微醉。她面上一红，立刻避开了他的视线。这男人，每一寸面容都完美得不可思议，就好像汲取了世间的所有精华，生而就是为了诱惑世人而来。

转眼，电影拍摄进度已过小半。随着相处时间的增多，孟雨和卢卡斯之间的互动变得越来越和谐。经过一段时间的接触，她发现卢卡斯私底下为人很是不错，和外界谣传的冷酷清高压根儿挨不着边。也正因为如此，她对他的好感日益增加。在相处过程中，孟雨也会有意无意地试探他对自己的感觉，对方似乎很喜欢享受这种暧昧的感觉。

下周要拍的场景里有一幕女主角需要滑冰，但孟雨对这项运动并不擅长，可以说是完全不会。导演建议找替身，孟雨想都没想就拒绝了。本来打算托熟人找个合适的老师，没想到卢卡斯主动提出教她。让她更没想到的是，卢卡斯居然大手笔地将整个溜冰场包了下来，教她滑冰。

刚开始，卢卡斯让她自己先试着走走感受一下。不出所料，孟雨连摔了好几跤，卢卡斯笑得眉眼直发亮。

"实在学不会也没有关系，反正有替身。这个场景对于整场戏来说更是无关紧要。"他在给出建议的同时，眼底飘过一丝讥笑。孟雨留意到了这个细微的表情，确实，很多女星都会这么做，这在行内也是被默认的。或许在卢卡斯看来，像她这样的偶像明星，到最后也会妥协吧。

"在困难面前退缩一次，以后就会有第二次、第三次，直到退缩成习惯。如果一直就这样在困难面前退缩，终有一天会无路可走。"她冲着他笑了起来，"所以，每一次困难，无论大小我都要迎面而上，一步也不能退缩。"说完，她又摇摇晃晃迈开步子，没几步又重重摔在了冰上。她再站起来，继续走，再摔倒，一次，又一次……上天厚爱，她既然得到了自己想要的人生，那就要好好珍惜。就算是付出再多的辛苦和努力都值得。只有走到这个行业的顶端，她才能享受更多的权利，才能换取更多的妥协。

卢卡斯注视着还在磕磕绊绊往前走的孟雨，唇角微抿，那双翠绿色的眼睛里仿佛若有所思，不知什么时候，他唇边的讥笑已经消失。

孟雨再一次摔倒在冰上。这一次摔得不轻，愣是在冰上趴了几分钟才缓过神来。正当她挣扎着要再次爬起来时，一双纤长的手有力地抓住了她的手臂，同时传来的还有那个熟悉的声音："真是个倔强的姑娘。不是说了我来教你吗？"

他的笑容是那样炫目，她恍忽觉得有些头晕……不管在哪里，不管是何时，他都是绝对耀眼的存在。面对这样如阳光般温暖明媚的笑容，就算再坚硬再寒冷的冰也会有消融的一天吧。

天色如暗幕，位于幽寂小巷深处的无中有二手店，此刻终于送走了最后一位客人。客厅里反射出的灯光和街角路灯的黄色光柱交织在一起，为这里平添了几分淡淡的温馨。从厨房的烤箱里散发出鸡肉比萨的香味，电视里则播着最近非常红的一部偶像剧。

"小宴，你看这个电视剧的女演员，上次那个女孩想要交换的不就是她的命运吗？"

瓦沙格指着电视里的画面叫道。

叶宴翻了一下眼皮，显然对这个话题没太大兴趣："你这么关心八卦的人，居然连孟菲菲也不知道。就连巴尔都知道呢。"

巴尔似乎连眼皮也懒得抬："没错，我知道她，是个很红的明星。不过比起美人，我对凯西会来这个小城市更加介意。"

"连七十二魔王中的顶尖人物都待在这个小小的城市，偶尔来个什么小猫国王也没什么稀奇的。"瓦沙格耸了耸肩。

巴尔的眼中闪过一丝嘲讽，抖了抖胡子，露出很抱歉的表情："不过，这顶尖人物里——好像不包括你吧？"

叶宴很不给面子地笑了出来。

瓦沙格不敢和巴尔正面对抗，只好瞪了叶宴一眼："你也敢笑！好歹我也是你师伯！"

叶宴才不怕他无力的威胁，反而笑得更加欢快。瓦沙格吹胡子瞪眼了一阵，也只好作罢。

就在这时，一只灰色的蝙蝠忽然飞了进来，直扑到了叶宴的怀里。叶宴面色一凝，忙对着蝙蝠念了几句咒语。蝙蝠在空中转了几个圈，又发出几声奇怪的叫声后就消失了。

"有什么事吗？"瓦沙格关切地问道。

叶宴的神色微敛，再抬头已是纯洁无害的笑容："也不是什么重要的事，只是向我汇报这段时间师父的消息。"

巴尔和瓦沙格对视一眼，没有再说话。这只蝙蝠他们都认得，是叶宴的父亲撒那特思驯养的吸血蝙蝠，一般有重要的事才会飞过来。既然叶宴不说，那么他们也就识趣地不再多问了。堂堂七十二魔王，可不是爱管闲事的长舌妇！

"瓦沙格，明天你还是打听一下吧，记住，要不动声色。"

"你不说，我也正有这个打算……"

Part17
萌动的心

　　电影杀青不久，影视公司和其他两家大企业在市中心五星级酒店联合举办了慈善拍卖捐赠晚宴。这次晚宴邀请了不少当地商界名流、政客以及影视明星。作为公司的当红明星兼新片主演，孟雨自然要出席这次宴会，并且还被主办方委托主持一件古董首饰的拍卖。

　　酒店的宴会厅早就布置妥当，娇美又不失奢华的香槟玫瑰点缀其间，更显优雅大气。来自法国、意大利等地的名贵红酒，在巨大的水晶蜡烛灯光下折射出五彩的光芒。穿着得体的服务小姐们，款款走到客人们身边，不慌不忙地为他们倒上酒。因为这次晚宴的主题是捐赠，凡是到场的宾客无论是否参与拍卖，都会在入门处放下赠款。为了显示雅意和与众不同，入门处还有擅长书法的人专门用毛笔书写来宾的名字和捐赠款额。

孟雨不想引起别人太多的注意，所以今天打扮得很低调，只穿了一件水蓝色的长裙，头发简约地绾起，就连坐的位置也丝毫不起眼。和她同桌的是两个刚出道的小演员，之前认出是她时两人还不敢相信，后来见她态度亲切倒也随意起来。晚宴进行到一半，两人开始低声议论起在场明星的八卦，不过她们谈论最多的就是万人迷卢卡斯。

"看哪看哪，卢卡斯坐在那里呢。他真的好帅啊，笑起来好像有种光芒四射的感觉呢。特别那双眼睛的颜色，太赞了！混血儿就是不一样。"短发少女一脸花痴状。

"这种男人可不是你我能想的，而且他换女朋友的速度还挺快的。对于我们这样的小角色来说，他可是只能远观而不可亵玩也。"另一个圆脸姑娘似乎更加清醒，语气中带着几分调侃。

"可是他真的很帅啊。"短发少女的脸上荡漾着向往的神色，"要是我能和他演一场对手戏，那人生就完美了。"说到这里她像是想到了什么，转过头看着孟雨，一脸好奇地问道，"菲菲姐，这部戏就是你和卢卡斯合作的，他到底是个怎样的人？戏外还好相处吗？"

孟雨笑了笑，回答得也很程式化："他是个很好的合作对象。"

"啊！看哪！卢卡斯看过来了！"圆脸少女惊喜地喊了起来。

孟雨微微抬了下头，却没有朝那个方向望去。不知为什么，明明隔着那么远，她也能感受到他的目光异常灼热，仿佛有两团火焰越过相隔的人与物，直直地落在她身上，让她全身竟也好像热了起来。想起之前在片场和他度过的日子，她的心里不由得轻漾了一下，涌起了一种既酥软又烦躁的复杂感觉。这么长时间相处下来，两人之间的暧昧虽是不少，可真要捅破那层纸好像又不容易。以前用在那些男人身上的办法，似乎对他来说没什么效果。他就像是只狡猾的狐狸，眼看着快要走进她的网里，却又一转身消失不见。可越是这样，越让她难以放弃。

比起以前的那些男友，他似乎有除了美貌外更吸引她的东西。

"咦？那不是卢卡斯的前女友莎莎吗？"短发少女东张西望又发现了新的兴趣点。

听到"前女友"这三个字，孟雨也颇有兴味地扫了一眼。她之前在报纸上看到过，去年卢卡斯刚和这个叫莎莎的世界名模分手，真没想到今天她也会出现。名模不愧是名模，莎莎的身材完美似魔鬼，五官也很漂亮，就是带着一股清冷的气韵。不知是不是孟雨的直觉，她觉得这人好像哪里有些不妥当，可一时又说不出不妥当的地方。

"我记得这莎莎是个很活泼的人，怎么今天看起来阴沉沉的。"圆脸少女抿了抿唇，"感觉她和以前比变了好多。"

孟雨微蹙眉头，她也记得莎莎以前是很活泼开朗的，在剧组里还经常被别人称为开心果，出席这种宴会多半会像只蝴蝶般飞来飞去。现在她的这个样子实在是有点古怪，好像变了一个人似的。难道是和卢卡斯有关？

"对了，你们还记得马芸吗？"短发少女放低了声音。

圆脸少女似乎是想了一下才点头："马芸？是那个很漂亮的歌星嘛。刚出道我还关注了一下，后来就腻了。好像很长时间没看到有关她的报道了，我都快把她忘了。"

"对啊，听说她也曾和卢卡斯交往过。分手后就淡出娱乐圈了，估计是失恋伤了心吧。我看，这莎莎八成也是因为这样才变的。"

孟雨在一旁听着，觉得她们的猜测还是挺靠谱的。失恋被甩完全能让一个女人有这么大的改变。她自己不也是吗？原先的她只是想和心爱的人好好生活，一辈子只要一双人，可现在的她呢？似乎已沉浸于征服男人的这种变态快感中……所有的男人在她看来都一样。或许，唯一有点不一样的那个……就是他。

就在她胡思乱想的时候，赵姐快步走了过来，俯身对孟雨说道："等会儿就到你主持拍卖的那件首饰了，你去洗手间补个妆，准备一下吧。"

孟雨点点头，起身刚走了几步，忽然一个女孩"砰"地撞了过来，同时手里握的杯子一斜，红色液体顿时流下来——饶是她反应快，那些液体已经溅在她身上一些，而且还很尴尬地正好落在胸口处。那里顿时漫开了几团红色，在水蓝色衣服上显得特别突兀。

一想到自己就要主持竞拍，孟雨皱了皱眉，余光却看到女孩的嘴角闪过一丝得意的笑。她心里马上明白，这多半又是卢卡斯招惹的。自从和卢卡斯合作这部电影且为了宣传制造了一些绯闻，对她嫉妒羡慕恨的美女数量就直线上升。

"糟了，拍卖马上要开始了。这儿也没有多余的衣服换一下，这可怎么办。"赵姐小声地叹气。

孟雨刚想说话，听到有人在身旁说道："没关系，有办法的。"话音刚落，一个熟悉英挺的身影就出现在她们面前。

居然是卢卡斯。孟雨感到有些诧异，同时又有种松了口气的感觉。

"你有什么办法？"她试探地问道。

卢卡斯不慌不忙地到门口借来了毛笔，略略弯腰，竟随意在她衣裳上描绘起来。不多时，水蓝色的衣服上竟出现了一幅淡淡水墨画。仔细一看，竟然还是几朵飘逸的墨兰。几个污点早已隐入画中，再也看不到。这件简洁普通的水蓝色长裙配上这幅画，更为她平添几分高雅无双的气质。孟雨既惊讶于他的画技，又折服于他敏捷的应变能力，心底深处仿佛有什么东西融化开来。

穿着这件特别长裙上台的她赢得了一片赞誉，有几位女士已经忍不住打听这么古典的裙子是在什么地方买的。由她负责拍卖的首饰原来是一条法国十九世纪的祖母绿项链，原属一位贵妇所有。据说贵妇的丈夫十分爱她，所以每年生日都会送上一件珍贵的生日礼物。这条祖母绿项链就是其中之一。因为被赋予爱情的传说，所以项链的价值又上升了许多。来宾中不停地有人出价购买这条项链，最后被一位神秘的客人以六百万元买下。

六百万……孟雨不禁暗暗咋舌，尽管她现在的赚钱能力大有提高，可听见这个价格时还是要感慨一下。

慈善拍卖晚宴结束后，孟雨想当面向卢卡斯道谢，但已经找不到他的人影。带着一丝说不出的失落，她缓步走出了酒店。

"菲菲小姐，菲菲小姐！"一个清朗的男子声音忽然叫住了他。孟雨回头一看，原来是个俊秀斯文的青年。如果她没记错，这人好像是其中一家合作企业的少东。

"你好，不知有什么事吗？"她客气又疏离地问道。

"你好，菲菲小姐。我想告诉你，你今天非常漂亮。"青年彬彬有礼地笑道，"我仰慕菲菲小姐已经很久了。不知今天有没有这个荣幸送你回家呢？"

孟雨眯了眯眼睛，眼前的男人无疑是个有财有貌的优质男。若是以前她或许会考虑试着交往一下，但现在不知为何，她的脑海里突然闪过卢卡斯那张绝色的脸。几乎没有迟疑，她就想出口拒绝。

还不等孟雨说话，一辆暗绿色的吉普车突然从斜刺里开出，突兀地停在了他们的面前。车窗摇下，一张俊美得令人无法呼吸的脸露了出来，只见他微微一笑，就像是含露玫瑰、迎着晨曦缓缓绽放。

"菲菲，上车。"

Part18
在一起

车子缓缓地在夜色中行进。孟雨侧过头望着开车的卢卡斯，他的侧面看起来犹如意大利雕塑般完美无瑕，密长的睫毛在眼睑下形成了暗色的投影。从刚才开始，他一直都没有开口说话，而她察觉到今晚的他似乎有点不一样，所以一时也不知该说什么。车内沉静得仿佛只能听见两人的呼吸声。

"今天……谢谢你了。"考虑到现在是自己在搭顺风车，孟雨还是先开口以示友好。

他勾了勾唇："举手之劳而已。为美女效劳，这是我的荣幸。"

被他开玩笑似的口吻影响，她也渐渐放开来："卢卡斯，没想到，你的国画造诣这么好。这条裙子我都不舍得洗了。"

"别忘了，我也有一半是中国人。从小我爸爸就教我书法和国画，他精通这些，也希望我能继承这些。"卢卡斯的眼中似乎多了几分怀念和怅然，"可惜，自从他过世后，我就没再拿起过笔。"

"你爸用心良苦，是不希望你忘记祖国的传统文化。"孟雨语带安慰道，"既然已经破了例，那就继续拿起笔吧。"

他的唇边浮现出一丝温柔的笑容："你说得没错，也是该面对的时候了。"

车开到孟雨家门前时，卢卡斯从车座后拿起一个包装极为精美的盒子，笑道："菲菲，送给你的礼物。打开看看，喜欢不喜欢。"

孟雨半带疑惑地打开了那个盒子，就在看到盒中东西的那一瞬，她的瞳孔骤然收紧，手轻微一抖，连忙将盒子放下——盒子里放的竟然就是那条被拍卖的祖母绿项链。没错，那条价值六百万的项链。

她的第一个反应就是这人中邪了。第二个反应是东西千万不能收，收下这个就等于收下一个大麻烦。

"这个太贵重了。无功不受禄，我绝对绝对不能收。"她毫不拖泥带水地将礼物又推了回去，坚定无比地拒绝了这份重礼。只是心里暗想，这家伙还真有钱，怪不得活得那么潇洒随意。

卢卡斯笑了笑，似乎这早已是意料之中。他似笑非笑地看着她："不收吗？我拍下这条项链的时候就想好了要送你。这样的爱情故事，再适合你不过。既然我送出了，就没有再收回的意思。"

她还是一个劲儿地摇头："这对我来说太不合适了。一想到脖子上戴了条六百万的项链，我可能连路都不会走，脖子也会僵得不能转了。

这样我真的会很辛苦的。不管怎样，还是要谢谢你的好意。"

卢卡斯不由得失笑："好，现在我不勉强你。就当我先替你保管着，等以后适当的时候我再交给你。"他的眼神暗淡了几分，声音里带着难以拒绝的坚持，"菲菲，这份礼物的主人，只能是你。"

孟雨愣了愣，心里突地一跳，微侧过头尽量使自己的表情趋向平静："好啦，别开玩笑了。我先走了。你路上开车小心。"

他点头，示意她靠近自己，似是有话要说。等她前倾上身靠近他时，他伸手轻柔地撩开落在她额上的刘海儿，轻柔而快速地在她额上吻了一下。虽然交过不少男友，亲吻的次数更是不在话下，可眼前这突如其来的吻，让她的心跳陡然加速，有些诧异，有些喜悦，又有些震动。

"菲菲，和我交往吧。"不等她有所反应，他又低低开了口，那微挑的眉、敛起的眼、微扬的唇，含笑生春，竟无一处不带着诱惑。

她蓦地睁大了眼睛，心里又惊又喜，复杂难辨的情绪交织成一片。喜的是卢卡斯终于成为她的追求者，不枉她这些日子的表现和算计；惊的是他似乎比自己想象中更加大胆……而且，她好像根本就看不透这个男人。

"我……交过很多男朋友，你不介意吗？"她抬起头，直直地望向那人的眼睛。若是对方的眼中有一丝犹豫或鄙视，她就立刻走开，从此和他再也没有交集。

那双翠绿色的眼眸里满是坦荡直率："不介意。我之前不也交过那么多女朋友吗？这也算扯平了。"

"一旦没有感情了，我会毫不犹豫地抽身而退。"她一边说一边留意他的每一个细小的表情和动作。

"我也是这么想的。当爱情存在时就要尽情享受。你看，我们两人还真是天作之合。"他笑得如春风拂柳，让她的心湖泛起了一阵荡漾。

"什么天作之合啊。"她的脸居然微微一热，脸红，多长时间没有这样的体会了？交了这么多男朋友，无不是抱着随时更换的念头。可眼前的这个男人，竟让她第一次对"男人如衣服"这句话产生了迟疑和犹豫……如果他真是一件衣服，那么一旦穿上，恐怕也就会很难脱下吧。

"那你是同意和我交往看看了？"他紧追不舍地问道。

她沉默了几秒，突然凑过去在他脸上亲了一下，然后迅速地打开车门逃走了。

望着那个有些狼狈的身影，卢卡斯伸手摸了一下刚才被亲过的地方，眼睛微微眯起，唇边闪过一丝意味不明的笑容。

自从那天告白之后，两人的关系突飞猛进，也避开记者约会了几次。今天趁着有时间，两人又相约在 BLACK 私人会所见面。为了不被记者打扰，这家私人会所如今成了他们约会的首选。

孟雨喝了口咖啡，抬眼看向坐在对面的男人，他正低头回一条工作短信。从她这个角度看去，正好能瞧见那密如蝶翼的睫毛在微微抖动，遮住了那双翡翠般的瑰丽眼眸。微敞的领口，由性感的锁骨延伸下去，悬挂着一块长方形的绿幽灵水晶挂件，将他的肌肤映衬得更加白皙秀美。优雅高贵的美丽，无懈可击的魅力，难怪让众多女人痴迷。现在，这个男人居然完完全全地属于她了。

为了这个男人，她也一而再再而三地破例，一边告诉自己不能太深陷其中，一边又被他的美色所惑，想要拥有他更长时间。想到这里，她像是逃避什么似的收回了目光，脑海里却不可避免地胡思乱想起来。

"呃！"她的耳边突然传来一声吃痛的轻呼，接着就见卢卡斯捂住脸腾地站了起来，怒气冲冲道："怎么搞的！做事这么毛躁！"

从孟雨认识这个男人以来，从未见过他有如此声色俱厉的时候。某一瞬，她甚至从他眼中看到了一丝狠戾的杀意。但一转眼，俱已消失不见。她还以为是自己看花了眼。

"对不起，对不起，卢卡斯先生，我不是故意的。"端咖啡的服务员惊慌失措地看着他，"您的脸到底怎么样了？"

卢卡斯阴沉着脸放开了手。孟雨看到他的面颊上有几个红点。原来是刚才服务员不小心，把热咖啡溅到了他的脸上。

"没关系的，卢卡斯，只是一点点，很快就会好的。不要怪她了。"孟雨笑了笑，看来他对自己的脸真是无比重视，谁要是动他的脸，简直就是杀无赦呢。

卢卡斯很快就恢复了常色，和以往一样谈笑起来。孟雨心里对他倒是也有点佩服。前一刻还想杀人，后一刻已经平静如初。只是他对自己的美色重视到这种程度，还真是有点出乎意料。其实从和他合作开始，她就已经留意到了这一点。如果说他有什么让她觉得怪怪的，无疑就是他对脸的重视了吧。虽说他的工作性质决定了脸的重要性，但这样夸张在男演员里倒也少见。

过了两天，当孟雨再次见到卢卡斯时，惊讶地发现他的脸已经痊愈，根本看不出曾经被烫伤过。不知是不是她的错觉，他的皮肤好像更加好了，在阳光下白得透明发亮，漂亮得越发不像真人。这之后卢卡斯飞到了米兰给某服装杂志拍广告，孟雨总算有了自己的时间，出外逛逛，放松放松，约上几个高中时就认识的老友去各家新开的美食餐厅大快朵颐。再过半个月，她又要到新剧组开始新剧的拍摄了。

今天她和往常一样，约了两个老同学去市区一家新开的法国餐厅吃饭。因为不想被认出来，她每次出门前都会乔装打扮一下。幸好每次都是订了包厢，所以到目前为止还没被别的客人发现过。而包厢的服务员即使认出，也不会到处宣扬。

今晚的法国菜给了她一个惊喜。味道不但非常地道，还有点很棒的小创新。服务小姐早就认出她是明星孟菲菲，殷勤地解释道："我们老板特地从法国巴黎请的新厨师，是个相当年轻漂亮的美人呢。"

"是法国人？"

"不，是中国人。听说以前是个歌手，或许您也听说过，她叫马芸。"

孟雨拿杯子的手微微顿了一下，还以为自己的耳朵出毛病了。马芸？她的耳边回响起晚宴上那两个女孩的对话：

"马芸？是那个很漂亮的歌星嘛……好像很长时间没看到有关她的报道了，我都快把她忘了。"

"对啊，听说她也曾和卢卡斯交往过。分手后就淡出娱乐圈了，估计是失恋伤了心吧。我看，这莎莎八成也是因为这样才变的。"

难道这个马芸就是那个马芸？

Part19
诡异的前女友们

　　孟雨借口说去卫生间，出了包厢，下楼后拐弯先去了厨房。厨房的门微敞，可以看到里面的厨师们正在聚精会神地做菜。高品质的法国菜不但要有优质的食材和烹调技术，更需要想象力，所以厨房里还挺安静，甚至还有轻柔的音乐声从那里传来。

　　其中有位女厨师在摆放头盘冷食，她容貌俏丽，身材玲珑，显然是个大美人。孟雨的目光一凝，心里着实有些震惊。这女人——竟然真的就是歌星马芸。

　　她的容貌几乎没有任何改变，只是气质亲切随和了许多。以前的她，在圈子里可是以高傲出名的。她在歌唱比赛中一举夺魁后就踏入演艺圈，因美貌和歌喉渐渐走红，可就在事业蒸蒸日上时，她和卢卡斯的恋情忽然被公开，接着就淡出圈子，最后消失在人们的视野中。

孟雨实在想不通，她怎么放弃歌唱事业做起了厨师？

"马芸！"她试探着叫了一声。

那个厨师身子僵了僵，抬头快速看了她一眼，就立刻走上前来关上了厨房门。在门关上前，听到她的声音低低响起："这位小姐，你认错人了。"她的嗓音粗嘎难听，而且一听就是生来如此。

孟雨呆了一下，心里不免犹豫起来，难道只是相像而已？马芸怎么可能有那么难听的嗓音？想起她的另一个身份是卢卡斯的前女友，孟雨的心里更是困惑，难道真的是因为分手才换了生活方式？

带着满腹疑问，孟雨缓步走上楼梯。忽然她的脚步停了下来，身体似乎变得有些僵硬。如果她没记错的话，记者曾爆料马芸有恐飞机症，无论到哪里从来都不坐飞机，因此也从来不出国。如果是这样，她怎么会去法国呢？

或许，真的是人很相似吧。

手机铃响起的声音及时将她从纷乱的思绪中拉了回来，摁下接听键，传来的是熟悉又想念的声音："菲菲，明天我就回来了。不管你有没有空，都要来接我，听到了没？我必须在第一时间见到你。"

"知道啦。这种撒娇霸道的口气是要怎样啊……"摁下结束键，她的脸上已漾起了甜蜜的笑容。算了吧，他的前女友怎样都不关自己的事，就别瞎操这份闲心了。

第二天傍晚，她照例乔装打扮之后去了机场。幸好这次出行卢卡斯非常低调，走的又是贵宾通道，所以整个接机过程出奇地顺利。几天不见卢卡斯，再次见面时，孟雨发现他似乎更加漂亮了。她自己也觉得奇怪，难道这就是情人眼里出西施？

一出机场，卢卡斯就告诉孟雨要带她去一个地方。

车开到了目的地，孟雨才发现那是个挺有名的高档别墅区，因为小区里种满了枫树，又恰逢秋季，所以放眼望去，红叶似绚丽的红霞绽放了一天一地，如油画般美不胜收。

"菲菲，这是我的家。"他似是有些歉意，"一个人住的房子收拾起来实在花费时间，所以这么久才带你来。"

孟雨抿唇笑了笑，却没有说话。收拾房子请钟点工不就好了吗？收拾起来也花不了多少时间，这家伙找个借口都找不好。不过说起来，交往这么长时间，他从未带自己回过家，这还是头一次。之前她也有过疑惑，看来还是他太过谨慎了。

不知道他是否带其他女朋友来过？刚起了这个念头，她赶紧摇了摇头，甩开杂念，心无旁骛地参观起卢卡斯的家。房子出奇地干净雅致，比好多女孩子的家都要精致。让她印象最深的就是装饰在别墅各处的镜子，古典的、现代的、繁复的、简约的……几乎每一个转身，她都能从镜子里看到自己的身影。

"我想起了希腊神话中的故事，据说美少年纳西塞斯在河边看见了自己在水中的倒影，他无法自拔地爱上了自己的影子。以至于最后有一天，他跳入水中去追逐自己的倒影。后来，在他跳河的地方就盛开了美丽的水仙花。"她的口吻里充满了调侃的意味，"难道传说中的卢卡斯其实也是个迷恋自己的水仙少年？把自己当成艺术品来欣赏的感觉还不错吧。"

"净会胡思乱想。"卢卡斯笑着揉了揉她的头发，"你跟我进卧室看看。"

跟着他刚走进卧室，她就被墙中央的放大照震了一下——那居然是她的照片！除了这个，旁边还有面精美的照片墙，都是她平时的生活照，甚至还有小时候的照片。

"卢卡斯……这……"说不被感动是不可能的，她一时竟不知说什么。

"你看，平时你真人不在，就只能由这些照片陪着我了。"他笑着将她拉入怀里。在浅浅的灯光照射下，他的轮廓似乎被一片晶莹的光芒笼罩，美得令人窒息，不知为何反而失去了真实感。仿佛只要有一阵风吹来，眼前的这个人就会变成幻影，然后消散在空气中。

她闭上眼睛，伸手搂住他的脖子，咻咻笑道："那如果你做点坏事，比如带其他女孩回来，有那么多我看着你，这滋味一定不好受吧。"

他笑得更加迷离灿烂："所以，我只敢和你做坏事。"说着，他就低头吻上了她的唇。他的亲吻安静而温柔，犹如一首怀着淡淡忧伤的秋词，没有更深入，只是轻轻在她的唇上辗转。浓烈如酒的热情，却通过这样一种宁静的方式来表达。在他的唇离开的那一瞬，她清晰地听到他低沉的声音传来："搬过来和我一起住吧，菲菲。这样我就不用每天看着那些照片入睡了。"

她将他搂得更紧了些，从唇间逸出了一个字："好。"话音刚落，便迎来了对方更多更猛烈的亲吻……

两天后，孟雨拎着一个箱子搬到了这里。两人虽说因为工作关系聚少离多，但一有时间就尽量回家，抓紧一切机会待在一起。尤其是每到周末，两人都会推掉一切事情，单纯地享受只属于两人的时光。

卢卡斯将别墅的钥匙交给了她，让她可以随意出入任何地方，只是提醒她不要去地下室，因为那里比较脏乱。其实孟雨也没那么多时间看个仔细，所以平时活动的范围也就是厨房、卧室这些地方。休息的时候，她会亲自动手整理屋子，做点拿手菜，倒是越来越有居家小主妇的味道了。

这一天孟雨拍完杂志宣传照后，找了圈内好友米咪一起去餐馆吃饭。走进自己的包厢前，正好服务员送菜到隔壁包厢。就在包厢门被打开一刹那，她看到了一个熟悉的人——模特莎莎正优雅地一口口地吃着新鲜的菠萝，微笑着和坐在对面的女人聊天。

有八卦传播器之称的米咪顿时面露诧色，低声道："天哪，莎莎怎么在吃菠萝？我记得她曾经有次因为菠萝过敏进了医院抢救，差点没了命。从此以后，她就再也不碰菠萝。现在怎么说好就好了？这也太奇怪了吧。"

听米咪这么一说，孟雨心里升腾的那种诡异和恐怖感更加强烈。马芸、莎莎……卢卡斯的这些前女友怎么一个比一个古怪。回家的路上，她心里犹豫再三，最终还是拿起手机拨出了一个电话："喂，小李吗？有事情要请你帮忙。"

　　一个月后，孟雨在一家咖啡厅约见了私人侦探小李，对方已将这个月查到的第一手资料全部交给了她。孟雨草草翻了一遍那些照片和介绍，心里的疑惑更多了。怎么会这样？一个两个或许是巧合，如果都是这样，未免也太凑巧了。

　　"小李，谢谢你了。不过还是要提醒你一下，这些消息我不希望传出去。"她将准备好的银行卡递了过去。这次调查收费不菲，只是调查结果让她陷入更浓重的迷雾之中。

　　"放心好了，我们也是有职业操守的。"小李露出了满意的笑容，接过银行卡站起身，"下次有生意请再关照我，再见了。"

　　望着他的背影消失在咖啡厅门口，孟雨又翻开了那份厚厚的资料。

　　刘雪娜，卢卡斯的前女友之一。原来职业是大学教师，和卢卡斯分手后辞去工作，现在职业是游泳教练。

　　向璃，卢卡斯的前女友之一。原来职业是情感作家，和卢卡斯分手后辞去工作，现在职业是 IT 公司程序设计员。

　　沈琳，卢卡斯的前女友之一。原来职业是美容公司总裁，现在职业是餐厅领班……

　　这些前女友的职业虽然各不相同，但最明显的共同点从照片上看都是相当漂亮的美女。如果仔细分析她们的职业，就会发现另一个很奇怪，甚至算得上诡异的共同点，那就是她们分手前和分手后的职业跨度都相当大。即使是没有变动职业的，生活习惯和性格也都发生了改变。从静到动，从文科到理科……就好像是……换了一个人。难道卢卡斯的魅力真的那么大，和他分手的女人伤心后都发生了巨大的转变？

那么是不是有一天当她也成为他的前女友时，或许也会发生这样令人匪夷所思的改变？这怎么可能呢？虽说她现在对卢卡斯的确很动心，但也没迷恋到那个地步。这些前女友到底是怎么回事呢？

Part20
卢卡斯的秘密

　　当再一次有机会和卢卡斯共聚在家里吃晚餐时，孟雨忍不住试探地说起了马芸的事。

　　"从歌手到厨师，这个转变也太奇怪了吧。难道她菜做得很好？不知道你以前是不是也有机会吃过呢？"

　　卢卡斯微微一笑，切牛排的动作优雅如行云流水，丝毫不见停顿："菲菲怎么忽然关心起我的前女友了？难不成是吃醋了？放心放心，我可是从来不吃回头草的。现在有了菲菲，就连前面的草我也不吃了。"

　　"我才没有吃醋呢。"孟雨嗔怪地扫了他一眼，"只是在餐馆见到她觉得好奇嘛。若是你的起点这么高，以后我都不好意思做菜给你吃了。"

　　"可是这样的话，不是更能督促你提高技艺，为做个合格的贤妻良母做准备吗？"他那俊美的面容在灯光的映照下更加颠倒众生，他目光微闪，翡翠色的眼睛里满是戏谑之色。

"哼，就知道你不安好心。"她努了努嘴，又忍不住好奇道，"那你觉得，她烧的菜到底好不好吃啊？"

他似是无奈地扬起了唇："还行吧。她做的菠萝咕噜肉还不错。不过，我相信小菲儿一定会烧得更好。"

"什么小菲儿，肉麻死了。"她飞给他一个白眼，端起面前的红酒喝了几口。冰凉的酒水顺着喉咙入了肚，也让她的思维更加活跃。马芸在即将走红时销声匿迹，媒体对她的关注并不太多，类似厨艺如何的私人信息也从没被公开过。但孟雨记得那份调查资料上写得很清楚——马芸的厨艺极为糟糕，就连煮泡面都不太会。

就算她在法国学到了厨艺，但和卢卡斯分手前的厨艺一定还很糟糕吧。

"好了，别提这些扫兴的话题了，我可没和你谈论你以前的那些男朋友。"他露出了骄傲的本性，转移了这个话题，"现在，我们该谈谈这个。"说着，他将两张机票递到她的面前。

孟雨顿时眼前一亮："你要和我去大加纳利岛度假？"

"是啊，想和你好好过几天不被任何人打扰的二人世界。"他懒洋洋地笑着，"不过要等我从伦敦回来之后。"

"你要去伦敦？"她先是一愣，忽然想起他的母亲是英国人，立刻就明白了。

他将手覆在她的手背上，用指尖有意无意轻轻撩拨："有点事我得亲自走一趟。一个星期以后回来。这星期你也有好几个通告要跑吧，就别管这边了，等我回来你再过来。如果真要过来的话，记住别去那个地下室。因为，真的很脏。"

他的眼中似乎有什么一闪而过，快得让她根本捕捉不到。孟雨点了点头："那好，我等你回来。"

一转眼，卢卡斯离开已经三天了。孟雨这几天的工作安排得满满的，连给对方打电话的时候都抽不出来。没想到到了第五天，赵姐忽然告诉她后面两天的通告全部取消。她自然乐得在家休息，不然这样连轴转的工作强度还真是吃不消。当她还是小演员时，总是盼望着自己能一步登天，成为令人瞩目的大明星。如今这个愿望实现了，她却开始想念当初的日子了。

人哪，就是这么矛盾的生物。

在家休息一天后，第二天，孟雨买了鲜花和食物开车到了卢卡斯的别墅。她想在卢卡斯回来前将这里整理布置一下，到时给他一个惊喜。差不多一个星期没人住，别墅里果然积了不少灰尘。孟雨一进门就开始打扫起来，这些活她还没成为孟菲菲前经常做，所以现在做起来熟练得很。到了傍晚时分，整个别墅已是焕然一新，鲜艳欲滴的紫玫瑰更是为这里平添了几分热闹。

因为时间还早，孟雨趁这个机会好好参观了一下其他房间。除了地下室以外，她已经看过别墅的每一个房间了。

地下室的门紧紧关闭着，深灰色调的门和整个别墅格格不入，透着一股阴森森的气息。黑色的锁牢牢锁住那一边的秘密，犹如分界线般清晰地划出了彼此的距离。她的耳边回响起了卢卡斯曾说过的话："菲菲，这个别墅除了地下室外其他房间任你参观。那个地下室已经很长时间没人进去过，脏得很，差不多已经是废弃了。"而这次他又再次提醒了她："如果真要过来的话，记住别去那个地下室。因为，真的很脏。"

卢卡斯绝对不是一个啰唆的人。他既然重复了两遍，可见确实很重视这个事情。

她盯着那锁看了几眼，心里不禁有些困惑。锁很干净，什么灰尘都没有。若是很长时间没人进去过，应该不会这样。因此，这个地下室前不久应该还有人进去过。别墅的主人是卢卡斯，那么唯一可以随意进入的人就只有他了。

地下室里会不会藏着什么古怪的秘密呢？那把黑色的锁犹如撒旦诱惑世人时所用的武器，打开了它或许就是打开了潘多拉的魔盒……想起卢卡斯前女友们身上的改变，孟雨不禁心里一动。某种想要窥探秘密的欲望如长了草般萌生，一发不可收拾。

鬼使神差般，她拿出了卢卡斯给她的那串钥匙，尝试着想要打开那把锁。可让她失望的是，那串钥匙里没有一把是正确的。孟雨只好死了心，正打算离开时，不小心脚下一滑，身体一歪撞到了旁边的装饰花瓶。花瓶砰的一声倒下，从里面掉出个亮晶晶的东西——竟然是一把钥匙！她心里一喜，难道这就是打开地下室的钥匙？

抱着试试看的心情，她拿起钥匙插起了锁孔里。只听咔嗒一声，锁居然被打开了。

耳边回响起卢卡斯的告诫，孟雨犹豫不决，究竟是进去还是装作什么都没发生地走掉？最终，还是强烈的好奇心战胜了一切。她深吸一口气，慢慢推开了那道深灰色的门。

地下室的空气潮湿闷窒，还夹杂着一股说不出的奇怪味道，就像是树叶正慢慢在泥土里腐败。顺着狭窄的楼梯一步步地缓缓而下，越接近下面，那股味道就越明显。

楼下一片黑暗混沌。阴冷的风如同来自地狱的蛇芯一样舔着她的脚和手臂，一种不祥的预感好像活动的藤蔓般盘旋着爬上她的胸口。孟雨摸索着摁下了灯开关，在惨白色的灯光下，映入眼帘的是一排白色的类似棺材的东西。她的心里猛地一个激灵，一股森森的寒意从脚底升起直冲后脑，心跳顿时也加快了几拍。

这到底是什么东西？不会真的是棺材吧？

虽然有转身逃走的冲动，但好奇心胜过了恐惧，孟雨大口吸气，使自己的心情尽量平复下来，小心翼翼地朝离自己最近的那具棺材走去。

幸好上面所盖的东西是玻璃材质所制，无须打开盖子就能看清楚。孟雨支起身了踮起脚，闭上眼探过头去。当她一点点地睁开眼睛时，出现在她视线里的居然是一张再熟悉不过的脸！

"莎莎！"她颤抖着脱口喊出了这个名字，几乎想转身就跑。这是怎么回事？莎莎的尸体怎么会出现在这里？之前她不是还好好的吗？怎么就死在这里，还被放在这具白棺材里？对了，那另外几具白棺材里的是……她顿时脸色大变，步履不稳地冲到了其他几具白棺材旁，一具具地看过去。果然！她又看到了马芸！还有，刘雪娜！向璃！沈琳……调查资料上那些照片里的人，现在一个不差地躺在这里！只不过，那些人的尸体比起莎莎来，似乎显得干枯了许多。

孟雨的双腿直发软，终于支持不住瘫坐在了地上。

她不明白。她真的不明白。这到底是怎么回事？难道卢卡斯把她们都杀了？这怎么可能啊？卢卡斯也没有杀她们的理由啊。

呆坐了半小时后，她终于回过了神，只是表情还有些呆滞。不对，一定是哪里不对。她霍地站起身，用力移开了棺盖。棺材里并没有散发出任何异味，莎莎静静地躺在那里，双手摆放在胸前，神情自然安逸，面色如常，甚至还有一丝红晕。与其说是尸体，不如说是睡着了而已。

她夯着胆子伸手探了探她的呼吸，确实没有半点气息。

"这不是尸体。可也不是活人。"在昏暗的光线下，她低低地告诉自己。这个莎莎是长发披面，而前几天看到的莎莎是短发。一个人的头发不可能长得这么快，这个莎莎并不是她所见到的那个莎莎。那么，躺在这里的女人到底是谁？为什么她会呈现出这样一种奇怪的状态？介于死与活之间……

为什么卢卡斯的前女友全部在这里？她们到底是死人还是……

深深的恐惧感从她的心底涌起，逐渐弥漫全身，仿佛一点点地吞噬着她的灵魂。理智告诉她应该马上离开这里，离开卢卡斯，但是双脚软绵绵地使不出一点力气。

直到一个声音从门边幽幽传来。"谁允许你开的门？"明明是再熟悉不过的声音，那声音曾在耳边诉说过甜言蜜语，曾说过最动听的承诺，曾由衷地赞美过她的一切……可此时那声音冰冷得没有一丝温度，暗沉阴冷得犹如来自地狱的最深处。

孟雨的身体剧烈颤抖起来，她知道现在自己的脸一定惨白无血色。她从未像这一刻般后悔过，后悔不该开启那潘多拉的魔盒。

"转过头来看着我。"他的声音里听不出一丝情绪。

孟雨深吸了几口气，机械地转过身硬着头皮抬眼望向他。既然一切都已经发生了，那么她唯一能选择的只有面对。

他的脸半掩在昏黄的灯光下，表情看起来既不像愤怒，也不像失望，而是目空一切的冷漠，就好像在看一样没有生命的东西，毫无感情的视线落在她的身上。

"这些都是我的前女友。"他停顿了一下，嘴角泛起一丝略带诡异的笑，"而你之前看到的那些人，也是我的前女友。"

"这是什么意思？难道这世上有两个莎莎吗？"她一时忘记了恐惧，指着棺材里的莎莎道，"怎么可能？难道是克隆人吗？"

他再次笑了起来，眉宇间隐约有一丝嘲讽之色："克隆？那只是无聊的技术罢了。你听说过二重身吗？"

"二重身？"她愣了一下，下意识地摇了摇头。

卢卡斯向前走了两步，伸出纤长的手指轻抚棺材的壁板："二重身，是隐藏在每个人心灵中另一个看不见的自我。不过，这一半对于人的肉眼来说是无法捕捉到的。二重身不会在镜子里留下任何影像，也不会投下影子。但他无时无刻不站在原身身后，监视着原身的一举一动。他们会试图夺走属于原主的理智和控制力，甚至，一切。"说着他挑了挑眉，"据说，英国女王伊丽莎白一世就是被她临死前看见的二重身谋杀的。"

她瞪大眼睛，一脸的难以置信："你是说……这些都是二重身……"

他微笑着摇了摇头："不，这些都是原身。她们都是被自己的二重身杀死的。"

"为什么……为什么……"为什么这些原身会在这里？为什么二重身要杀死原身？这些和他又有什么关系？明明有很多疑问，可一齐涌上来却堵住了胸口，从喉间挤出的翻来覆去只有"为什么"几个字。难道这就是之前那些女朋友和他分手后发生改变的原因？另一个自我选择了自己想要的，和原身完全不同的生活。

"为什么？"他的笑容隐在阴影中，散发着些许鬼魅之气，"那么，来和我一起分享这个秘密吧。"说着他打开了玻璃棺盖，将右手放在莎莎的胸口，口中念起了古怪的咒语。不可思议的事发生了！莎莎的面容迅速脱水，仅仅过了几分钟就变成了犹如木乃伊一样的躯体。卢卡斯笑着转过头，他的脸部呈现出某种令人心悸的美丽。

"几年前的车祸，其实彻底毁了我的容。当时虽然封锁了消息，但我知道自己这辈子算是完了。"他的语气平静而漠然，就好像在谈论别人的不幸，"不甘心就这样过一生，于是我在南美找到了一位有名的巫师。他用了一种特别的咒术，恢复了我的容貌。但如果要终生维持这样的容貌，就必须不断吸取美丽女人的精气和能量。而且，这个美丽女人必须爱上我，巫术才能有效。"

孟雨只觉得浑身发冷，根本就说不出一句话来。好像周围一下变成了空旷的山谷，只听到他的声音中带着嗡嗡的轰鸣，然后依稀而清楚地传到她的耳中：

"我毕竟是个公众人物，如果爱上我的女人失踪太多，容易引起不必要的麻烦。"他挑了挑眉，"所以我唤出了她们的二重身，让那些二重身代替她们生活。是她们自己杀死了自己。"

"不……这不一样……"她的声音颤抖，脚往后移了两步。内心中的另一个自我，如果有一天化作实体出现在自己眼前，伸出充满杀意的双手，紧紧扼住你的喉咙，冷眼看着你没了气息，带着邪恶的笑成为你的替代品，占据了你的位置，你的亲人、朋友、爱人，一切的一切都只属于另一个自己。

这种自己杀死自己的死亡方式，比任何一种死亡方式都要残忍。他虽不曾亲自动手，却比任何一个凶手都要冷酷无情。

他勾了勾唇角，偏偏上前两步，几乎将身体贴在了她的身体上，伸手捏住了她的下巴往上抬："我的菲菲，我已经警告过你不要进入这间地下室，可你还是没有听我的话。你说，现在我该拿你怎么办呢？"

"你……你也想用我的二重身代替我吗？"她在他的眼中看到了一闪即逝的伤感。

他的眼神幽深："一开始我确实是想将你作为下一个猎物，可是越多接触你，我就越被你吸引。菲菲，我已经提醒过你无数次，我甚至藏起了那把钥匙……可是，我们都敌不过命运。我以为你陪伴我的时间会比以前任何一个女人都要长……可惜，你让我失望了。"他忽然话锋一转，"菲菲，你好奇你的二重身是什么样的吗？或许，她现在就站在你的身后注视着你哦。"

孟雨的身体瞬间僵硬："卢卡斯，我可以保守你的秘密。我……"

"我是很想放过你，只是……为什么要打开地下室的门呢？从此以后你只会害怕我、远离我，再也恢复不到从前了。"他温柔地抚摸着她的脸，语气中充满怜悯和惋惜，"菲菲，我会对另一个你好的。那个也是你，不是吗？我对重新开始我们的关系充满期待。"

孟雨下意识地往后退，唇边却浮起了苦笑。为何每次自己想投入真心，都会得到如此的报应。

原来，他们从来没有深入了解过对方。

虽然拥抱亲吻了无数次，但从未真正走进对方的心里。

那些虚伪的幻影、表面的温柔，就这样坍塌消失。

"想见见自己的二重身吗？"他拿出戴在脖子上的那块绿幽灵水晶，"我可以用这个召唤她出来。"

她的眼神一暗，似乎对这个根本不关心，只蹙着眉幽幽问道："卢卡斯，你真心爱过我吗？"

"当然。所以，我会继续爱着这个世界上的另一个你。"他说完就划破了指尖，当一滴鲜血滴落在绿幽灵水晶上时，一团绿光从水晶上飞了出来，将孟雨整个人笼罩住，同时在不远处，一个隐隐约约的人形开始出现，看身姿和孟雨颇为相似。

孟雨只觉得全身像是被蛛网紧紧捆住，置身于一片混沌中，周围的声音变得模糊。胸口疼痛闷胀，致命的窒闷好像掐住了她的喉咙，整个人就要坠入黑暗中。

"那个，我能不能先拿走想要的东西？"一个如冷泉般清澈的声音突兀地插了进来，恍如利剑刺穿了这片黑暗。

孟雨惊异地睁开眼，她还以为自己看到了幻象。黑发金瞳的少女笑眯眯地飘浮在半空中，好整以暇地看着她。奇怪的是，卢卡斯好像根本就看不到这个少女的存在。

"是你！"她心里一喜，"太好了，我不想交换什么宿命了，至少原来的我没有生命危险。我现在可以反悔吗？"

叶宴笑着摇了摇头："这恐怕不行。而且，孟菲菲原来的命运可不是如此。是你改变了她原本的命运轨迹，所以就朝着另一个极端的方向发展了。"

"难道我真的要被自己的二重身代替吗？"她不甘心地摇着头，"不！不！好不容易才换来的命运，我绝不允许这样就结束了……绝不允许……"

"不好意思，我拿到想要的东西就会离开。至于接下来的事，恕我爱莫能助。善恶因果，冥冥之中都是注定的。"叶宴收回了琉璃珠，丝毫没有犹豫地在她的面前消失了。

当孟雨从混沌中清醒时，面前已经站了一个年轻漂亮的女孩，柔软白皙的肌肤，鲜艳欲滴的嘴唇，明媚清澈的眼波……

这是她，却又不是她。

孟雨定定地望着这个和自己一模一样的女人，心里是从未有过的冰冷。

三个月后的某个凌晨。这个时候的街道安静得有点吓人。空气中只有阴冷的寂静和淡淡的薄雾。习惯早起的瓦沙格早早就起来煮好了咖啡，做好了早餐。房间里弥漫着一股浓郁醇厚的咖啡香味，瞬间就淡化了空气里的阴冷。叶宴像往常一样先打开了电视，影视频道正在重播昨天的娱乐新闻。

她转了转手里的珠子，其中的那颗琉璃珠散发出明丽炫目的光泽。

"这里面是从那个明星身上拿来的东西吧。"瓦沙格促狭地笑了，"换男友换得这么勤，怪不得能拿到她内心的色欲。"

叶宴笑了笑："其实她也没那么糟糕。"

"对了，你还没告诉我，卢卡斯到底有没有让她的二重身杀死她啊？发现了这么大的秘密可是很难过这关吧？"瓦沙格有点惋惜地摇了摇头，"这么漂亮的女人，演技也好，真是可惜。如果被二重身代替，那就不一样了。"

叶宴但笑不语。电视里忽然出现了孟菲菲的画面，同时画外音传来："偶像明星孟菲菲最近正和美国著名导演洽谈电影合作，有望进军好莱坞……"画面一转，又出现了被一大堆记者围着的她。记者们争先恐后地采访她。

"菲菲，听说你和卢卡斯恋爱，很快又和他分手。这是真的吗？"

"听说分手后卢卡斯受了打击，更有传言说他要淡出娱乐圈，你对此怎么看？"

"上周有记者拍到你和一个帅哥在酒店约会，能否透露一下，那是你的新男友吗？"

"菲菲……"

电视上的孟菲菲容光焕发，姿容更胜从前，举手投足中更是充满女性魅力，以及满满的自信。

巴尔的声音忽然幽幽地从角落传来："我看，被二重身代替的人并不是她吧。"

瓦沙格先是一愣，随即脸色微变："难道……不会吧？这怎么可能？"

"怎么不可能？"叶宴在咖啡里放了两块棕色的糖，她微微眯起眼睛，面前的墙壁上居然如放电影般浮现出上个月她离开后出现的那一幕。那个女人并没有认命。她最后居然放手一搏，毫不手软地先杀死了自己的二重身，又抢夺了那块绿幽灵水晶，竟然阴差阳错地将卢卡斯的二重身召唤出来。接着，她又联合他的二重身杀死了卢卡斯本人。或许，卢卡斯的二重身已经等了很久吧？

电视上的女人笑得骄傲又张扬，美丽得令人炫目，就像是靠尸体滋养的血色樱花，肆无忌惮地绽放自己的美。

瓦沙格摁了一下遥控器，新换的音乐频道正好在播放《哈巴涅拉》选曲。

爱情不过是一种普通的玩意儿一点也不稀奇

男人不过是一件消遣的东西有什么了不起

什么叫情什么叫意

还不是大家自己骗自己

什么叫痴什么叫迷

简直是男的女的在做戏

叶宴抿了一口咖啡，微微笑了笑。原来的孟菲菲，她的命运也是如此吗？还是说，这个女人也改变了孟菲菲的命运？是啊，如果是原来的孟菲菲，她的命运就会终止于卢卡斯那里。孟雨，是第一个依靠自己的力量将命运从绝境中扭转的人。在决定人的命运的因素里，有必然也有偶然，当两种因素相互作用时，命运也有可能被偶然因素改变。既有可能变得更好，也有可能变得更坏。

　　或许，正因为命运的未知性，如此，交换命运才会有更多的未知性吧。

Part22
迷恋历史人物的少女

休息日的好天气总是格外令人欢喜。

在市郊某小区的一幢普通公寓里，刚洗完澡的少女穿着睡衣斜倚在沙发靠垫上，懒洋洋地晒着太阳看着书。热水滋润过的雪白肌肤呈现出娇嫩的玫瑰色，湿漉漉的长发紧贴着她修长的脖颈，偶尔有几滴水珠从发尾滴落，在阳光的照耀下折射出晶莹的光芒。正当她看得十分认真投入的时候，手上的书猝不及防地被人抽走了，下一秒耳边就传来了一阵清脆若响铃的笑声。

少女面带愠色地抬起头，只见一个明眸皓齿的短发女孩正站在她面前，装模作样地翻看着那本书，音调夸张地上扬，话语中净是调侃之意："瞧瞧我们的林倩小姐在看什么书？《名画上的十大悲情帝王之

———君士坦丁十一世》……"她笑着摇了摇头，"小倩，怎么又在看关于这个人的书了？我看你是走火入魔了，在电脑上查的关于他的资料已经那么厚的一沓了。还有这些书，只要是有关他的书你就买。所有的零花钱都花在这上面了吧？你这股劲儿真比追星还疯狂。"

这位叫林倩的少女一把夺过了那本书，小心翼翼地压了压书页，就像是对待一件价值连城的珠宝，随即抬头毫不留情地甩了个白眼给对方："那些明星能和他比吗？姐姐，君士坦丁十一世是我最崇拜最欣赏的皇帝。你看过他的事迹了吗？明知希望渺茫、兵力悬殊，仍然誓死捍卫王都，捍卫自己最后的尊严。你不觉得这样的悲情皇帝最令人同情、最令人心动吗？"

姐姐林伊依然好笑地看着她："反正啊，我是不会对一个古人动心的。就算他再厉害又怎样，还不是早化成灰消失在历史长河里了。做人呢，还是现实点好。"

"可是，我真的觉得他就这样死了好可惜。"少女的眼中闪烁着坚定又温柔的光芒，"如果我能穿越时空，一定要改变他的命运。"

林伊扑哧一声笑了出来，用手指点了点她的前额："最近穿越小说看多了吧。快点清醒清醒吧，我的小林倩。你现在是大一新生了，也该找个好男孩谈个恋爱了。"

林倩轻哼了一声，打开了她的手，没好气道："就知道你在取笑我，快和姐夫去看电影吧，别打扰我和君士坦丁陛下在书中相会。"

林伊笑得乐不可支，无奈地摆摆手走了出去。

注视着姐姐的身影消失在门口，林倩又将目光收了回来，重新落在了那本书上。不知是否因为画师的画技太过高明，画像里的悲情帝王有着罗马人特有的俊美五官，神色怅然地望着远处，一种似有若无的忧伤跃然纸上，牵动人心。

君士坦丁十一世，这位拜占庭帝国的末代皇帝，为了守护自己的王都和子民，拒绝向敌人妥协，放弃了在异地继续为王的条件，以七千人的微弱兵力对抗奥斯曼苏丹穆罕默德二世的二十万大军，最后战死在他誓死捍卫的都城里。自从她偶然了解了这段历史后，就不知为何着了魔似的迷上了这位悲情帝王。一有时间就在网上搜罗他的资料，关于他的任何信息都不放过，现在的她说起拜占庭历史可是如数家珍。每次看到最后他战死的那部分描写，她就有种抑制不住的冲动，想要穿越时空到他的身边，挽救他的命运。

如果……真的……能够穿越到他所在的时空就好了。

当然，她也知道，这只是白日梦罢了。

不……或许也不完全是……

她缓缓放下了书，回想起了昨天晚上在那家古怪的二手店里所发生的事。那个黑发金瞳的少女告诉她，人与人之间的命运是可以交换的，甚至，只要她愿意，还可以和历史上的人物交换命运。这——真的可以吗？或许只是那个少女在耍她吧？穿越时空交换命运，这怎么可能呢？听起来也太令人匪夷所思了。虽然理智告诉自己这不可能，可在她的内心深处，隐隐渴望这是真的。

如果这是真的，她愿意抛弃这个世间的一切，只为了拯救他，改变他的命运。

是夜。林倩在迷迷糊糊中发现自己正在穿过一条漆黑的通道。通道很长很长，幽深得仿佛没有尽头。忽然，前方出现了一点亮光。她心里一喜，似乎见到了光明的出路，拔腿不顾一切朝那点亮光奔跑。不知跑了多久，就在从通道里出来的一刹那，她被眼前的景象惊吓到了——这分明就是血色纷飞残酷无比的战场！双方战士正在激烈交战，高高扬起的弯刀，手起刀落血光四溅，哀鸣的战马，因断手断脚发出惨呼的士兵……一潮高过一潮的厮杀激战声，震耳欲聋，战场上血肉横飞，仿佛被一片血色所笼罩，其惨烈和残酷远远超过了林倩的认知。此时的她，似乎忘记了自己身处何地，眼睛只一眨不眨地盯住某个有些熟悉的身影。不远处，骑于骏马上的男子出手极为凌厉，敌人纷纷被斩于他的刀下。几乎被鲜血浸染成了血红色的铠甲，为他平添了几分英雄气概，一时竟无人敢靠近他。

就在他蓦然回首的一刹那，林倩不由得倒吸了口冷气，差点跌坐在地上。

和画册上一模一样！他竟然就是她心心念念的人——拜占庭皇帝君士坦丁十一世。皇帝陛下仿佛感应到她的存在，突然唇角一弯对她笑了笑。这笑容是如此柔和美丽，似乎比地中海的阳光还要温暖，在血色的映照下更显旖旎，就这样漫过她的心口，让她几乎无法呼吸。就在这一瞬间，一把锋利的弯刀忽然由斜刺里刺出，如流星般朝皇帝头顶劈来——这样的力量，这样的速度，这个世界上似乎没有人能躲过这一击。

林倩心中大骇，正想开口大叫"陛下小心"，却怎么也发不出声音。

恍惚间，冥冥之中似乎有只大手猛地将她拽回那条漆黑的通道。她怒急攻心，一下子就晕了过去。当她再次睁开眼睛时，才发现自己不过是做了一场梦。伸手一摸额头，竟然满头冷汗。

回想起梦中皇帝那如地中海阳光般温暖的笑容，她握紧了手，暗暗下定了决心。

一定，一定要改变他的命运。

第二天晚上，林倩再一次来到那家不起眼的二手店——无中有。让她感到诧异的是，小巷子两边居然盛开了一路这个季节根本不该出现的白色蔷薇，层层叠叠的花瓣在月色下散发出晶莹的光晕，沿着小巷一路蔓延，仿佛通向无比玄幻神秘之地。花中有叶，叶上有花，轮生复生，无中有，有而盛。眼前明明是相当美丽的景致，不知为何她却感觉到了一种说不出的诡异，似乎只要一碰到那些白色蔷薇，就会被摄去所有神志和灵魂。

见到她的到来，正在给仙人掌盆栽浇水的少女放下了水壶，似是早有预料一般对她微微一笑，淡淡道："你还是来了。"少女的黑发比最深的黑夜还要深沉，少女的金瞳比最纯的黄金还要绚烂，这两种迥然不同的颜色结合在一起，竟透着一种说不出的鬼魅和诱惑。

"你之前说的是真的吗？真的可以交换别人的命运，甚至是历史人物的命运？"林倩开门见山地问道。

少女伸手抚摸着那盆仙人掌，仙人掌刺划过她的手掌，她似是完全没有感觉到疼痛："当然。看来你是做出决定了。"

"没错。"她似是最后纠结了几十秒，但很快斩钉截铁地说道，"我想要和历史上的人物交换命运，请你帮助我。"

少女略眯了下金色的眼睛："不知道你想交换的是谁的命运？"

"我……"她的脸上泛起了一丝红晕，声音也不由得放低了几分，"我很崇拜和喜欢拜占庭的末代皇帝君士坦丁十一世，所以想和他身边最亲近的人交换命运。这样……这样我就能待在他的身边了。"

"如果是和历史上的人物交换命运，那么必须得知道那个人的姓名，不然无法进行交换。"少女似乎笑了笑，"据我所知，君士坦丁十一世的两位妻子都已经过世，他身边亲近的女性人物在历史上留下姓名的只有侄女索菲娅，你想和她交换命运吗？"

林倩愣了一下，随即就想起了关于索菲娅的资料。她是君士坦丁十一世弟弟的女儿，叔侄感情很好。在君士坦丁堡城破之日，十六岁的索菲娅逃到了罗马，随后被罗马教皇收养。之后的一切她就不大清楚了，不过根据历史记载，那似乎是一个美丽聪慧且具有政治才能的女人。

虽说叔侄关系让林倩感到有些郁闷，但眼下看来也没有合适的人选了。更何况比起这些，她觉得最为重要的是扭转皇帝的命运，让他能够继续活下去。如果真的可以做到，那么她也不会遵循命运的安排嫁给伊凡三世，她只要能够陪伴在皇帝身边就足矣，无论是以什么身份。

"是，我想成为索菲娅。"她以从未有过的坚定回答道。

少女的脸上闪过一丝意味不明的笑："既然你已经做了决定，那么我将会达成你的所愿。不过在此之前我要提醒你，选择和历史上的人物交换命运，也就是永远放弃了这里的一切，你的余生就只能在异时空的异国度过。而且最重要的一点是，如果稍有差错，历史上的人物的命运就有可能发生改变。"

听到最后这句话，林倩反而眼前一亮，那么说来，这次还是有机会改变皇帝命运的。

"我已经决定了。为了他，放弃这里的一切都可以。"

少女微抿嘴唇："那好，十天后的子时，你再到这里来。"

"为什么要十天后？"一旦做了决定，她的心里就好像火烧似的，恨不得立刻就来到那个人的身边。

少女的睫毛微抖，似笑非笑地看着她："因为，我们还要等一个人。"

Part23
初入拜占庭王国

　　当林倩从无中有离开后，趴在一旁的波斯猫巴尔懒洋洋地开了口："小宴，这回得让你的哥哥叶宵出马了吧。"

　　叶宴眯眼一笑，又耸了耸肩："没错，谁让我对修行穿越时空的法术没有天赋呢。哥哥的师父可是天帝沙卡陛下，这种法术对他来说自然是小菜一碟。"

　　"我们七十二魔王和所罗门王陛下，哪里不如那个天帝沙卡了。"正往电脑里输入数据的瓦沙格抬头不服气地插了一句嘴。在魔王们的眼中，自然只有能够操纵和召唤他们的所罗门王才是无敌的。

　　"好吧好吧。你们最厉害了。"叶宴讨好地扯开一个笑容，和她平时的形象完全不符，"瓦沙格，你渴吗？我去给你煮杯你最喜欢的拿铁吧？"

瓦沙格嘴角一抽："无事献殷勤，准没好事。是不是要我给你跑腿啊？"

叶宴的脸上仿佛笑开了花："还是瓦沙格你最了解我。那就请你帮我去趟天界，让哥哥来帮我个小忙吧。"听起来缥缈无比的天界戒备森严，就连式神也无法进入。从出生到现在，叶宴还从未有机会踏足天界，更没见过那位传说中老妈的师父——天帝司音。如果要主动联络上叶宵，就必须借用瓦沙格的灰色披风。那件看起来不起眼的神物披风拥有上天入地的神奇功能，只要带上叶宵的信物去天界就能见到他。

瓦沙格哀叹一声："我最讨厌和天界的那些家伙打交道了。"

"我就知道你最好了。拜托了瓦沙格！"少女露出了少见的撒娇表情，瓦沙格的心顿时就软了一半："好吧好吧。我去就是了。"这个回答自然换来了少女更灿烂的笑容。

"对了，前些天我也遇到猫国的国王凯西了。"巴尔面无表情地插了一句，"不过我很快就避开了，但我感觉他好像在找什么。"

叶宴的神情微凝："能让猫国国王亲自出马来找的东西，一定不同寻常。巴尔，请你留意一点吧。"

十天后的夜晚。叶宴如往常那样给仙人掌浇水。这几天仙人掌的颜色有些发黄发蔫，叶片上的针刺也显得有些软。她轻轻用手一碰，有几根刺竟然掉了下来。

"小宴啊，这仙人掌好像快不行了吧。都和你说了，别浇这么多水。"趴在沙发上打盹儿的巴尔懒洋洋地开口道，"能把仙人掌这么快就养死的人可真不多见，我衷心地佩服你。"

"对了，听说你把流迦的那些小宠物也养死不少。幸亏是你，要是别人，都不知在流迦手下死多少次了。上次拉默里不小心弄掉了他的小精灵的翅膀，差点就被他折磨掉半条命。"

叶宴笑了笑，脑海里浮现出和流迦师父相处的画面。虽然流迦够邪恶，但她素来相信以恶制恶，更将"恶人还需恶人磨"这句话奉为经典。所以从小仗着所罗门王的宠爱，她就把那里搞得鸡飞狗跳，把性子冷淡的流迦气得直吐血。偏偏她总是像个小尾巴似的时时紧跟着流迦，怎么也甩不掉。如果不是因为所罗门王的关系，她想自己早就成为他的宠物们的食物了。

到底……是什么时候开始有所收敛的呢？

好像是七岁还是八岁的时候吧。那似乎是她出生以来第一次生病。从来都不知道原来生病那么难受——直到有人的手轻轻地拂过了她的面颊，探过了她的额头，握住了她的双手。尽管迷迷糊糊，可她还是看清了是谁给予了自己这份温暖。原来，那双冷漠的玫瑰色眼眸也会露出担心的神色；原来，那双冰冷的手也能如此温柔；原来……在那一刻，她的心里第一次产生了一丝内疚。

好吧，以后……以后就多多去祸害其他魔王师父好了。

"说来也奇怪，小姑娘不是应该喜欢种点漂亮的花吗？怎么我看你一直种的都是仙人掌，而且还是这种粗犷型的。"巴尔的声音打断了她的回忆。

　　叶宴抿嘴笑了一下，正要说话，忽然看见一只毛色绚丽的鹦鹉扑棱着翅膀闯进了屋子，在仙人掌上空盘旋了几圈，不客气地吐了一口唾沫。说来奇怪，整棵仙人掌因为这口唾沫迅速恢复了生气，变得青翠欲滴，甚至还神奇地结出了花苞，静静等待着最美的绽放。

　　"她养仙人掌，都是因为那个传说。"一个熟悉的声音传入耳内，每一个字眼都带着一种特别的轻盈和温柔，仿佛漫漫冬夜的雪花幽幽飘落在温泉水里，一瞬间就融化了。叶宴心中一喜，叫道："哥哥！你来了！"

　　"你要我帮忙，我当然得来啊。"叶宵现身于她的面前，金色长发令人目眩神迷，"我还借了师父的水晶手链。听说，老妈就是通过这个和老爸认识的。"

　　"是吗？那可太有纪念意义了。"叶宴挑了挑眉，迫不及待地想要看一看。

　　"自从听小灯说过老妈那次在古巴格达城的经历，你似乎就一直喜欢仙人掌了。"叶宵手一伸招回了那只鹦鹉，"如果你骑着骆驼走过沙漠，看见一只停在仙人掌上的鸟儿盯着你，那么，它体内的灵魂就是你前世所遗忘的爱人。"他顿了顿，弯了弯嘴角，"我的妹妹，你不会真的相信这个吧。"

　　"那里可是妈妈遇见流迦师父的地方，意义非凡呢。"叶宴斜睨了他一眼，"只是觉得这个传说很有意思而已。再怎么样我也还有颗少女心，好吧？"

　　叶宵笑而不语，一旦话题涉及妹妹的师父，她的态度似乎就会变得不一样。

"对了，你说好的那位客人呢？"他的话音刚落，店门就被轻轻推开了。此刻正好推门而进的林倩似乎没想到房间里还有人。当看到叶宵的那一瞬，她明显愣了一下，呆了几分钟，似乎有些不适应现实中会出现这样的人物。

"这位是我的哥哥，也是这次帮你去拜占庭的人。"叶宴微眯了眼，眼神微暗，"我最后再问你一次，你真的考虑清楚了吗？"

林倩毫不犹豫地点头："我不会后悔的。快点开始吧。"

"如你所愿。"叶宵的话音刚落，手腕上的那串水晶就散发出无比绚烂祥和的光芒。林倩感到整个人仿佛被笼罩在这片光芒下，浑身上下好像被什么束缚着，脑袋也开始发昏发沉，不知不觉就失去了所有的意识。

再次恢复意识的时候，林倩不知自己身处何方。她只觉得头沉如石，身子也沉甸甸的，耳边依稀好像有人在和她说话——明明说的都是外国话，可她偏偏都能听懂。回忆起之前的情形，林倩顿时心里一个激灵，蓦地睁开眼，映入眼帘的是一张具有古罗马特色的中年女性面容，五官轮廓清晰秀丽，嘴角带着温和的笑容，看起来十分亲切。再往下看，她穿着一袭具有典型拜占庭时期风格的达尔马提卡长袍，从肩到下摆装饰着两条红色的带子。

她心里暗暗吃惊，这时又听到那女人关切地问道："索菲娅公主，您感觉怎么样？有没有好点？"

索菲娅……林倩难以置信地瞪大了眼睛,这个女人在叫她索菲娅!在听到这个名字的一瞬间,她的心脏仿佛停止了跳动。

她真的……已经和索菲娅交换命运了吗?这里是十五世纪的君士坦丁堡,这里是有君士坦丁十一世皇帝陛下的君士坦丁堡。跨越了时空的间隔,抛弃了现代的一切,终于来到了离他近在咫尺的地方。

即使是以侄女的身份。

Part24
皇帝的宠姬

　　林倩按捺住激动万分的心情，缓缓开口道："多拉，我这是怎么了？"索菲娅原来所拥有的各类信息很快反馈到她的脑海里，这个叫多拉的女人是索菲娅的贴身侍女，做事稳妥又忠心，是个值得信任的人。

　　多拉的眼中有怒色一闪而过："还不是那个卡罗琳娜，仗着陛下的宠爱就飞扬跋扈，之前您被她推倒在地，正好撞到桌角，就晕了过去。幸好没什么事，不然……"

　　卡罗琳娜？林倩所接收到的信息里立刻出现了这个名字的资料。这个年轻又漂亮的女人是目前皇帝陛下唯一的宠姬，据说备受宠爱，几乎天天陪伴在皇帝的身边。只是不知为什么，这个女人偏偏和索菲娅不对付。

　　林倩垂下了眼帘，心里涌起了一种难言的失落和怅然。其实自己应该料到的，不是吗？身为皇帝，他的身边不可能没有女人，只有一个已经算是够洁身自好了。但还是有一点难过，如果历史上也记录下了这个女人的名字，或许，她就不会选择和索菲娅交换命运了。

　　可是，既然是皇帝的宠姬，为何没有在历史上留下名字呢？

　　"索菲娅，你好些了吗？"一个温和的声音忽然从门外传来。话音刚落，就响起了越来越近的脚步声。身边的多拉连忙施礼，低低地唤了一句："皇帝陛下。"

　　这个称呼就像是某种催化剂，林倩开始控制不住自己发抖的手指，硬是死死抓住毯子角才让自己不至于失态。她感到胸口好像被什么塞得满满的，随时都能冲破胸口溢出来。她想大喊，她想大叫，她甚至想跟那些见到偶像的粉丝一样冲上前要签名，扯下他身上的扣子做纪念，疯狂地发泄自己的兴奋和激动。

　　只是……她什么也不能做。她现在的身份是索菲娅，是这个男人的亲侄女。

　　"怎么了？还在生气？"他的声音里带着笑意，"我已经责骂过卡罗琳娜了。"

　　她深深地呼吸了几下，终于抬起头望向那张她想象过无数次的面容。

　　浅褐色的头发柔软如羊绒，让人有伸手触摸的冲动。正午明媚的阳光和从窗外随风飘来的草叶清香仿佛都被揉在了他的发丝中。蓝色双眸如爱琴海的海面般美丽，蕴含着一丝若有若无的伤感。当他凝视着你的时候，再多的烦恼仿佛都会因为那抹纯粹的蓝色而一扫而空。

他，既和她想象里的一样，又和她想象里的不一样。

"陛下……"她喃喃唤了一声。

皇帝扬起了嘴角："难道我的索菲娅被撞傻了？怎么一开口就叫我陛下了？"

林倩愣了一下，忙改口道："叔叔……"

皇帝的眼中仿佛有什么一闪而过，声音更加温和："这才对啊，索菲娅。"说着他又转头吩咐道："来人，准备晚餐。今晚我和索菲娅一起用餐。"

林倩乘人不备重重咬了一下自己的手指，好痛！原来自己真的不是在做梦！她从来没想过，居然有一天可以和几百年前的君士坦丁皇帝共进晚餐。那个只在书本和油画上出现的人物，竟然如此真实地和她共处一室。幸福来得太快太凶猛，她几乎都有点承受不住了。

拜占庭人的饮食口味接近罗马人和古希腊人。小麦面包，羊奶酪，烟熏羔羊肉，加了咸鱼露的煮龙虾和从黑海进口的鱼子酱组成了今天的晚餐。佐餐水果有无花果、葡萄和石榴，餐后甜点则是用蜜糖调味的米布丁。这么丰富的食物，完全超出了林倩的想象。她暂时将激动纷乱的心情放在一边，不太客气地享用起了美味。

在用餐过程中，皇帝并未多说什么，只是和她随意聊了几句家常。不知怎么谈起了她小时候的情景。谈到兴起，皇帝开玩笑道："这么久的事情，你可能已经不记得了吧？那时你还是个小姑娘呢。"

她很自然地翻了下眼皮："难道我现在成老姑娘了？"

或许是很少见到她会表现出这样的举动，他在一愣后轻笑出声，却没说话。

林倩索性又添了一句："做老姑娘也没什么不好，我就一直赖在这里，让叔叔养活我。"

皇帝的目光忽然暗了一下，笑容在脸上稍纵即逝，口吻却还是带着一贯的宠溺："傻孩子。"

用完晚餐，皇帝就离开去处理政务了。林倩舒服地泡了个鲜花浴，四肢松弛地躺在了床上。多拉及时地在她的手上抹上了滋润清香的茉莉花膏，却没像平时一样和她聊天，只是低着头若有所思。

"多拉，你怎么好像很不高兴的样子？我已经没事了啊。"林倩有些不解地问道。

"我只是觉得，陛下太过宠爱那个女人了。"多拉沉声道。

林倩笑了笑："叔叔对我也很好啊。"能和心里的偶像以这样的身份相处，她已经很满足了。毕竟当初是她选择了和他的侄女交换命运，那么，就算以前有那么一点畸念和想法，现在也都要全部收藏起来。

"我看比不上对那个女人的好。今天陛下明显就是为了那个女人而来。而且您看，那个女人推了你，差点就出事了，陛下也不过只是责骂了她几句。"多拉似乎对卡罗琳娜成见很深。

林倩反而开解她："多拉，你就别多想了。毕竟我只是他的侄女，怎么说也是隔了一层的，怎么能和叔叔喜欢的人比呢？她陪伴在叔叔身边的时间可是比我多得多。算了吧，就算是看在叔叔的面子上。"

随着夜色渐深，原先激动的心情终于慢慢平复下来。林倩躺在床上，开始考虑起如何改变皇帝命运的事情。刚才从多拉口里套出来，现在已经是 1453 年，也就是奥斯曼苏丹即将攻打过来的这一年。她的时间不多了。凭借她的能力，恐怕很难阻止战争的到来，但占据了先机的她，或许可能改变他的命运。

幸好熟读了关于拜占庭的历史，所以对于这一段的记载她熟记在心。用心回忆起每一个细节，如果把握住机会，不但可能会改变他的命运，或许会扭转乾坤也说不定。

第二天清晨，当林倩在一阵清淡的花香中醒过来时，侍女已经准备好了洗漱的器具和净水。等她一切收拾妥当，侍女又送上了还算丰盛的早餐。

"小姐，今天天气不错，不如换上这件衣服去花园里走走吧。"多拉小心翼翼地捧着一件白色丝绸长袍走了过来，可见当时丝绸在欧洲国家的昂贵程度。

"不就是一件丝绸衣服吗，怎么好像捧着黄金一样。"她忍不住调侃道。

"小姐，这些来自中国的丝绸可是比黄金更昂贵呢。织就这些衣服的丝据说是他们从鲜花中采摘出来的。而且，"她顿了顿，面上有些苦涩，"您也知道现在的情况，皇宫里仅有的两件丝绸衣服，一件给了您，一件给了那个女人。"

　　林倩先是扑哧笑了出来。中世纪时，欧洲人对神秘的中国丝绸有诸多猜想，用鲜花织布也是其中一种。但听到后面的话，她又收敛了笑容，神情凝重了几分。

　　比起鼎盛时期的拜占庭帝国，君士坦丁十一世所接手的根本就是个烂摊子。国库早被洗劫一空，教堂失修，空旷的城区里游荡着衣衫褴褛、面黄肌瘦的居民。昔日基督教的心脏处处可见衰败的迹象。可皇帝并未放弃希望，他一心想要拯救这个国家，带领他的子民走出这令人绝望的困境。

　　想到这里，林倩心里涌起了一丝苦涩，情绪也蓦然低落下来。

　　尽管阳光明媚，天气晴好，可还是难掩皇家花园的萧条冷瑟。林倩低头轻嗅一朵半开的蔷薇，静静思索心事。就在这时，只听不远处传来了轻呼"陛下"的声音。林倩抬头一看，只见皇帝正朝着这个方向走来。他身穿一袭紫色袍子，左肩用金色别针固定着传统的帕鲁达门托姆斗篷，整个人看起来俊逸无比。而他身边的那个红发女子，身材妖娆，面容娇美，一双碧色眼眸如猫眼般诱人，看起来是个标准的斯拉夫美人。这一定就是皇帝身边唯一的姬妾卡罗琳娜了。

　　俊男美女，赏心悦目。尽管已经接受了自己的身份，可为什么见到那两人一同出现，还那么般配的样子，心里就好像被什么堵了一样不舒服呢。

　　"这不是索菲娅公主吗？看来根本没受什么伤嘛，黑锅都让我背了，还害得陛下白白担心。我还以为伤得多重呢，现在不是已经完全没事，活蹦乱跳了。"卡罗琳娜紧紧挽着皇帝的手，笑靥如花地站在皇帝身边望着她。

林倩可没这闲工夫理会她，目光在两人紧握的手上一闪而过，笑道："叔叔也来花园放松一下吗？我正好准备回去了。"

惹不起她总还躲得起吧，而且，她也不想继续欣赏两人秀恩爱。

皇帝静静看着她，什么话也没说。倒是卡罗琳娜又笑道："陛下，你挂的这枚石榴石吊坠真是漂亮，我也好想要一枚哦。"

林倩闻言也扫了一眼皇帝的脖颈间，果然见到他挂着一枚殷红如血的红石榴石吊坠。

皇帝微微一笑："这个不能给你。不过我那里还有几样红宝石首饰，我想你会更喜欢那些。"

不等卡罗琳娜欢喜称谢，一旁的多拉突然惊恐地尖叫起来："啊！是……是毒蜂！有毒蜂！小姐，小姐你快躲开！"

林倩几乎是在同时听到了一阵由远及近的嗡嗡声，她刚扭过头就看到了近在咫尺的危险家伙。这是拜占庭地区常见的一种蜂，毒性十分强大，虽不致命，但也能将人折腾到半死不活。她站在那里丝毫也不敢动，生怕动一动就被蜇上一口。

"索菲娅！"皇帝的脸上闪过难掩的焦灼，左脚已经下意识地踏出了一步。这时只听卡罗琳娜一声娇唤，他蓦地一愣，飞快地收回脚，却是护在了卡罗琳娜的身前，冷声吩咐身边的内侍："普罗柯，你去保护索菲娅。"

花园里此刻已经乱成一团，林倩和毒蜂的对峙还没结束，幸好普罗柯用花蜜及时将它引了开去。虽然有惊无险，但刚才皇帝的反应还是让林倩觉得有点心冷。心口仿佛有一群小蚂蚁在不停地抓挠，虽不疼痛，却酸酸麻麻地令人难受。不管怎样，对皇帝来说，和侄女相比，总还是心上的人更重要啊。

可在留意到卡罗琳娜眼中的一丝得意和挑衅后，她的心里又释然了。

站在侄女的立场上，她想要的似乎太多了。认真扮演好这个角色，珍惜和他在一起的分分秒秒，享受这份温暖的亲情，想出改变他命运的方法，这才是目前她应该做的事。想到这里，林倩抬头冲皇帝扬起了一抹灿烂的笑，不等看到卡罗琳娜略变僵硬的神色，就转过身朝外走去。

"索菲娅……"身后传来了皇帝唤她的声音。那声音里似乎带着一丝微微的波动，就像是鸟儿的翅膀掠过平静的湖面，划出淡淡的涟漪。

林倩的脚步一顿，忍不住想要回头看他一眼。就在这个时候，宫里的内侍慌慌张张地跑了过来，惊慌失措的声音打破了这里暂时的平静。"陛下，陛下！奥斯曼苏丹向我们发起进攻了！据说集结了二十万大军，正向君士坦丁堡而来！"

Part25
奥斯曼苏丹

听到内侍的通报，林倩心里顿时咯噔一下，脑子里有些晕晕的，眼前的景物似乎也变得模糊起来。她虽然早有心理准备，可这一天未免也来得太快了吧？历史上不是记载着战争应该开始于下月吗？怎么提前到现在了？难道是因为受到了其他的什么影响？她下意识地回头望向皇帝，只见对方面容平静，眼波温和如水，就好像即使有一块巨石"砰"地砸进这里，也根本激不起任何水花。

"陛下，这可怎么办？听说那奥斯曼苏丹可是个既野蛮又粗鲁的家伙呢。"卡罗琳娜的脸上失去了妩媚的笑容，代之以惊慌之色，"陛下，我看还是先离开这里吧。去罗马……对！罗马教皇一定会收留我们的！"

野蛮又粗鲁？这个对奥斯曼苏丹穆罕默德二世的评价让林倩觉得有些无奈。这位历史上赫赫有名的征服者，据说精通土耳其语、亚美尼亚语、希腊语、斯拉夫语、希伯来语、波斯语、拉丁语和阿拉伯语八种语言，英勇善战，灭了拜占庭帝国的这一年只有 21 岁。若攻打君士坦丁堡的不是这位君王，君士坦丁十一世也未必会败。

命运，有时就是这么让人唏嘘吧。

皇帝微微皱眉，语气放温柔了少许："卡罗琳娜，你冷静点。别太担心了，总会有办法解决的。"说着他吩咐道，"普罗柯，立刻将大臣们都召集到前殿议事。"

接下来的发展和历史上的记载几乎相同。皇帝先是请求西方别国支援，但是其他国家几乎都对此置之不理，就连最让皇帝抱有希望的罗马也完全置身事外。在求助无门的困境下，君士坦丁十一世唯有孤军奋战了。

随着奥斯曼大军的日益逼近，整座君士坦丁堡城中人心惶惶，王宫里同样也弥漫着一种悲伤绝望的气氛。部分达官贵族和富人早已迫不及待地转移财产，利用各种方法离开了这座昔日无比辉煌的千年古城。

是夜，天气微凉。弯月半掩在黑压压的层云后，散发着几不可见的光芒。

林倩因为担心皇帝，晚饭后特地前往书房去探望他。守在门外的普罗柯一见是她，并无半点阻拦。顺利进入书房的林倩一眼就看到了坐在书桌旁的皇帝。连日来的焦虑和忧心让他俊美的容颜看起来颇为憔悴，眼角边的细纹比往日更深刻了几分。那双如爱琴海的海水一般美丽的眼睛似乎也失去了些许光泽，当看到她到来时，那片蔚蓝色里似乎有亮光一闪而过。

"索菲娅，你怎么来了？"他的语气里带着一丝喜悦。

"叔叔，这些天你也累了吧？我听说你每天都很晚才睡，吃得也不多。这样下去怎么行呢？你是拜占庭的君主，你的健康关系着成千上万民众的命运。"她说着将把手上的碗端了过去，"我让厨房做了些乳粥，叔叔，你赶紧喝一些吧。"

皇帝接过碗喝了几口，眉宇间依然笼着一团愁绪："刚刚送来的消息，奥斯曼大军再过十天左右就会到达君士坦丁堡，到时唯有决一死战了。"

"叔叔……你就没想过要离开这里吗？"她迟疑着问道。这样的他，让她的心感到微微的疼痛。她真的想要帮助他，她想要改变他的命运。

他沉默了片刻，忽然开口道："其实，今天穆罕默德派使者送来了信，说是只要我放弃君士坦丁堡，他不介意我异地为王。"

林倩脸上的表情并无半点变化，这件事她早在书上看过了，自然也知道结果。

"我拒绝了。"他转头望向了窗外，半明半昧的光线在他脸上笼了一层淡淡的阴影。他的声音听起来沉稳有力，充满了帝王的尊严，"我不能丢下我的臣民和我的城市。我不会离开这里。城在我在，城亡……我亡。"

林倩呆呆地看着他，脑海中浮现出了梦中他浴血战死在君士坦丁堡的一幕，竟觉得眼睛湿湿的，模糊了视线。

"索菲娅……你怎么了？"他似乎有些惊讶，又有点不知所措，下意识地伸出手想要为她擦去眼角的泪花。这时林倩恰巧抬起了头，他的指尖正好落在她柔软的唇上。他微微愣了一瞬后飞快地收回了手，面色似乎有些尴尬，又像是解释道："你是我弟弟最爱的孩子，他是为了我而死，我把你当成自己的孩子一般看待。我想，他不会希望看到你难过的。"

林倩抿了抿唇，那里仿佛还遗留着他指尖的温暖，只是这温暖很快就消逝得无影无踪了。原来索菲娅的父亲是为皇帝而死的，怪不得他对她这样特别，或许只是因为心里的内疚吧。明白了这一点，她心里的失落更加强烈。

两人谁也没有再说话，房间里一下子就冷场了。皇帝似是想说什么，但犹豫了一下还是没有说出口。

这时，普罗柯的声音在门外响了起来："陛下，卡罗琳娜夫人正在外边等候。"

皇帝突然眼睛一亮，难掩的喜悦跃然脸上："快！快点让她进来。"说着，他皱眉对林倩道："索菲娅，你也该回去了。"

对于他的突然变脸，林倩有点不能接受。一股闷在胸口的浊气顿时涌了上来，她站起了身，也没和他打招呼，就自顾自地走了出去。面色不佳往前走的她，并没看到身后皇帝脸上流露出来的伤感。

走出门口，她正好和卡罗琳娜夫人擦肩而过。对方轻轻哼了一声，冷声道："陛下对你好，不过是因为你父亲是为他挡箭而死。他对你只是愧疚而已，他真心疼爱的人只有我一个。就算你是他的侄女，我也不允许他对你有太多的关注。"

林倩微微一笑："卡罗琳娜夫人，有这时间和我斗嘴，还不如好好想想奥斯曼军队到达后会怎样。"

卡罗琳娜的脸一下子就白了，狠狠瞪了她一眼，走进了房里。

林倩在门外停留了一会儿，很快听到里面传来了皇帝的轻笑声。她咬了咬唇，连忙离开了那里。不知为何，心口的那群小蚂蚁越发地挠心。

皇帝对卡罗琳娜还是十分喜欢的，不是吗？至少远在她这个侄女之上。卡罗琳娜说得没错，皇帝关心她只是出于愧疚。明知道以自己的身份不该想太多，但还是有某些情绪如毒蔓般生长缠绕在了她的心间，在她还未察觉到的时候就已缓缓沁出了毒汁。

随着奥斯曼大军的日益逼近，林倩终于想到了可能扭转局面的办法。

千年古城君士坦丁堡，是历史上防卫最为坚固的城市之一。由花岗岩筑造的城墙修得坚固又厚实，内外更是各有96座塔楼，可以设置无数箭孔和垛孔，对攻城之人进行反击。而在城外附近的海域上，更是可排列起能搭乘300名海军的道蒙式战船，这些船上还都安装了希腊火发射器。所以，如果想要攻占君士坦丁堡，就必须同时拥有强大的陆军和海军。

穆罕默德二世的军队虽然实力强劲，但想要一举攻下君士坦丁堡也并非易事。而根据历史记载，穆罕默德二世最后能取得胜利，和一个叫安东尼的热那亚商人很有关系。虽然那只是个再普通不过的商人首领，却是这次历史性交战中的关键人物。只要先找到这个叫安东尼的商人，那么就有可能扭转战局。

趁还未被围城，她立刻吩咐多拉派人去郊区的加拉太寻找这个商人。当然，这一切都是瞒着皇帝陛下的。由于安东尼是当地热那亚商人首领，所以并不难打听到。

得知了安东尼的下落后，林倩就开始思索对策。如果她没记错，穆罕默德二世久攻不下君士坦丁堡，就用丰厚酬金收买了加拉太的商人，以保留热那亚商人在君士坦丁堡城内加拉太区的商业殖民特权为条件，让商人们允许他在加拉太北面的博斯普鲁斯海峡和金角湾之间铺设一条陆上船槽。之后通过这条船槽一夜间运送了大量战船到防守严备的金角湾，水陆夹击君士坦丁十一世的军队，打了他们一个措手不及。

商人是重利的，只要有比这个更优厚的条件，就有可能说动对方。

辗转反思后，林倩终于做出了决定。她擅作主张拟定了一份旨意，内容是皇帝陛下同意将城内其中两区的商业殖民特权都交给热那亚商人，并且免除他们二十年的税。而他们唯一要做的就是不能允许任何人通过那里修建任何东西。

多拉派人将这份旨意带给了安东尼，很快就带回了他的反馈。

"索菲娅公主，安东尼对这份旨意很是欣喜，不过，"多拉顿了顿，面色有些难看，"他提出如果能盖上陛下的印鉴，他一定会按照您所吩咐的做。"

林倩不怒反笑，这才是商人的本性。如果他没有这种谨慎和狡猾，她反而不会信任他。既然是凭借利益关系结下的缔约，那也只有用利益才能紧紧相连。

"你去告诉他，盖上印鉴的文书很快就会送到他的手里。"

多拉神色复杂地看了她一眼："可是公主，陛下能同意这件事吗？"

林倩沉默了几秒："多拉，一直以来，你都是我最信任的人，所以这件事不能让陛下知道。但是你知道，我所做的一切都是为了陛下。"她的眉宇间掠过一丝怅然，"君士坦丁堡，就快到生死存亡的紧要关头了。"

"公主……如果您担心的话，完全可以先离开这里，到其他地方暂避。为何……"

"多拉，不要再说这样的话了。我是绝对不会弃叔叔而去的。"林倩皱了皱眉，眼中闪过一丝冷厉，"还有，父亲留给我的那几个人还在吗？你让他们盯紧安东尼，若是发现他有什么异动，就干脆……杀了他。"

多拉似乎想说些什么，但最终只张嘴说了一句："是，公主。"

接下来几天，林倩绞尽脑汁想要偷取皇帝放在书房的印鉴，但苦于一直找不到机会。皇帝在书房的时候她根本无法动手，而皇帝不在书房时有普罗柯在外看守。那是个死忠的人，绝不会允许她进入无人的书房。而引开他的各种方法，都一概不管用。林倩一时也有点无措，她又不想告诉皇帝这个交易，毕竟要平白无故地让出这么多利益，若是她没读过历史也不能理解。

Part26
偷听到的真相

　　在一个阴云密布的午后，奥斯曼的二十万大军终于兵临城下。君士坦丁堡北边是金角湾，沿岸有坚固高大的城墙，南面是同样修筑了城墙的马尔马拉海，西面是陆地，但有护城河，也加固了两道城墙。整个君士坦丁堡易守难攻，占据了极佳的地理位置。但城内的兵力只有七千人，前不久从意大利热那亚赶来支援的名将乔万尼也不过只带了几百人的志愿队。

　　七千和二十万，太过悬殊的兵力。

　　在某一个瞬间，林倩对自己能否改变他的命运产生了怀疑。不管怎样，她都要试上一试。跨越了几百年的时光来到这里，她不能就这样放弃。

第二天一早，穆罕默德二世就发动了猛烈的攻城战。城内守军也沉着应战，皇帝陛下亲自在城墙上作战更是鼓舞了他们的士气。奥斯曼军队先是在西边护城河架浮桥，试图用云梯强攻，但都被一一击退，并且损失了不少兵力。奥斯曼战船想冲进金角湾，但那里也被拜占庭军所控制，战船无法接近。在外海展开的海战，奥斯曼的数百战船竟和拜占庭的二十六艘战船陷入了胶着状态。毫无进展的战况让穆罕默德大为恼火，他下令用轻重火炮不停地集中轰击城墙的薄弱处，誓要将这里炸出缺口。

每日听着外面炮声隆隆，林倩也从最初的心惊胆战到习以为常，只是忧虑日益加重，皇帝陛下到底还能坚持多久呢？

激烈的交战进行到第七天，终于迎来了半天时间的停火。皇帝也趁这个时候回宫整顿。林倩听到消息，赶紧前往探望。

眼前的皇帝面容依然俊秀，只是那双爱琴海般的眼眸多了疲惫，清晰地布满了血丝。唇角干裂，身上更是增添了不少伤处，胸口那如鲜血般艳丽的红色石榴石将他的脸色映衬得更加苍白。所幸他的精神状态还算不错，至少对着她还能露出笑容。

"叔叔——"林倩轻唤了一声，心口的微疼让她说不出下面的话来。

"别用这么怜悯的眼神看着我。"他似乎还能开玩笑，"我这不是好好的吗？不会有事的。虽然穆罕默德的大军兵力强盛，但想在最短时间内攻下君士坦丁堡还是不可能的。我们还有时间，圣母马利亚会保佑我们取得最后的胜利。不过……"他似乎是犹豫了一下，"索菲娅，你已经不适合继续留在这里了。我先把你送去罗马。你是拜占庭的公主，教皇会庇护你的。等这里的局面稳定下来，我再接你回来，好吗？"

林倩一下子愣在了那里，半天才反应过来，立刻摇头拒绝："我不离开这里！"

皇帝笑了笑，用哄孩子的口吻道："傻孩子，我不是说了吗？等战局稳定下来，我就亲自去罗马接你。"

"那什么时候战局才能稳定下来？要一个月、一年，还是更久？"她的词锋因为怒气而变得尖锐起来。

皇帝的眼神一暗，微扯了一下嘴角："不会太久的，索菲娅，你要相信我。"说着，他伸手指向窗外皎洁的明月，"看，只要明月当空，圣城君士坦丁堡就不会陷落。你也一定听过我们拜占庭人的这个传说吧。"

林倩的脑中忽然闪过了曾在书上看过的记载，顿时脸色一变，脱口问道："叔叔，今天是什么日子？"

他迟疑了一下："今天好像是二十四——"

就在这个时候，忽听外面有人惊慌失措地大叫起来："月亮！月亮！"

两人同时望向天空，只见月亮的一部分被阴影遮住了。渐渐地，阴影侵蚀的面积越来越多，无边无际的黑暗犹如来自地狱的邪灵，一点点地吞没着这个世界。到了最后，月亮完全隐去，淡淡的轮廓周围泛起了诡异的红光。

林倩只觉得心口一阵冰凉，一切都和史书上记载的一样，在二十四日夜间，君士坦丁堡上空出现了月全食。对于当时的拜占庭人来说，这绝对是个动摇人心的凶兆。

她看了一眼皇帝，在微弱的烛光映照下，他的面色惨白一片，整个身体也不可控制地微微颤动，仿佛有种叫作绝望的气息在他的周身弥漫开来。

"叔叔……这只是个巧合。这只是个自然现象，并不能说明什么……"她试图安慰他，可在自然的力量前丝毫不起作用。

皇帝忽然伸出手轻轻将她拥入了怀里，从唇齿间逸出的声音充满了伤痛："索菲娅……你必须离开……这是我的命令……"

他的指尖穿过她的发间，他的气息萦绕在她的周围，接着，他柔软温热的唇印在了她的额上，温柔而深沉，仿佛蕴含着千言万语，虔诚得近乎神圣。

"愿……圣母马利亚带给你平安。我的……索菲娅。"

她的胸口沉重得透不过气来，命运的惊涛骇浪终于不可避免地要来到了。真的，任谁也无法挣脱吗？

"我不走，我绝对不走！就算你把我送出去，我也一定想尽办法跑回来！我要和你在一起！"她流下了眼泪，一遍遍地重复着这句话。因为，更多的话她无法，也永远都不能说出口。陛下！我放弃了现代的一切，才换取了这个来到你身边的机会，就是为了和你在一起，就是为了改变你的命运。我怎么可能在这个时候离你而去！离开你，我来到这个世界已没有任何意义！所以，绝对，绝对不会离开。就算一切无法改变，我也要待在你的身边。就算把你打昏打晕，也绝对不允许你战死在我的面前！

"索菲娅……"他在片刻的沉默后放开了她，"你这个固执的小家伙。"

"那么是不是允许让我留下来？"她瞪着他，"你知道，没人可以强迫我的。这次我绝不听你的话。我有一百种方法能逃回来。"

皇帝似乎有些想笑，最后还是无奈地摇了摇头："好了，时间不早了。你先去休息吧。我还要去看看卡罗琳娜，这几天她也被吓得不轻。"

看到他谈到卡罗琳娜时流露的温柔神情，林倩的胸口一窒，内心深处的那根毒蔓仿佛又开始蠢蠢欲动。她暗暗一惊，忙按捺住了那种不舒服的感觉，尽量扯出了一个笑容："叔叔，你也抓紧时间休息下，很快又要再次开战了，这一下又不知要持续多久。"

他点了点头，不再说话。

"那，那我先走了。"林倩闷闷地说了一句，转过身走向了门口。在跨出门的那一瞬间，她回头望了皇帝一眼，那身影在飘忽不定的烛光映照下显得那样孤单寂寞。

明天，明天一定要拿到印鉴，将那份文书交到安东尼的手里。

第二天凌晨，战火果然再次燃起。奥斯曼军队的炮火重击终于开始有了成效，西边城墙被轰开了一个缺口。虽然缺口并不大，但由于昨夜的月全食，让守军的军心有些涣散。皇帝亲自站在城墙上鼓舞士气："为了上帝的荣誉，你们，这些上帝和帝国的守卫者……我们一定会取得最终的胜利！"

"陛下，不管结局如何，臣等希望您能先离开这里！"为首的几位大臣忽然跪了下来，"请陛下珍惜生命，为大局着想，先前往罗马！"

皇帝俊秀的脸上写满了怒气，他大声道："在这么危急的时候，我怎么能离开先祖留下的基业和王冠？我又如何面对世人的评说？我向你们祈求，我的朋友们，以后只能对我说：'不，陛下，不要离开我们！'我永远不会抛下你们！我的决心已定，誓与你共存亡！"

皇帝这番真情流露的话语，让在场的所有人感动落泪。本来低迷的士气再次振奋，士兵们重新充满斗志地投入了守卫战中。因为他们知道，他们的王永远也不会抛弃他们。

而在这之后，林倩终于逮到了一个普罗柯疏忽的时机，悄然溜进了皇帝的书房，花了些时间才找到那枚印鉴。等到把印鉴盖在随身所带的那张文书上，她的心才感觉踏实了一些。林倩将文书小心翼翼地折好放入怀里，正打算离开，忽然听到门外传来一阵朝这个方向而来的脚步声。她心里一惊，想要走出去已来不及，只好隐藏在书架之后。

"陛下，您叫我到这里是有什么事吗？在我那里不能说吗？"卡罗琳娜的声音听起来有几分疲惫，但也带着几分欢喜。

陛下？林倩心里有些惊讶，皇帝不是在城墙上作战吗？怎么还有时间回宫？

皇帝的声音果然响了起来："现在虽然局面暂时稳定下来，但恐怕也持续不了多久。接下来，可能会越来越艰难。卡罗琳娜，你是我最爱的人，为了你的安全，你必须离开这里。"

卡罗琳娜似乎愣了一下，声音里充满了喜悦和难以置信："陛下，我终于听到您对我说这句话了。我是您最爱的人，这是您的心里话吗？"

"当然是真的。不然这么多年我身边怎么会只有你一个女人。"皇帝的声音听起来温柔如水，"我已经计划好了一切，能确保你安全离开这里，前往罗马。"

"可是陛下，那么您呢？"她的声音陡然提高。

"我是不会离开这里的。既然上帝已经决定我不能做一个没有帝国的皇帝，那么我就要和我的城共存亡。"他回答得平静无比。

"陛下，我不要离开您。我要和您在一起。"卡罗琳娜失声哭了起来。

"别哭了，卡罗琳娜，我会亲自去罗马接你的。我们一定还会再见的。"

听到这里，林倩不知心里是什么滋味。原来相同的话他也会和别人说，更何况，那个女人还是他最爱的人。只是，心里那种莫名的烦躁越来越明显。

"卡罗琳娜，你仔细听我说。明天我就会将你以拜占庭公主索菲娅的名义送出君士坦丁堡。穆罕默德不会为难你，在这种时候，攻占君士坦丁堡才是他最为关心的事。为难一个女人，尤其是身份尊贵的拜占庭公主，只会引起罗马和其他欧洲国家的不满，对他毫无好处，他是绝对不会那么愚蠢的。"

"那么索菲娅呢？我借用了她的名义，她不是就无法离开了吗？"卡罗琳娜故作担心地问道。

"这个你放心吧，昨天我已经试探过她，她感动得自愿要求留下来。那是再好不过了。"他轻描淡写的语气简直和昨天截然不同。

"这样不是利用了索菲娅吗？万一城市被攻陷，那些奥斯曼士兵可不认得她是什么公主。"卡罗琳娜的语气没有半点关切之意。

"她的父亲虽然救过我，但我养了她这么多年也算报恩了。如果能以她的性命来换取你的安全，我觉得很值得。说到底，侄女又怎能和我最心爱的女人相比。"他的语气平淡，仿佛所说的那个人和他毫无关系。

"陛下……"卡罗琳娜破涕为笑，"那么您还要答应我一件事。如果君士坦丁堡安全的话，您来接我之前，把索菲娅远远地嫁出去好吗？"

"索菲娅确实也到嫁人的年龄了。"他低低地笑了一下，"我答应你，我的卡罗琳娜。"

"陛下……我就知道，您最疼我了……"

Part27
离开皇宫

　　林倩不知自己是怎么从那里离开的。等恍恍惚惚到了自己寝宫时，她才反应过来。胸口心脏的位置，剧烈地疼痛起来，苦涩得就好像即将停止跳动。耳边再次响起他刚才所说的话。每一句话、每一个字都凶狠又强大，仿佛利剑般刺破她的血肉，如重锤般砸碎她的骨头，如地狱的恶魔般吞噬掉她的身体、她的灵魂、她的一切。

　　原来，那晚真挚的话语，柔暖的触感，温柔地印在额上的吻，还有以前的一切，全都是假的。他的目的不过是要利用她保护自己最爱的人……而自己的死活，似乎他根本就没放在心上。

　　她可真是个傻瓜……从头到脚都是个傻瓜。

　　卡罗琳娜……想起那张飞扬娇艳的面容，再想到他的那句锥心蚀骨的话："如果能以她的性命来换取你的安全，我觉得很值得。"她心底的毒蔓终于开始疯狂蔓延，毒汁在每一寸血肉间弥漫……

一声脆响，那张盖了印鉴的纸在她的手中成了碎片，在半空飞舞着，像是奄奄一息的蝶。

有多少爱，就有多少恨。

既然这么相爱，那你们就索性一起死好了。至于我，对不起，本姑娘不奉陪了！

当多拉回来的时候，看到的是已经恢复了平静的公主。只是今天的公主脸色白得有点吓人，眼中闪过的是从未有过的冷厉。

"多拉，立刻将那些人从安东尼身边撤回来。"公主的声音听起来冷静得有些过分，"还有，准备一下，让他们明天偷偷护送我去罗马。"

"公主，您说什么？"多拉一脸惊诧，"您要离开这里去罗马？"

"是的。不必告诉陛下，我们偷偷走。西边的城墙那里有扇叫作竞技场门的小门，那里是不设防的。出城后如果遇到奥斯曼人，就告诉他们我的身份。他们应该不会为难我。"

"现在这个情形离开这里也好，至少罗马那边，教皇一定会收留您。可是公主……为什么要不告而别？陛下他这么疼爱您，要是让他知道——"

"别说了多拉！"林倩只觉听得刺耳，飞快打断了她的话，"如果你还当我是主人，就什么也别问，照我所说的做。以后我会告诉你原因的。"

多拉只好点了点头："一切都遵照您的吩咐，公主。"

第二天傍晚时分，趁着深沉的夜色，做好准备的林倩带人偷偷来到了西边的小门。那扇不设防的门她曾在书上见过，没想到还真有其事。而且一切都非常顺利，几乎没引起别人注意就离开了那里。

出了城，她们一行人就遇到了奥斯曼人。知道了她的身份后，穆罕默德二世果然没有为难她，相反对她还相当尊敬。林倩谢绝了他派人送她前往罗马，但收下了他送的马车。此去罗马长路漫漫，她不想太委屈自己。至于卡罗琳娜，还想利用她的名字离开这里，就别做梦了。相爱的人同年同月同日死，那样才算感天动地吧！

天气已经开始转凉，即使坐在马车里，她也感受到阵阵冷意。马蹄响起的嗒嗒声听起来寂寞得很，没有弹簧的车轮震得她全身疼痛，至于这速度，更是慢得像老牛拖车。已经在路上走了三天，停停走走，离开君士坦丁堡却还不算很远。

她到底是为什么来这个世界……一切的发展早已偏离了她的初衷，朝着更加混乱的方向而去。

这几天里，她的心情更加冷静下来。当时她是被妒火冲昏了头，一气之下就做出了这样的选择，可现在仔细想来，总感觉整件事有些不对劲的地方。她的心里隐隐产生了一丝悔意，难道真的就这样眼睁睁看着他去死？虽然他利用自己保护心爱的人很可恨，可是她的反应好像也过激了。

毕竟，她抛弃了一切来到这里，只是为了改变他的命运，不是吗？

想要他活下去。这股执念越来越强烈，甚至已经超过了她心里的恨与怒。

就在她忍不住让车夫掉转车头的时候，一阵急促的马蹄声传来，一个熟悉的声音远远地就传入了林倩的耳中："公主！索菲娅公主！请您等等！"

林倩心里一惊，忙命令马车停了下来。掀开帘子一看，策马而来的人果然是皇帝身边的内侍普罗柯！

"公主！公主！"他在马车旁勒住了马，气喘吁吁地说道，"陛下让我随行护送您去罗马。陛下让我带了他的信物，相信这样会让教皇更为高兴，也会更加多关照您。"

林倩静静地看了他一会儿，才开口问道："君士坦丁堡怎么样了？陛下他怎么样了？"

普罗柯的脸上挤出了一个笑容："一切都还好。应该还能僵持一段时间，要是奥斯曼人坚持不下去，会撤军也说不定。"

"是吗？"林倩冷冷一笑，"撒谎的本领真差。"

这句话就好像最后一根稻草压死了骆驼，普罗柯的眼圈顿时就红了，声音也变得哽咽起来："公主……陛下……陛下他很不好，一点也不好……"

"普罗柯！"多拉突然大声斥责，似是不想让他继续说下去。

"多拉，你让我说！我要让公主知道，陛下他唯一放在心上的人，只有公主！"普罗柯固执地梗起了脖子，"公主，你难道就没有怀疑过自己那天为什么能顺利进入书房？"

"普罗柯，你知道自己在说什么吗？"多拉再次打断了他的话。

林倩冷冷道："让他继续说。"

普多柯深吸了一口气："因为这一切都是陛下的安排。陛下虽不知你为何想偷溜入书房，但为了让公主能自愿离开君士坦丁堡，就顺便利用了这个机会，陛下故意和卡罗琳娜在你面前说了那些话。因为陛下最了解您，公主最恨的就是被人欺骗，为了您的安全，陛下宁可被您误会着去战死！"他的声音明显带了哭腔，"奥斯曼人一夜间在加拉太修建船槽，所有的战船都突破了金角湾，热那亚的名将乔万尼也被炮弹击伤，现在已经带队返回意大利。陛下遭受两边攻击，已经快要支持不下去了，所以他才让我尽快来保护您！"

林倩的心猛地一抽，脑海中竟然是空白一片。

"陛下最喜欢红石榴石，很多人都不理解。您知道是为什么吗？因为您出生于一月，您的生日石就是红石榴石。"他的眼角泛起了泪花，"公主，陛下的心里太苦了。"

林倩紧咬着嘴唇，之前的种种不解和疑问，在这一刻都有了答案。原来皇帝对她的在乎，已经超越了叔叔和侄女之间的亲情。更正确地说，是卡罗琳娜被皇帝利用了……

从半空吹来的风冷得令人发抖，在心痛到麻木的时候却是再好不过的止痛剂。

"普罗柯，"她忽然开口道，"带我回君士坦丁堡。"

多拉瞪大了眼睛，震惊地看着她，一时忘记了尊卑："公主！您疯了吗？"

她也不看多拉，眼睛一眨不眨地盯着普罗柯："你也不希望陛下带着遗憾和痛苦战死吧？"

普罗柯紧皱着眉，仿佛陷入了激烈的挣扎中，最后他还是抬起眼来，重重点了点头："我带你回去，公主。"

Part28
皇帝的命运

在颠簸的马背上不知坐了多久，终于远远地闻到了硝烟的味道。林倩也顾不得浑身像是散了架般疼痛，只希望能再快一些，更快一些……她的心里还存着小小的侥幸，希望情况还没变得那么糟糕……已经无法改变君士坦丁堡陷落的命运，但，无论是生，是死，都要和他在一起。

一千米，五百米，十米……君士坦丁堡几乎近在咫尺，空气里弥漫的硝烟也越来越浓重……

普罗柯抬头遥望，顿时变了脸色。林倩顺着他的目光望去，只见高高的城墙飘扬着的不是拜占庭的双鹰旗，而是奥斯曼土耳其的星月旗！紧握着星月旗的是一个被射成刺猬的奥斯曼士兵，在星月旗周围，竟不下三十多具已死去的奥斯曼士兵的尸体，他们无一例外都是身中数箭。

看得出，都是为了守卫自己的国旗而亡。

战争，总是惨烈的，无论是胜的一方还是败的一方。

"上帝啊！奥斯曼人已经攻入了君士坦丁堡城内！陛下！陛下！"普罗柯翻身下了马，迫不及待地朝城里走去，走到一半又折转回来，"公主，现在里面的情形一定很危险，我们要万分小心。"

林倩点点头，失魂落魄地跟在他的身后。城中满目疮痍，充斥着一股难闻的由血腥味、汗味等各种气味混合而成的怪味，令人作呕。小巷里横七竖八地躺着不少血肉模糊的尸体，有的是拜占庭士兵，有的是奥斯曼士兵。她的脑海里浮现出了书中的记载——奥斯曼军队在城破后入城，随即展开了残酷的巷战。一个个街区相继沦陷，已无退路的拜占庭皇帝君士坦丁十一世帕里奥洛格斯下令全体皇家御卫队以死相拼——他们确实做到了。他们全体战死……包括皇帝本人。

"陛下一定还活着。"普罗柯语气坚定地说道。

林倩下意识地点了点头："他不会那么轻易就死的。一定不会。"

不远处忽然传来了激烈的拼杀声，普罗柯急忙将林倩拉到一边。这时有人大声叫道："奥斯曼的军旗已经在拜占庭飘扬，拜占庭的皇帝只是在做无谓的最后挣扎！大家去城墙那里吧，皇帝正在那里！捉到他就能得到数不尽的金银财宝！"他的话音刚落，就有大群人像是打了鸡血般朝那个方向冲去……

林倩和普罗柯对望一眼，也小心翼翼地跟在了他们的后面。

"看！公主！真的是陛下！"普罗柯的声音里带了几分激动，几分伤感。

　　林倩抬头望去，只见那个熟悉的身影正站在城墙上，挥舞着弯刀进行最后的殊死抵抗。那浅褐如羊绒般柔软的头发有些纷乱，身上的铠甲几乎被鲜血染成了暗红色。黄昏落日的余晖，仿佛为他的身上笼上了一层神圣的光环。

　　他是神的儿子。他是拜占庭的君王。即使在这样绝望的困境下，他依然保持着帝王该有的尊严，还有着一颗想要守护国家和臣民的赤诚之心。

　　她痴痴地看着他，好像怎么看也看不够。

　　也是在这一瞬间，她忽然明白，她已经无法再改变什么。他的命运和圣城是紧紧连在一起的，无论什么，即使是死亡也无法将他们分开。

　　"砰！"从那个方向忽然传来一声巨响，一发炮弹正好在皇帝不远处爆炸开来。

　　"陛下！"普罗柯撕心裂肺地喊了出来。他猛一回头，发现公主已经跌跌撞撞地往那个方向冲了过去。

　　皇帝静静地躺在那里，仿佛已经没了声息。就在这个时候，他忽然听到了一个不该出现在这里的声音："叔叔！"那声音带着无限的悲怆和懊悔，仿佛让人的心都要碎裂成一片片。

　　当那张面容越来越清晰地浮现在他的眼前时，皇帝消散的意识逐渐聚集起来。他挣扎着睁开眼，看到了那双含满泪水的眼睛，仿佛整个人也渐渐融进了这片水光里，融化了他的意志、哀伤、不甘、绝望……终于，他满足地笑了起来。是的。是索菲娅来了，他的索菲娅。他所深爱着的……索菲娅……

感谢圣母马利亚，让他能在死亡前再看到她的幻象。

皇帝的目光掠过林倩的头顶，定格在那面破损的双头鹰旗上，他笑得那样安详，仿佛天主的圣光仍照耀着圣城，仿佛罗马帝国的辉煌仍未消逝……

"圣母马利亚……"他用尚存的一点力气说完了人生中的最后一句话。

林倩双手紧紧握着他的肩膀，感觉到他的身体渐渐变冷，变僵硬，无边的悲恸充斥着她的全身。他的笑容如同突然破裂的光环，在眼前变得四分五裂……

那一天，在颤抖的烛光中，他的指尖穿过她的发间，他的气息萦绕在她的周围，他柔软温热的唇印在了她的额上，温柔而深沉，仿佛蕴含着千言万语，虔诚得几乎神圣。

原来这是最初也是最后的亲密。

是她。都是她的妒忌和一时冲动毁掉了改变他命运的可能。如果她能再冷静一点，如果她能……

"陛下，我就是为了你而来。没有了你，我在这个世界上还有什么意思？"她伸出手捡起了他掉落的弯刀。

"怎么？你想陪他一起死？"一声轻笑忽然从她头顶上方传来。林倩大吃一惊，手里的弯刀已经掉落在地。她抬起头，只见一位少女正悠然地飘浮在半空中冲着自己笑，她的黑发比最深的黑夜还要深沉，她的金瞳比最纯的黄金还要绚烂。

林倩难以置信地瞪大了眼睛："怎么……你怎么会在这里？"

"我要来取我想要的东西啊。"叶宴轻轻地用手指缠绕着自己的头发，"在我还没拿到之前，可不想见到你死。至于之后嘛，那就随你便了。不过就是有点同情索菲娅罢了，原本好得令人羡慕的命运就这么被掐断了。"

林倩咬了咬唇："我……你……你要拿什么？"

"我想要拿的啊……就是你内心深处的嫉妒。"叶宴摘下了自己的项链，其中一颗砗磲自动掉了出来，化为一道白光直入林倩的胸口，又飞快地回到叶宴的手中。她眨了眨眼，又说道："宁静使身体健康，嫉妒是骨中毒瘤。这是伟大又智慧的所罗门王告诉我们的。"

"嫉妒……是骨中毒瘤。"林倩喃喃重复了一遍，"我想重新再来一遍，可以吗？可以吗？这一次，我一定不会嫉妒她了，一定不会。"

"对不起，交换命运的机会只有一次。"叶宴笑着说出无情的话语，"接下来，就看你是要继续索菲娅原有的命运，还是陪这个皇帝一起死了。不过，'不求同年同月生，但求同年同月死'这种话我听得多了，我个人以为后者比前者容易，因为分享毁灭本来就比分享幸福容易得多。"

林倩再次回过神来，少女早已消失。她的目光再次扫过皇帝的脸，正好看到从他脖颈间露出来的那条染血的红石榴石项链。她想了想，把那条项链解下来，挂在了自己的脖子上。

陛下，这样，我就能和你一起分享幸福了。那个少女说得没错，分享毁灭要比分享幸福容易得多。

愿圣光永远照耀着你，陛下。

皇帝的死亡终结了拜占庭人的抵抗，留在城中的奥斯曼士兵开始大肆抢掠财物，屠杀臣民。林倩在普罗柯的保护下好不容易冲出了城门，却和他在半路上被逃亡的人群冲散了。前路漫漫，除了石榴石项链，她身无分文。虽说条条大路通罗马，但这样下去怎么才能走到罗马？

就在她正犯愁的时候，一匹骏马忽然从她身边飞驰而过……她也顾不得那么多，连忙大叫："那位骑马的好心人，请停停，请停停！"不知是不是听到了她的叫声，那匹马果然掉转了头，放慢了速度向她走来。林倩揉了揉眼睛，这才看清骑在马上的人。那是个相当英俊的金发少年，他居然也有一双如爱琴海的海水般蔚蓝的眼睛。

"如果我没看错，你是拜占庭皇帝的侄女索菲娅公主吧？"少年的嘴角带着笑意，笑容如花瓣般盛开在阳光下。

她有些疑惑地看着他："你是？你怎么认识我？"

"以前在拜占庭的宫廷宴会上见过你一次。"少年的脸似乎红了一下，"你可能不记得我了，我是伊凡，伊凡·瓦西里耶维奇，来自莫斯科大公国。"

林倩眯了眯眼睛，虽然不记得他是谁，但明显少年并无恶意。在这种情形下，或许也只有他才能帮她了。

"你要去哪里？我送你。"少年笑着向她伸出了手，"上来吧，公主殿下。"

她毫不犹豫地朝他伸出了手，在被他紧握住手的那一刻，林倩仿佛也做出了选择。既然交换了命运，那么就以索菲娅的身份去接受命运的挑战吧。

只是，原来她努力了这么久，命运似乎还是依照着原有的轨迹在运转……

"去罗马？"少年低头再次问她，温暖的气息喷在了她的头顶上。

她摸了摸脖子上的石榴石项链，也微微笑了笑："对，去罗马。"

逐渐远去的她，似乎并不记得那段被记载的历史。在罗马教皇的支持下，拜占庭的索菲娅·帕里奥洛格公主和莫斯科人公国的伊凡三世联姻。最终，公主的儿子瓦西里在父亲退位后登基成了瓦西里三世。索菲娅也将拜占庭的双头鹰标志带到了俄罗斯，这个标志，从此成了俄国的国徽。

Part29
想要和自己交换命运的人

    在 S 城一条不起眼的小巷尽头，孤零零地矗立着一栋灰色的房子。此刻，有点点晕黄的灯光从窗户透出来，为这里平添了几分淡淡的温馨。门上无中有的招牌已经歪在了一旁，显得有几分颓废，一只黑色的蝙蝠轻扇着翅膀，悄无声息地从半开的窗户飞了进去。

    "小宴，你们家的小宠物又来了。"瓦沙格抬了一下眼皮，又继续关注起当日的新闻。

    蝙蝠亲昵地飞到了叶宴的手掌上，对她叽叽叫了一阵。叶宴神情微敛，点点头，也对它说了几句奇怪的语言。蝙蝠乖巧地点头，用小脑袋蹭了蹭她的手，就很快飞走了。

    "怎么了？上次就看你好像有心事。"巴尔懒洋洋地移动了一下身子。

叶宴给自己倒了杯水，慢条斯理道："其实也没什么，就是上次我爸妈知道我从小灯师父那里骗来了这串七宝项链，有些生气。不过，小灯师父已经去和他们解释过了，我那是正大光明骗来的，可没用什么歪门邪道。"

"其实我一直也觉得奇怪，你应该知道这串七宝项链的用处吧。等你搜集完全部宝珠，你真的打算将项链用在哪里？"巴尔的绿色眼珠里泛着一层古怪的光泽。

叶宴毫不犹豫地点头："当然，不然我搜集这些做什么，我就是为了那里的一样东西。而且小灯师父也答应过我的。"

她左一个小灯师父，右一个小灯师父，两位魔王大人只能面面相觑。只有她，敢把这不伦不类的称呼用在伟大又智慧的所罗门王身上吧？

"对了，基那师父怎么还没回来呢？难不成那个会用高等黑魔法的人真那么厉害？"叶宴有些好奇地问道。

"不知道，从昨天起，我好像就感受不到他的力量了。"巴尔翘了翘胡子，"我正打算抽空去找找他。基那可从来都不是个拖沓的魔王，和人类订好契约，帮对方达成心愿，他就该回来了。"

"我这边也感受不到他的力量。"瓦沙格耸了耸肩，"不过，以前也不是没有过这种情况。放心吧，他这么厉害的家伙，这个世上能将他制伏的妖魔鬼怪还真没几个。"他顿了顿，又将话题拉回到叶宴身上，"话又说回来，小宴，这次你还真让我感到惊讶，我还以为你不会管那个索菲娅的死活呢。"

叶宴喝了几口水："放弃自己的生命，不管为了什么理由，我认为都是最愚蠢的行为。而且，最终救了她的人是她自己。"

"原来是这样。"瓦沙格干笑了两声，"我说呢，小宴可从来都不是个富有同情心的人。这太不像平时的你了。"

巴尔若有所思地看了叶宴一眼，又扭过头继续看起了电视。在电视台插广告的间隙，他忽然幽幽开口道："对了，那个猫国王找的好像不是东西，而是一个人。"

"是个人？"叶宴明显有了兴趣。

瓦沙格也放下了电脑，双眼燃起八卦之火："是个女人？"

"这个嘛……"巴尔明显卖了个关子，慢吞吞道，"我就不知道了。"

"唉……"叶宴和瓦沙格两人同时遗憾地叹了一声，大失所望。

"你们也别表现得这么明显好不好？好歹一个是魔王，一个是魔王的入门弟子，有点出息好吗？"巴尔给了他们一个白眼，"我有种强烈的预感，这个猫国王还会找上我们的。"

"神仙也爱八卦，更别提我们了。"叶宴笑着将杯子里的水一饮而尽，暂时将这个话题抛在了脑后。她现在更为关心的是——下一个客人会在什么时候到来？又会提出怎样的要求？

一个星期后，叶宴就得到了想要的答案。那位客人倒是毫不惊讶地收下了名片，也表明了如果真能交换命运，那么他愿意试上一试。自从无中有开张以来，还是第一次碰到这么淡定的客人。谁知到了约定好的那天晚上，这个客人居然来了个电话说自己刚睡醒，脑子晕乎乎的没法儿来了，能不能请店老板亲自跑一趟。

此时的叶宴，正站在全然陌生的房间里，皱眉看着眼前的这个年轻男人，心里蓦然产生了一种无力感。这好像是她第一次——上门服务吧？要不是这男人身上正好有她需要的东西，她是绝对不会破这个例的。

另外，这个男人的家也太……这真的是一个人的家吗？真的吗？真的吗？叶宴在心里默默问了自己一遍又一遍，感觉好像已经不会爱了。地板上铺满了杂物零食和没有处理掉的垃圾，连下脚的地方也没有。桌子上、椅子上积了一层灰，一看就知道好长时间没擦了。床上乱得堆成了一座小山，床底下还四散着不少揉成团的餐巾纸。厨房里桌上的面条也不知放了多少天，都长了一层绿毛。

叶宴暗暗叹了一口气，活到这么大，她还真没见过懒得如此惊天动地的人。

"不好意思，我家和狗窝一样，我就是懒得收拾。"男人的性格倒挺不错，还热情地给她倒了水，"来来，辛苦你跑一趟了，先喝点水。"

他说话的语气让叶宴顿时将自己脑补成了吭哧吭哧背水上楼的送水工。

"连个坐的地方都没有……要不你先坐床上，我马上收拾一下。"他用脚将纸团踢到了床底下，笑道，"这都怪我妈，谁让她给我起名叫秦水，听起来不就是勤睡嘛，都是这名字起坏了，不够懒都对不起这名字。"

这人倒也够直接，叶宴忍住了笑，问道："秦水，你想好了吗，要和谁交换命运？"说完她刚想喝口水，低头看到杯沿一圈的黄色污渍，顿时胃部一阵翻滚，立刻断了喝水的念头。她终于知道了，别看她天不怕地不怕，原来最大的克星是懒人！

"啊？真的吗？真的可以交换命运？这怎么可能呢？"秦水先是一脸的难以置信，随即又一副嬉皮笑脸的样子，"哈哈，好了，别玩了。快拿下你身上藏着的微型摄像机吧。我知道，这一定是电视台新出的整蛊游戏。美女，你的金色美瞳真的好漂亮！"

叶宴揉了揉额头，一种抓狂的感觉油然而生："那个，真不是整蛊游戏。"

"难道是真的？"秦水双眼直放光，"那我要和世界首富交换命运！不，美国总统也不错！哦哦！要不还是老牌英国皇室的威廉王子好了！啊！对了！阿拉伯的酋长可以娶四个老婆，棒！哎呀哎呀，真是头痛死了，到底选哪个好啊？"

叶宴的额上已经挂满了竖线，喂，这位老兄，这不是在菜市场选白菜好吗？她真庆幸还没来得及说还能穿越时空，不然的话……她顿时全身打了个冷战，万幸万幸啊。

"对了，能不能和神仙魔王什么的交换命运呢？就和那些网游游戏一样……"对方的提问果然很快上了一个层次。

叶宴忽然冲着他笑了笑："对了，我给你看样东西。"说着她挥了挥手，一道金光闪过之后，周围的一切竟然全都消失不见。映入眼帘的是一道极为壮观的大瀑布，奔腾的鲜红色液体撕破了黑暗的虚空，划出一道巨大的轨迹。瀑布下是一个硕大无比的血池，血水炽热异常，翻滚沸腾。无数的亡灵，在这血池中挣扎。他们整个身子没入血池中，有的到眉毛，有的到鼻子，有的到喉咙，都在痛苦地尖叫着。到处是叹息、哭泣和凄厉的叫苦声，回旋在这昼夜不分的昏天黑地中。

"这里是冥界血池之狱的现场直播，你想和这里的神交换一下吗？"她扫了一眼面色发白双腿发软的男人，露出了邪恶的笑容，"我会满足你的愿望的。"

秦水早已没有了之前的嬉皮笑脸，面带恐惧地看着她："你……你到底是什么人？"

她笑得更加灿烂："我啊，只是和冥王有些交情而已。"

秦水的身体明显哆嗦了一下，慌忙闭上了眼睛："能不能……能不能让这个消失，太吓人了！"

"当然可以。"叶宴看到对方的这种反应，顿时感到神清气爽，刚才的郁闷一扫而空。

当秦水睁开眼发现一切又恢复正常时，顿时松了一口气。

"那么我再问你一遍，你想要和谁交换命运？"叶宴弯了弯唇。

"原来这是真的……"秦水的神情难得地认真起来，"任何人都可以吗？"

"任何人，就算是历史上的人物都可以。"叶宴现在并不担心他夸张的想法了。

秦水皱着眉，像是思索了半天，终于开口道："那我要和五年后的自己交换命运。"

叶宴还以为自己听错了，难以置信地又问了一遍："你说什么？你要和自己交换命运？"

"对，五年后的自己。"他认真地点了点头，"我现在大学刚毕业，眼下有一堆事。我实在是懒得找工作，懒得和人交际，懒得参加同学的饭局，甚至想到以后结婚什么的都很麻烦。所以现在如果能让我成为五年后的自己，那就跳过了这些烦心的事，直接就能工作，结婚，那不是省了很多事吗？"

"就因为想偷懒逃避现实，所以就要拿自己宝贵的时间去换吗？"叶宴轻哼了一声，"简直不可理喻。"

"那到底行不行呢？别人的命运我实在心里没谱，就算是总统、王子我也怕没法儿适应，还是自己的习惯些。"秦水眨巴着眼睛看着她。他本就长了张娃娃脸，这么一挤眉弄眼更是说不出的滑稽。

叶宴也是第一次碰到这样的客人，沉吟了一下道："不过你要知道，你现在所拥有的命运和你成为五年后自己所拥有的命运并不一定是相同的。因为五年后你的思维方式和现在不一样，以现在的思维方式到五年后，很有可能会改变你既定的命运。你考虑清楚了吗？"

"考虑清楚了。"他回答得倒也干脆，"反正按我的性子也改变不到哪里去。"

"那可不一定。人的一生，往往会因为各种微小的因素而改变命运。有的是因为一个人，有的是因为一些钱，有的是因为一段感情，甚至为了一句话、一个想法，而使人生变得截然不同。转变命运的因素，虽然细微，可影响力是巨大的。就好像一粒石子投入湖中，石子虽小，却能震动湖面，泛起阵阵涟漪。一个小小的因素，就会使人产生千差万别的命运。"

　　秦水看着她的目光带着震惊，他低头沉思了一会儿，再次点了点头："我明白了。即使命运因此而产生偏差，我也接受。"

　　叶宴淡淡一笑："既然这样，我就如你所愿。"

Part30
多出来的儿子

　　秦水揉着太阳穴从床上缓缓坐了起来，他往四周扫了几眼，发现这里还是自己的房间，顿时长舒一口气。看来刚才果然只是做了个梦……只不过那个梦也太真实了，那个金瞳少女真是有点可怕。

　　当目光再次从房间的摆设上一一扫过时，他忽然发现有点不对劲。以往乱得不能看的房间好像变得干净些了。咦？这是怎么回事？要不是因为自己的父母早已过世，他还以为是老妈来过了呢。

　　秦水下了床，推开了卧室的门。这一下，更是让他惊讶万分。这里还是他的家，可很多装饰和摆设都变了样，有些东西他根本从未见过。

　　秦水满腹困惑地抓了抓头发，忽然看到桌上放着的手机，赶紧拿了过来。手机的屏幕上清楚地显示着当天的日期和时间。17点30分，周五，201X 年 4 月 15 日。他的目光凝固在 201X 年上，心里突然感到一阵发寒——这分明就是五年后的日期！

他全身一震，像是甩一块烫手的山芋般扔了手机，又连忙打开电视。定定看了三分钟后，他终于确定了一件事——他真的和五年后的自己交换了命运！

这时，旁边厕所的门"吱"地一下被推开了，一个毛茸茸的小脑袋从门后钻了出来，睁着一双乌溜溜的眼睛看着他，清脆地叫了声："爸爸！"

秦水刚被这小脑袋吓得想要骂人，听到这称呼后干脆傻了眼。幸好脑袋里及时反馈给了他这五年来的信息，原来这个叫秦栋的小男孩是他的儿子，今年四岁。当年，他和一个女人在酒吧里有了一夜情，那个女人一年后得了癌症，就想办法把这孩子交给了他，说这是他的亲生儿子。说来也是缘分，这孩子和他小时候长得还真的很像，所以秦水也就不得不暂时收留了这孩子。

这之后他也谈了几个女友，但都因为受不了他的懒惰而和他分手了。至于工作嘛，也是一份吃不饱饿不死的活，而且这还是因为沾了他大学好友的光。

秦水心里暗暗叹了一口气，倒也没特别失望，他也了解自己的性子，混成这个样子也在想象当中。只不过，这个多出来的儿子令人头疼。

这么多年来习惯了一个人住，忽然多了个"陌生人"还真是不习惯。

他皱眉打量眼前的这个孩子，就算是长得像又怎样？那就保证一定是自己的儿子吗？那个时候的自己是怎么想的？最起码也要先做个亲子鉴定。万一给别人养了儿子，岂不是吃大亏了？

"爸爸，我饿了。"秦栋可怜巴巴地看着他，"我会帮你洗碗的，爸爸。还有，扫地、擦桌子、倒垃圾……"

秦水再次揉了揉太阳穴，感到头更痛了。难不成，这个家变得比以前干净了点，完全是因为自己的儿子？他才四岁好吧？四岁！

"行了，我给你下点西红柿鸡蛋面。"他说着朝厨房走去。这个西红柿鸡蛋面是他懒人生活中必不可少的一道菜，简单好做还有营养。以前一个星期里，他总有五天是在吃这个面。

秦栋的脸上出现了一抹笑容，又小心翼翼道："爸爸，今天幼儿园老师说了，明天是休息日，让家长带我们去公园，回来写日记。"

秦水一脸不耐烦地说："我哪有那个空，你自己随便想想不就行了。"

秦栋的脸垮了一下，咬了咬嘴唇，小声道："那我知道了。"

吃完晚饭，秦水像往常一样躺在沙发上看电视吃零食，桌子上很快就多出了一堆橘子皮。小秦栋立刻跑过来收拾了这堆橘子皮，还到饮水机下接了杯水给秦水端来。看来，这些事他已经做得驾轻就熟了。

居然指使一个四岁的小朋友做这些。禽兽啊！他在心里笑骂了自己一句，接着就心安理得地享受起来，一边还给自己找借口。小孩子不能太宠的，这么锻炼锻炼也挺好，这也是为了他好嘛。

话说回来，现在的自己，有一份还算稳妥的工作，养活自己是足够了。至于这个儿子嘛，还算安分听话又能干活，就暂时先养着吧。五年后的自己虽说没什么大改变，但也算差强人意，还省去了找工作的艰辛。由此可见，之前自己做出的这个决定还算是英明。

在过了一个舒适悠闲的双休日后，秦水第一次去上班了。公司的老板和他的大学好友肖凯关系不错。当初大学毕业后，他找工作一次又一次碰壁，最后还是肖凯伸出了援手，将他介绍进了这家贸易公司。这几年来，他在公司里拿着一份基本工资过日子。随着在公司的资历渐长，他也越来越露出本性了。

今天一到公司，办公室的王姐就笑嘻嘻地看了过来："秦水，你现在还是单身吧？要不要给你介绍个女朋友？"作为老员工的王姐，为人热情，最喜欢给人介绍对象，所以在公司里有"金牌红娘"之称。

秦水有些惊讶，因为根据他所知的信息，之前公司也有人给他做过介绍，虽然他长得还行，但因为本身拖着个孩子，性子又懒惰，再加上又是租的房子，几乎每一次相亲都是以失败告终。久而久之，公司里也没人给他介绍对象了。

"是我一个远房亲戚的女儿。在一所高中做老师。为人很不错，也挺会来事。就是……离过婚。不过那也不怨她，是她老公出轨了。娶妻不就是要娶个贤惠能干的吗？"王姐兴致勃勃地说道，"我看和你真挺适合的。"

听到"能干"两个字，秦水心里微微一动，想了想道："那要不就见个面看看？"

王姐的脸上顿时笑成了一朵灿烂的花："好的好的，我这就去安排。"

"金牌红娘"的外号还真不是吹出来的，当天晚上，王姐就把那亲戚的女儿叫了过来，和秦水约好了在一家餐厅见面。

这个叫陈梅的姑娘果然和王姐说的一样，长得挺清秀，嘴巴也挺甜，看起来是个挺会来事的人……秦水对这第一次见面还算满意，陈梅似乎对秦水也有些好感。

"好了好了，既然两人都还满意，那小秦你下次就请小梅去家里做个客。她烧的菜那是没话说，你家小栋肯定也会喜欢她的。"王姐笑容满面地看向陈梅，"小梅最喜欢孩子，对孩子最有一套了，是不？"

陈梅笑得无比真挚："我也有两个弟弟，和秦哥儿子差不多的。俺把他们都照顾得很好。"

"看看，小秦，这下你该放心了吧。"王姐豪放地拍了拍秦水的肩，"那过些天就抽个日子，也让小栋见见她。说不定很有缘分呢。"

秦水虽然感觉好像有点快，但也没说什么。

这顿晚饭终于在亲切友好的气氛中结束了，送走了王姐和陈梅后，秦水才打开了手机。刚才怕影响谈话，他特意将手机静了音。刚打开手机，他就看到屏幕上显示着几十个未接电话，而且电话号码都是同一个。

他疑惑地回拨过去，只听那边传来一个女性的声音："终于有回音了。请问，你是秦栋的家长吗？"

他刚答了个"是",对方的话语就连珠炮般丢了过来:"今天怎么没人来接秦栋放学?打电话给你电话没人接,你这爸爸也太不负责了吧?你知道他在冷风里等了你多久吗?好了,他现在在我家,你过来接一趟!真是的,有事不来接也该说一声,让孩子这么受罪!这么不负责的家长还真少见!"

待回过神来,秦水的脸色也有些不好看。自己居然压根儿忘记了还要接儿子放学!

Part31
父与子

　　秦水将儿子从老师家里接来时，不免又挨了一顿批评。秦栋从小就会察言观色，看到爸爸黑黑的脸色，不由得心里有些害怕，惴惴地喊了一声："爸爸，这次是小栋不乖，你不要生气了，好不好？我告诉老师，爸爸工作很忙，一定不是故意不来接我的。"

　　看着儿子惶恐不安的表情，秦水心里一软，感到有些内疚。想象一下当时的情景，当天色渐黑，还没有看到爸爸的身影时，这个小小的孩子也会害怕吧？也一定会肚子饿吧？本该是他生气发脾气的，可现在他将过错都揽到了自己身上，这是太懂事，还是太没有安全感了？

　　"爸爸……下次不会忘记了。"秦水生涩地用了"爸爸"这个自称，感觉也不是那么难说出口。像是为了补偿般，他又加了一句，"这个周末，爸爸带你到公园玩。"

秦栋脸上的表情立刻变得生动起来，就好像一株小芽顶出了土壤，兴奋地歪头道："真的吗，爸爸？"

秦水轻咳了一声："当然是真的。男子汉大丈夫，说到做到。"

秦栋欢呼了一声，伸出一根手指在他面前晃了晃："那爸爸和我拉钩！"

"真是小孩子。"秦水鄙视地翻了个白眼，还是伸出小指钩住了他的手指。小小的手指温暖又柔软，在钩手指的那一瞬间，就好像有一根柔软又轻盈的羽毛在心口轻轻拂过，酥酥的，又有一点麻麻的。

小孩子有时也不是太讨厌的生物。秦水的这个想法在下一秒就消失得无影无踪："爸爸，肚肚痛，我要拉屉屉了！"

结果到了双休日，这次公园之行还是泡汤了。

秦水歪斜地躺在床上，一边打喷嚏一边用纸巾擦鼻子。这五年后的自己身体也太弱了吧？天气只是转冷了一点点，没想到就中招了。是因为平常太少锻炼了吗？

他低头看了看比五年前粗了不少的腰，更加肯定了这个想法。

这次的感冒来势汹汹，他不但全身酸痛，整个脑袋也像是装了块大石头，沉得抬不起来。最烦人的就是还有些发烧，希望体温别再继续上升就好了。

一个人生活，最怕的就是生病，连倒个水的人都没有。虽说现在多了个儿子，可他才四岁，又能指望什么？

秦水胡思乱想了一阵，又昏昏沉沉地睡了过去。

再次迷迷糊糊醒过来的时候，他隐约闻到了一股熟悉的香味。一天没怎么吃饭，肚子还真有点饿了，可这家里根本不会有人来做饭啊，除非是田螺姑娘。可能是生病产生幻觉了吧……他自嘲地笑了笑，又闭上了眼，想着要不要打电话叫个外卖，就算他不吃，家里还有个孩子要吃饭。

"爸爸，爸爸，你有没有好点？"儿子的声音忽然在耳边低低地响起。

他没有睁眼，只是皱着眉有气无力地说："别太靠近了，不然感冒会传染给你的。你饿了先吃面包，我等会儿打电话叫个外卖。"

"爸爸，你吃面面呀。"儿子反而更凑了过来，"小栋做了面面，爸爸经常做给我吃的面面。"

秦水心里一个激灵，赶紧睁开了眼睛，只见床头柜上摆着一碗热气腾腾的面条。红的是西红柿，黄的是鸡蛋，绿的葱花，配着雪白的面条，看起来诱人得很。

"这是你煮的？你怎么会煮面？你会开煤气？这么热的水你不怕被烫到吗？切西红柿的时候有没有伤到手？"他问得有些语无伦次，这也难怪，毕竟秦栋只有四岁。

秦栋得意地笑了起来："我看爸爸平时是这样煮的啊。从冰箱里拿鸡蛋和西红柿，放在水里烧，然后扔面条，最后还要撒上一些绿绿的东西。很容易的。"

秦水心里无限感慨，这不是有句俗话说得好吗，懒人的儿子早当家……

"好儿子。"他摸了摸孩子的头，从床上坐起了身子，"儿子做的，我怎么也要捧个场。"

秦栋睁着一双大眼睛萌萌地看着他："爸爸快吃，栋栋厉不厉害？"

秦水用筷子夹了一筷子面条放入嘴里嚼了几口，忽然感到有些想哭。面里没放盐，面条也是夹生的，好像……有点难以下咽……可是看到儿子那双期待的眼睛，他一咬牙，连吃了几大口。

"爸爸，你喜欢吃栋栋做的面，栋栋以后每天做给你吃！"

儿子的话成功地让面条卡在了他的喉咙，他干咳了几声，挤出了一个比哭还难看的笑容："栋栋乖……"

"吃了栋栋的面，爸爸的病就赶快好起来吧。"秦栋又轻轻地说了一句，天真的声音里饱含着浓浓的希冀。

秦水微微眨了一下眼睛，不知是不是面条热气的关系，他的眼角好像有些湿润。有什么似乎在心里逐渐苏醒，是他能感觉到却看不到的东西。

当咽下了最后一口面条后，他终于忍不住问了一个问题："栋栋，爸爸记得饮水机里的水没了，你又够不到水龙头，那你是从哪里拿的水啊？"

"哦，爸爸，我是到厕所找到的。"秦栋一副求表扬的神情。

秦水的脸顿时黄了，天哪，不是在抽水马桶里舀的吧？好想吐！完了完了，自己的病情一定会加重的！

"就是那盆放在台子上的水啊，我看还蛮干净的。"秦栋过了一会儿才说出了下半句。

"你小子，话还分两段说。"他轻敲了一下儿子的脑袋，还好还好，那是他没倒的洗脸水，总比马桶水好多了。看来懒惰还是有好处的。

夜半时分，天下起了大雨，隆隆的雷声时不时地传来。银色闪电不时出现，仿佛随时都可能撕裂天空。秦水在半梦半醒中间，隐约看到一个小小身影站在床前。他一下子惊醒过来，定睛一看，原来是栋栋。

"怎么了？栋栋？"

栋栋揉着眼睛，带着哭腔说："爸爸，我最讨厌打雷下雨的天气了。我不想一个人睡……"

秦水叹了一口气："那你到爸爸身边睡会儿吧，你睡那一头，别被传染感冒了。"

栋栋一听，顿时笑逐颜开，刺溜一下就钻到了床上，扯过被子满足地闭上了眼睛。

秦水再次闭上眼睛，却怎么也睡不着。耳边传来孩子香甜的酣睡声，即使夜里没有星光，他也好像仍能看到那张纯真美好的睡颜。窗外的雷声还在继续，雨声打在窗上显得格外急促。如此嘈杂的氛围，这一刻他忽然心安。

在下一个双休日到来时，公园之旅终于成行。这一次公园之行还多了两个人，是陈梅和她的弟弟陈健。秦栋第一次见到陈梅还有点拘谨，倒是陈梅对他很热情，还拿了很多好吃的给他。对于两人这样的相处，秦水还算满意，对陈梅也多了几分好感。要说唯一觉得不协调的，恐怕就是陈梅的那个弟弟陈健，时时刻刻黏着姐姐不说，还什么东西都想要。和他一比，栋栋简直就是个小天使。

"你们家栋栋和你长得还真像，尤其是这双眼睛，简直一模一样。"陈梅笑着拿出一袋橘子，拣大的挑了几个出来，"来，尝尝看，是我二叔自己种的，甜着呢。"

秦水心里有些得意，面上却是不显："他是我儿子，自然随我。"说着，他顺手拿起一个橘子剥了开来，递给了身旁的儿子。

栋栋一脸开心地接过橘子刚说了句"谢谢爸爸"，就听陈健嗷的一声叫了起来："我要橘子我要橘子我要橘子！"

陈梅只好哄他："好了，姐姐马上再给你剥一个。"

陈健叫得更加刺耳："不要不要，我就要他手上的那个橘子！"

秦水听得烦躁，扭头对栋栋说道："乖，栋栋，把橘子给他。"

若是平常，栋栋一定会听话，可这次他也不知怎么回事，紧紧抓着橘子拼命摇头："不！这是我的橘子！我不给！"

"你给他！"秦水感到威信受到了挑衅，语气也变得严厉起来，"不然，爸爸要打你了！"

栋栋梗着小脖子："不给！打死也不给！"

陈健一听，索性在地上打起滚来："不嘛不嘛，我就要那个橘子，我就要那个橘子！"声音刺耳尖锐，简直能让人神经崩溃。

秦水终于忍受不了，硬是从栋栋手里夺过了橘子交给了他，号叫声终于止住了。栋栋脸色苍白地站在那里，死死拽着衣角，眼睛一眨不眨地盯着那个橘子。

"这，这孩子真是的。"陈梅面色尴尬，赶紧拿了个最大的橘子剥开来，递到了栋栋的手里，"来，栋栋，阿姨给你个最大的。"

栋栋忽然抓起橘子狠狠砸到地上，一扭头跑了开去。

"栋栋，你给我回来！"秦水也有些火了，这孩子什么时候也变得这么不讲理了？是不是这段时间自己太纵容他了？这要养出个熊孩子来可怎么办！

眼看着小家伙越跑越远，秦水只好追了出去。在公园的枫叶林下，他看到栋栋正站在那里愤愤地用脚踢着树叶。

"栋栋，你这是怎么回事？一个橘子而已，让给他就算了。你怎么这么小气，这么不讲理？你这样真让爸爸失望！"秦水一脸恨铁不成钢的表情。

栋栋像是一下子泄了气，只嘟囔着："这是爸爸给我剥的橘子，是爸爸第一次剥橘子给我吃……第一次……"

听到这句话，他的心像是突然被掐了一下，一股温热的东西从心脏里钻了出来，急速地顺着喉咙上涌，直冲眼底。硬是忍了又忍，才把眼底的湿意压了下去。

这个……傻孩子……这个爸爸当得到底有多失败？四年里竟然从没给儿子亲手剥过一个橘子！而这个让他鄙视的人居然就是五年前的自己！

他蓦地回转身，紧紧搂住了那个小小的身体，低低道："爸爸，爸爸以后给你剥好多好多的橘子，每天给你剥橘子……好多好多橘子……"

Part32
我不是你爸爸

　　秦水回家后就给栋栋买了一大袋橘子，亲手给他剥了四五个，栋栋很满足地一口气都吃完了。自从公园之行后，秦水对陈梅也有些淡了，倒是陈梅变得更加热情，每隔几天就打个电话来嘘寒问暖一番。秦水虽然感觉结婚麻烦，但现在有了儿子，怎么说都是有个女人来照顾会好些。这样，儿子总比每天跟着他吃西红柿鸡蛋面强，所以也就继续和陈梅保持联系。

　　今天一大早秦水刚进公司，就觉得气氛有些不对。同事们都低着头大气也不敢出，只有王姐朝老板办公室努了努嘴，意思是老总正在发火。

　　秦水赶紧凑到王姐身边，低声道："怎么回事啊？谁撞到老总的枪口上了？"

王姐皱了皱眉："小秦，上次和奇龙贸易那笔生意的合同不是你和谢红去签的吗？你到底有没有仔细看合同？"

秦水心里咯噔一下："怎么了？"上次和部门经理谢红去签合同的时候，谢红因为有重要私事临时要走，所以让他代她仔细再查看一遍，可他因为偷懒，根本没仔细看就说没问题了。

"你和谢红这次都惨了啊。你知不知道，合同里的数字少了个小数点。"

王姐的话让秦水的心顿时沉了下去，少一个小数点意味着多少损失，他很清楚。

办公室的门忽然被打开，谢红哭着走了出来，一见到秦水就狠狠瞪了他一眼，没好气道："你来得正好，老总让你进去！你要懒得没时间看，你可以跟我说啊！这次被你害死了！"

秦水刚一进去，就听到老总恼怒的声音从办公室传了出来。

"你就懒得连对一遍数字的时间都没有？你知不知道这次公司损失多少？告诉你，就算你工作一辈子也赚不回来！不是我说你，你什么时候认真工作过了？就说迟到吧，你一年要迟到多少次？这年头因为睡过头迟到的人还真没几个！"

"以前我都是看在肖凯的面子上，但现在我也实话告诉你，我真的忍你很久了。就算是得罪肖凯我也要告诉你，要是不想干你就从我这里马上滚蛋！什么玩意儿！"

好不容易等老总的怒火稍有平息，被当成了出气筒的秦水才蔫蔫地从办公室出来。这个月的奖金、年终奖算是全部泡汤了。不过比起被炒鱿鱼的谢红，他这已经是不幸中的万幸了。这当然还是多亏了好友肖凯的面子。

　　他情绪低落地坐在椅子上，心里的沮丧无法形容。若是在以前，或许他不会把这当回事，但现在一想到自己还有栋栋，那种挫败感就格外明显。如果让栋栋知道自己的爸爸这么没用，他一定会很不开心吧。万一失去了工作，他拿什么去养栋栋呢？或许连他自己也没发现，不知不觉中，栋栋已经开始慢慢改变他原有的生活态度了。

　　就在这个时候，他的手机铃声响了起来。一接起来，就听到老朋友刘函的声音："哥们儿，好久不见，最近还好吗？"

　　他正想问对方有没有签下意向单位，忽然反应过来现在已是五年后，就改口道："我还行，你呢？现在在哪里混？"话刚问出口，大脑里的信息已经反馈给他，刘函现在是某家酒店的经理。

　　"我这不还在酒店混嘛。"他笑了起来，"前两个月你才找过我，怎么就忘了。"

　　"老了，不中用了。"他的语气也变得轻松起来，大学里刘函和他的关系还不错。

　　"对了，你上次交给我的那个，我让我老婆去办了。"刘函的语气忽然变得古怪起来，"那个，今天结果出来了。"

　　秦水继续接受着反馈的信息，上两个月，这个还没和他交换命运的秦水曾去找过刘函，给了他一份东西请他老婆帮忙。她的老婆目前在某医院亲子鉴定中心工作。

亲子……鉴定中心？秦水的手突然一抖，有种想把手机扔出去的冲动，可耳朵不由自主地更加贴近了手机，生怕遗漏了什么重要的、影响他一生的信息。

"哥们儿你要有心理准备。"刘函的声音中带着点同情和可惜，"那孩子不是你的。"

秦水僵硬地放下了手机，心里满满的都是苦涩，还有一些针扎般的刺痛。

为什么……在他决心要补偿那孩子的时候知道这个真相……

为什么……这个真相不来得更早一些……在他还没付出更多的感情前……

为什么……这个真相偏偏会来到……

为什么……不索性骗他一辈子……

他不知道自己是怎么回到家，又是怎么到幼儿园去把栋栋接回来的。栋栋一见他就开心不已，一路兴高采烈地告诉他幼儿园发生的趣事。要是在平常，他会心情很好地和儿子胡扯，可是现在，他只觉得越听越心堵。满脑子只有一句话在重复回响："他不是我儿子他不是我儿子他不是我儿子……"

进了家门，栋栋就冲到放玩具的地方，拿了他最喜欢的汽车兴冲冲地跑了过来，缠着要他陪着玩。他突然不知哪来的一股恶气，抢过那辆小汽车狠狠扔到了地上，大声吼道："玩玩玩！就知道玩！滚！别叫我爸爸，你不是我儿子！"

栋栋顿时愣在了那里，一时吓得连眼泪也流不出来，整个人好像都呆掉了。秦水看到他这个样子，心里更是烦躁，甩开门就大步走了出去。门被甩得砰的一声重重关上，接着就传出了栋栋无助的哭泣声。

秦水在楼梯口呆立了一会儿，似乎是犹豫着什么，但最终还是离开了。

他在街上游荡着，四周的车水马龙灯红酒绿在他眼里犹如幻景，是那么不真实。交换了命运之后成为爸爸的人生，是他从未感受过的……还没有感受到更多，这短暂的体验看起来好像就要结束了……

不知不觉中，他走进了一家小饭店，要了半打啤酒，自顾自地喝了起来。

意识仿佛也渐渐随着酒的灌入而变得模糊起来，透明的窗户映照着这城市的浮华万千。此刻，他觉得自己的灵魂好像穿透了窗子浮到半空中，俯视着俗世红尘的糜烂。

"咦？秦水，你怎么在这里？"一个熟悉的声音忽然在他耳边响了起来。

秦水醉眼蒙眬地抬起头，脸上有些惊讶："陈梅？怎么是你？"

陈梅在他身边坐了下来，一脸关切道："这是怎么了？遇到什么不开心的事了？这么一个人喝闷酒对身体可不好。"

本来是家丑不可外扬，可秦水实在是太想发泄一下心中的郁闷了，借着醉酒这股劲儿，竟干脆将整件事都告诉了陈梅。

陈梅显然也是大吃一惊，她试探着问道："那你打算怎么做？毕竟你和栋栋也相处了这么久，肯定也是有感情的。"何止是有感情，就连她这个外人也看得出秦水有多在意这个儿子，不然也不会在公园事件后就疏远了她。

他摇了摇头，一脸无措："我不知道，我真的不知道……我真不能相信他不是我儿子……我真不该去弄什么亲子鉴定，不不！我应该一开始就去的！不该拖到现在才去！"随即他又像是发狠般说道，"他不是我儿子，我又凭什么要养他？我已经给别人白养儿子养了这么多年！"

陈梅想了想道："对了，我二叔家里条件很不错，可就是缺个儿子。你家栋栋这么讨人喜欢，他肯定会疼栋栋的。不如把栋栋过继给他……"

"我的栋栋不送人的。"他立刻打断了她的话，"我只是一时不能接受。"

陈梅笑了笑："那这样吧，反正我二叔那里风景不错，你干脆把栋栋送那里住段时间，就当是度假。我二婶很会照顾孩子的。这样你也能有时间冷静一下，好好想一想以后怎么办，你觉得这个主意怎么样？"

秦水想了想，觉得这个主意确实挺好。现在这个情形，他的确有些不知该怎么面对栋栋。

"好，就按你说的吧。这次真要麻烦你了。"

"没关系，你的事就是我的事。"

　　秦水回到家的时候，夜已经深了。一进门，他就看到栋栋躺在沙发上睡着了。他的小脸红红的，眼角还有泪痕，显然之前哭了很久。

　　他心里一酸，将孩子抱了起来，口中轻骂道："真是不懂事！这样睡觉要着凉的知不知道！"栋栋被他一抱，有些醒过来，喃喃叫了一声"爸爸"，就紧紧搂住了他的脖子。

　　秦水暗暗叹了一口气，要把这孩子送走他也做不到，可每天在他眼前晃，他总觉得不是滋味。或许分开一段时间冷静一下，他会以更好的状态来面对栋栋。

　　"爸爸，不要走……"栋栋又嘟囔了一声。

　　秦水没有吱声，只是更紧地抱住了他。这个小小的、暖和的身体，是他的儿子。当把孩子抱入怀里的那一瞬，心里的郁闷痛苦无助竟然全都消失不见，只余下发自内心的心疼和歉意，以及那缠绕在心底的温暖。此时此刻，他感觉到了不可思议的满足。也是在这一刻，他更加肯定了自己的决定。只要让他能独自冷静一段时间，他一定能恢复最好的状态来面对孩子。

　　两天后，秦水和栋栋说了要送他去乡下住几天的事。栋栋当时并没说什么，只是默默地一个人玩了许久。当几天后陈梅二叔的车子来接他时，栋栋也没有哭，在离开家前轻轻问了句："爸爸，你什么时候来接我？"

　　秦水眼眶顿时一热，忙挤出了个笑容："爸爸不是告诉你了吗？爸爸这几天很忙，所以送你去陈梅阿姨那里住几天，等忙完了就来接你。如果你乖乖的，爸爸就给你买《植物大战僵尸》的模型。"

听到这个，栋栋似乎有些高兴起来："那，爸爸和我拉钩。"

秦水赶紧拉住了他的手指："好，爸爸和你拉钩，一定很快就来接你。来，儿子，给爸爸笑一个。"

栋栋听话地对着他绽放了一个灿烂的笑容，乖乖地由陈梅牵着离开了。在上车前，他还不断回头，一遍又一遍挥手，还不忘记提醒："爸爸，要来接我哦！"

秦水呆呆地望着那个小小的身影进入车内，慢慢融进黄昏的夕阳下，越来越远，越来越模糊，就好像这一离开就再也不会回来一样。

没有孩子的家里一下子安静了很多，安静得令人有点不习惯。秦水本想看电视打发时间，手里的遥控器按了一圈，却还是什么都看不进去。他脑子里浮现出来的，都是和栋栋在一起的点点滴滴。这让他的头脑感到疲惫，可又控制不住地去回忆。面对眼前熟悉的环境和摆设，他突然有种莫名的陌生感。没有栋栋的地方还是他的家吗？少了一个人的家还是完整的家吗？

烦躁的情绪在心底慢慢滋生，有种未知的东西正在不断煎熬着他。

Part33
永远是爸爸

　　好不容易熬到了晚上。白天还是阳光明媚，到了晚上却乌云密布。天边突然传来一阵惊雷声，一道银白色的闪电撕裂了黑色的夜幕。大雨滂沱而下，雨水将路旁的灯光切割成无数碎片，接着如打鼓般地落在玻璃窗上，划出了一道道长长的泪痕。

　　秦水从床上一骨碌爬起身，看着窗外的雨皱起了眉。栋栋最讨厌打雷和下雨的天气了。现在的他，是不是很害怕？是不是哭着找爸爸？是不是……秦水越想越心焦，本来就不平静的心仿佛被狂风吹着，胸口好像有无数野兽在冲撞、在呐喊……

　　他拿起手机，想给陈梅打个电话问问情况。就在这个时候，手机响了起来。他一看是陈梅的手机号，顿时心里涌起了一种不好的预感。

"喂？秦水吗？糟糕了，我二叔来电话说半路上栋栋就逃跑了。现在到处都找不到他，你看要不要报警？这大雨天的也不知怎么办好……"

秦水根本没听见她后面在说什么，在听到栋栋不见了时，他的大脑立时就空白一片，尖锐的疼痛夹杂着无边的恐慌，如洪水猛兽般席卷而来，侵蚀着他的心脏、血液、骨肉……

他从未如此害怕过，他从未如此后悔过，他从未如此痛恨自己过！

他扔掉了手机，随手披了一件衣服就冲出门去。就在打开门的一瞬间，他的整个身体忽然像是被钉住了，怎么也迈不开米。他难以置信地盯着蜷缩在角落里的那一团小小的身影，心里涌起了无边的狂喜，很快又被无边的愤怒和后怕所代替……

"爸爸……"小东西发出了如小猫般的声音。

"你……"秦水只觉得浑身欢喜得发颤，偏偏一个字也说不出来。唯有他自己知道，现在他有多么感谢神灵！他铁青着脸将小家伙抱了起来，进门就直接将他扔到了卫生间里，接着就在浴缸里放起了热水。全身都被雨淋湿了，居然也不敲门，就这样在外面傻等着，要是他不出门的话，这傻孩子岂不是要冻一夜？一想到这里，他就心痛得想要大声骂人。

可小家伙显然以为爸爸还在生气，他惊吓地浑身颤抖了一下，忽然大哭起来，扑过来紧紧抱住秦水的腿不放，嘴里含混不清地哀求着："爸爸，爸爸，我不要离开你！不要赶我走！我会乖的！我会听话的！"

他的眼眶直发热，恶声恶气斥道："谁说爸爸不要你的？爸爸怎么会不要你？"

栋栋还是死命抱着他，抽泣着："我听到那个人说的，他说我不是爸爸的孩子，爸爸不要我了，要把我送给别人当孩子！栋栋好害怕，栋栋想要自己的爸爸，栋栋就从他的车上逃跑了……栋栋找不到爸爸……哪里也找不到……"

他只觉得内心深处传来了"啪"的一声响，好像一直强绷着的什么东西，在刚才那一刹那，断裂了。

"傻孩子……"他的眼泪终于流了下来。一个只有四岁的孩子，他是怎么在这个大雨天找回家的？是怎样的执着才能让他忍住害怕、忍住寒冷支撑着他找回这里。

栋栋摇着头，还是不停地重复刚才的话："爸爸，我会很乖很乖的，我会很听话很听话。我会做面条给你吃，我会收拾房间，我会洗碗擦地，我会剥橘子……爸爸，真的，真的，不要赶我走！"

他抓起栋栋冰凉的小手，忽然就往自己脸上扇："儿子……爸爸错了，爸爸真是个浑蛋，特别浑的浑蛋！你打爸爸吧！你狠狠打！"

栋栋挣脱了他的手，很自然地搂住了他的脖子，亲了他一口："我喜欢爸爸，我才不打爸爸！我爸爸不是浑蛋，是好蛋！爸爸你答应我，再也不离开我！"

秦水紧紧抱住了那个湿漉漉的小身体，就好像这是他生命中价值连城的珍宝失而复得，他再也舍不得放开手："不会离开你，爸爸永远都不离开你！"

什么亲生的、非亲生的，在他们真挚的父子情面前，血缘关系又算什么！

这辈子，栋栋就是他秦水的亲儿子！

把栋栋彻底洗干净后，秦水又给他煮了一碗姜汤和一大碗西红柿鸡蛋面。等儿子吃饱喝足上床后，他才忍不住问道："栋栋，你告诉爸爸你是怎么回来的？"对于四岁的孩子自己回到这里，他只能用不可思议来形容。

栋栋嘻嘻一笑："是有个好心的叔叔让我上车的。我和他说，我被人骗到这里，我要去找爸爸，我爸爸家就在市中心的'黄香蕉'那里。后来叔叔把我带到黄香蕉，我就自己找到这里了。"

"黄香蕉"是 S 市的标志性建筑，因其是一栋细长高耸的黄色建筑而被大家戏称为黄香蕉。秦水听了后不禁有些后怕，幸好是遇到了好心人，这要是碰到个人贩子，他都不敢想象……

"以后再不许一个人乱跑了！"他佯怒地轻轻打了几下儿子的小屁股。

栋栋笑眯眯地躺在他的怀里，用手指摸了摸他的眼睛："爸爸，我是你的孩子，对不对？"

"当然。"他轻轻地笑了起来，揉了揉儿子的头发，"快睡吧，爸爸等你睡着再去做别的。"

床头柜上的台灯散发着微弱的光，淡淡地笼罩住一大一小两个亲热又温馨的身影。

窗外的雨似乎下得更大了。他紧紧抓着那温暖的小手，永远，永远也不想放开。

　　因为解开了心中的疙瘩，秦水的脸上又恢复了笑容，和栋栋的感情更是突飞猛进。他开始学习做些其他的菜，工作上的改变也让所有人大跌眼镜。有时秦水想，或许这样和栋栋一直过下去也不错。每天有小家伙的陪伴，这就是神对他最大的恩赐。

　　这天他像往常一样去幼儿园接栋栋回家，只见栋栋很神秘地凑到他耳边小声说："爸爸，我刚才看到你了哦。不过，刚才你穿的不是这套衣服。"

　　秦水愣了愣："不会啊，爸爸一直在车上呢，刚刚才到幼儿园。"

　　栋栋转了转眼珠："奇怪，难道有人和爸爸长得一模一样？不过，那个人感觉比爸爸凶多啦。"

"一定是你看错了。"秦水笑着拉起了他的手，并没有将这件事放在心上，"今天爸爸带你去吃比萨好吗？你可是最爱吃这个的。"

"好啊好啊！"栋栋欢呼雀跃，"我要吃海鲜口味的！"话音刚落，他忽然捧住脑袋发出了"哎哟"一声。

秦水急忙问道："怎么了栋栋？哪里不舒服？"

栋栋皱起小脸，点了点自己的脑袋："爸爸，我这里老是有点痛。"

秦水顿时着急起来，这个地方的病痛可不能轻视："是吗？还有哪里不舒服？你都告诉爸爸。"

"就是这里总是痛痛的，有时看到好吃的还会恶心。不过不是很厉害，爸爸你不用担心。"栋栋仰起了小脸，"我们去吃比萨吧，爸爸！栋栋好想吃哦。"

秦水想起了因病过世的双亲，不由得神情变得严肃起来，好声劝道："儿子听话，爸爸先带你去做个检查，然后再去吃比萨好吗？你最乖了，是不是？"

栋栋想了想，点了点头，还不忘为自己争取了一下利益："那我等下要多吃一个冰淇淋！"

当他们在医院检查完毕来到比萨店时，栋栋已经饿如猛虎，一下子就吃掉了半张比萨。他疑惑地看了眼一口也没吃的爸爸，出声提醒道："爸爸，你怎么不吃啊？你再不吃，栋栋可要吃光了。"

秦水笑得有些勉强："栋栋乖，爸爸不饿。你先吃吧。"

看着儿子吃得有滋有味，他的耳边却回响起刚才主任医生对他说的话："从片子上看，情况很不好。你的孩子脑部长了一个瘤，而且很有可能是恶性瘤。这个瘤增长的速度相当快，很快就会压迫视神经，我建议孩子做个开颅手术。不然的话……不过做手术的话，你也要有心理准备，或许只有五成的希望……"

他暗暗叹了一口气，老天到底还要折磨他们父子多久？还以为以后一切都会顺利，谁知道……会发生这样的事……可是既然现在事情已经发生了，就只能去面对。继续做检查，再多看几家医院，准备好做手术的钱……说到钱，他又有些犯愁，原来的房子是租的，工资本来就不高，还月月光，看来得想点其他办法了。

接下来的一个星期，秦水带栋栋到其他医院也做了检查。但结果都让他极为失望，几位权威专家几乎都劝他做手术，同时他们也警告他，这么小的孩子做手术危险性很大。秦水在思索了一夜后，还是决定做手术。开颅手术的费用不低，再考虑到术后用药和营养的钱，没个二十万估计不行。秦水一改往日的懒惰，简直就像是换了个人，到处求人给他介绍兼职工作，再苦再累都没关系。

公司里的人知道他是为了给儿子筹钱治病，对他的兼职行为也睁一只眼闭一只眼。公司老总还动员大家给他捐了一次款。就连陈梅也特地托王姐带来两千块钱，但被秦水谢绝了。

从公司里尽人皆知的懒虫一跃成为最勤快的人，这无疑成了本年度公司最令人唏嘘的新闻。

秦水每天清晨起来先送栋栋上幼儿园，上午去上班，中午抽出一小时做兼职，下午继续上班，下班接栋栋回来，吃完饭洗完澡让他上床睡觉。然后自己再到一家酒吧做兼职 DJ，这是他大学时曾玩过的，差不多深夜一点下班。回到家再做一个小时网页设计的兼职，然后再睡觉。虽然每天累得筋疲力尽，但一想到儿子的病，再辛苦他也得撑下去。

这天半夜，秦水和往常一样从酒吧下班，在街口拐角处忽然见到了一个和自己十分相似的身影。他大吃一惊，正想追上去看看，发现对方很快就没了踪迹。由于连日来的体力透支，他的感觉、反应不像平时那么灵敏，所以过斑马线时并没察觉到有一辆跑车正急速朝这个方向开来……当他感觉到危险来临时，车子几乎已经到了他的身前。

他暗叫一声糟糕，紧紧闭上眼睛，在心里默默念了一声"儿子"，只能无力地等待那一刻的来临。

一分钟过去了，想象中的猛烈撞击并没有发生在自己身上。秦水不敢相信地睁开了眼睛——一位少女正轻晃着双腿坐在不远处的路牌上。黑色如墨的长发四散飞扬，比黄金更璀璨的金色眼眸似初升的明月，刹那间照亮了沉寂的黑夜。此时，她正像玩玩具般将跑车丢上丢下，口中念念道："既然那么喜欢极速，那就索性让你们过个瘾。不过作为人类，就要遵守人类的规则，看到斑马线要减速，明白吗？唉，这么说你们也不明白，这样吧，送你们去感受一下好了。"说完，那跑车忽然就散了架，里面坐着的一男一女还来不及号叫就在一道白光中消失了。

秦水看得瞪大了眼睛，震惊地说："你……你怎么会在这里？"

叶宴瞥了他一眼，没好气道："我来取我的东西，再不来就取不到了。"

他一头雾水："是什么？是我的命吗？那么能不能再晚点来取，等我儿子做完手术行吗？"

"我才不要你的命呢。我要取的，是你内心深处的懒惰。"叶宴似笑非笑地看着他，"本来还以为会拿到相当多呢，谁知你反而变勤快了。这可是我做这个生意来第一次碰到的。你说，我要是再不来，不就根本拿不到了吗？嗯？最勤快的父亲？"

"原来你要取这么奇怪的东西。那你拿走好了。"秦水抓了抓头，似乎是松了口气，"对了，刚才那对男女呢？你杀了他们？"

"别总是把善良的我想得那么凶恶好吗？"叶宴扑哧笑了一声，"既然他们对斑马线没感觉，我就送他们去肯尼亚骑一个月斑马，估计回来应该就很有感觉了。"

秦水抽了一下嘴角，何止是有感觉，简直是个噩梦。这种惩罚方法也只有眼前的这个少女才能想出来吧。

"对了，谢谢你刚才救了我。"他还不忘道谢。

"救了你？"叶宴笑得有些诡异，"我可没有救你。"

Part35
最值得的交换

秦水更加茫然了："可是刚才明明就是……"他突然像是想到了什么，一脸恳切地又开口道，"我知道你很有本事，你不是普通人，请你救救我儿子好吗？你一定有办法的！"

叶宴吹了一下飘在脸边的发丝，淡淡道："你不是准备给他做手术吗？说不定手术做完就好了。"

秦水顿时精神一振："原来仙姑你知道，真是厉害！"

仙姑？！叶宴差点被自己的口水噎死，这个客户还真是她的克星。

"即使是做开颅手术，医生说成功率也只有一半。如果失败的话，栋栋就没命了。而且就算成功的话，栋栋的眼睛还是有可能会失明的……"他无力地垂下了眼帘，"我真希望可以找到成功率更大的办法。"

"秦水，你听过这么一句话吗？"叶宴打断了他的话，"万物皆有命数，强留只生嫌隙。不管治不治得好，这都是他的命数。至于你和他有没有父子缘分，这也是命数。强求来又有什么意思？"

秦水根本不能接受，叫了起来："不！我不想认命！你一定能帮我的！仙姑！仙姑！你帮帮我吧！"

叶宴没有表情的面容瞬间崩塌，忍耐是有限度的，神仙妖怪也是有火气的。

"住嘴！我有名字！我叫叶宴！"

"啊！对不起对不起，请你帮帮我，帮帮我儿子吧！叶仙姑！叶仙姑！"

这下叶宴彻底没有火气了，因为所有的火气都被"叶仙姑"这三个字给倒灌回去了。好女怕渣男！她郁闷地揉着额角："好吧，败给你了。其实也不是完全没有办法。那个刚才救了你的人，他能够帮你的忙。"

"刚才救我的人？"秦水向四周张望，"谁？除了叶仙姑你，我什么人也没看到啊。啊啊？仙姑，你的脸色好可怕！"

叶宴忍住强烈的想缝住他的嘴的冲动："再让我听到一句仙姑，我绝对让你变成一朵蘑菇。刚才我到的时候，车子已经被定住了。那个出手救你的人，和你也有点渊源。"说着她朝某个方向喊了一句，"围观了半天，你也该出来了吧？"她的话音刚落，只见一个男子的身影从夜幕下现身，他的面容也清晰地暴露在了路灯下。

当秦水看清那张脸时，顿时倒抽了一口冷气，这个男人居然和他长得一模一样，就连眼底那颗痣的位置也是分毫不差！

"这……这是怎么回事？"

"他也叫秦水。是你的二重身。所谓二重身是隐藏在每个人心灵中另一个看不见的自我，不过这一半对于人的肉眼来说是无法捕捉到的。"叶宴顿了顿，"你和五年后的自己交换了命运，那么五年前的你就被二重身所占有了。其他交换命运的人也是如此，他们原本的命运都被自己的二重身所占有。当然，他们也有可能再次改变命运。你的二重身就是完全改变了你原来的命运。"

秦水还是听得有点糊里糊涂，但他更关心的是自己的儿子有没有救。

"你的二重身因为机缘巧合被所罗门王七十二魔王中的拜蒙看中，收为徒弟。拜蒙在魔王中排位第九，有主天使之王之称。他在艺术、秘法和医术上的造诣最深，而且能把这些知识在一瞬间授予人类。现在，你明白了吧？"

秦水总算弄明白了一件事，那就是眼前这个跟自己一模一样的男人能救栋栋！

"请你帮帮我！救救我的儿子！刚才你不是救了我吗？你一定是个善良的人！"他立刻转向那个男人求救。

男人冷笑一声："我救了你，那也是出于私心。你身上有我想要的东西。"

秦水"啊"了一声："你也想要我内心深处的懒惰？那怎么办？这位仙姑已经预订了。"

男人的脸果然瞬间扭曲了一下："谁要那种无聊的东西！我要的是别的东西！"

叶宴暗笑，这个秦水果然有让大家都抓狂的本事。她扬了扬唇："如果我没猜错，你想要的是属于他的寿命吧。虽然你拜师拜蒙，但是他无法给你增长寿命，你的寿命还是和普通人一样。学会了那么多法术的你一定很不甘心吧，但是这个世界上有一个人能给你寿命，那就是你的原身。"

男人没有说话，显然是默认了。

秦水几乎是没有犹豫地点了点头："如果能治好栋栋的病。我愿意让出寿命。只是希望能给我留几年，照顾栋栋长大。"

男人轻咳了一声："我也没那么贪心。我只要二十年。"

"二十年还不贪心啊。"叶宴用鄙夷的眼神扫了他一眼。

"二十年不多，真的不多。"秦水面露惊喜之色，"我愿意，我愿意！"

男人从怀里拿出一个装了蓝色液体的小瓶子："你把这个药水给他喝下，他脑袋里的瘤就会消失。而且，他的身体永远也不会生病。"

秦水欣喜若狂地接过了药水，连声道谢。

"不用谢，只是交易而已。"男人冷冷看了他一眼，在他的面前消失了，半空中传来了他的声音，"真不能相信我的原身会混得那么惨。"

"好了，现在我也要拿走我要的东西了。"叶宴的指尖泛起一道金光，闪电般没入他的胸口，又迅速反射到她的宝石项链上。

"谢谢你。"他无比诚挚地开口道。

叶宴微微一笑："谢我什么？"

"谢谢你的出现，让我有机会能提前五年遇到他。"他的笑容是那么满足，"也要谢谢懒惰这个缺点。是它让你选择了我，是它让我选择了五年后的命运。是它，让我提前遇到了我生命中最珍贵的东西。我感谢你，我也感谢它。"

十天后。

　　阳光暖暖地照在白色柔软的床上，小小的男孩在床上翻了个身，睡眼蒙眬地叫道："爸爸，爸爸，今天你说要带我去公园的，你可不能忘记哦。"

　　"我怎么会忘记呢？"男子疼爱地抹去了他唇边的口水，"栋栋的事比天还要大呢，对不对？而且爸爸答应过栋栋的话一定要算数。"

　　男孩趴在男子腿上咯咯笑了起来，忽然他抬起头，好奇地问道："爸爸，你怎么有白头发了呢？我发现你好像越来越老了。"

　　男子轻轻笑了起来："那是因为栋栋长大了啊。栋栋越来越大，爸爸就会越来越老。这是自然规律。"

　　"那栋栋不长大了，这样爸爸就不会老。"

　　"傻孩子，栋栋长大了才能保护爸爸啊。"

　　"那等爸爸很老很老了，栋栋就每天陪爸爸玩。"

　　"好啊，那你和爸爸拉钩？"

　　"好！拉钩上吊，一百年，不许变！"

　　金色的光线落在两人身上，在对面的墙上拉出了长长的影子。父亲和孩子的影子融合在一起，怎么也分不开了。

Part36
猫国王的要求

　　暗暗的巷子里静得出奇，雨水从灰色房子的屋檐下滴滴答答摔落一地，绿色的青苔顺着墙壁爬满了那块有些破旧的招牌——无中有。

　　叶宴和其他两位魔王看着眼前的这位不速之客，心里都有些惊讶。今天的客人是一只皮毛全黑的猫咪。和其他猫不同，这只黑猫是直立以双足走路的，脚上甚至还穿着皮制的长靴。它衣着华丽，头顶皇冠，一双碧眼如宝石般闪闪发光，看起来无比古怪。

　　"不知凯西陛下亲自驾到，实在有失远迎。"叶宴十分客气地说着外交辞令。

　　凯西笑了笑："原来小宴和两位魔王都在，那正好，我有事要请你们帮忙。"

巴尔懒懒地抬了一下眼皮："陛下，你是想要我们帮你找人吗？"

"不是，人我已经找到了。"凯西看了看叶宴，开门见山道，"我知道，你们在搜集七宝项链上的东西。只有集齐传说中的七宗罪：贪婪、暴怒、色欲、妒忌、懒惰、傲慢和暴食，才能激活这七样宝珠。据我所知，你们已经取到了其中的五宗罪，但还差两个没取到。"

叶宴的眉毛几不可见地扬了一下，没想到，这个猫国王知道得这么清楚，看来还不能小看了他。

"那你要我们帮你什么？"叶宴终于开口了。

凯西挥了一下手，白烟闪过后，一个容貌俏丽的少女闭着眼睛出现在众人面前。看她的打扮和装束，似乎不超过二十岁。

"这是什么意思？"叶宴皱了皱眉，面上一片平静，心里却是燃起了八卦之火。难道这就是凯西一直在找的人？居然是个漂亮的少女？这还真是——有意思啊。

"我希望你能把交换的机会用在她的身上。"凯西又挥了下手，一只喵喵叫着的小猫又出现在众人面前。叶宴一眼就认出，那是上次凯西救下的猫。

"我要她和它交换命运。"凯西指了指少女，又指了指猫。

瓦沙格忍不住叫了起来："凯西，你还好吧？人和猫交换命运？我们可不做这样的交易。而且这也不是这个女孩自愿的，根本就违反原则！"

叶宴也摇了摇头："对不起，我想我们帮不上忙。人和动物交换命运，这确实是不行的。人和人交换命运，原身还能保持原来的样子，但如果和动物交换，那就只能寄身在动物身上。这样的话，她一辈子都是一只具有人类灵魂的猫。"

凯西似乎胸有成竹："是吗？不过，这个擅长黑魔法的少女身上同时具有傲慢和暴食两宗罪，她既傲慢，又贪吃，只要一次交换命运，就能同时收取到两种你要的东西。你觉得怎么样呢？"

"凯西陛下，这个少女是不是得罪你了？"叶宴摸了摸下巴，"难道是你对她有什么企图，结果她不理你？然后你就想到了这个报复她的方法？可是这也不能怪她啊，没有人会爱上一只猫吧？"

"你胡说什么！"凯西有些失态地打断了她的话，"我也是有人形的，只是从未出现在她面前过！"

它的话音刚落，叶宴和其他两位魔王同时露出了"哦……原来真是这样"的表情。凯西更是郁闷："总之，就算交换了命运，我也不会让她一直做猫的。"

"虽然这个交易挺划算，可是……"叶宴顿了顿，正想说再考虑一下，却看到凯西拿出了一样东西。她的脸色微变，瓦沙格已经叫了起来："那是基那的戒指！"

叶宴想起凯西刚才说的话，这个少女擅长黑魔法，又想到基那被黑魔法召唤而去，立时就产生了一个很有可能的猜测，难道——

"没错，基那就在我手里。只要你们答应我的要求，我一定会放他出来。"凯西一脸平静地看着他们，证实了叶宴刚才的猜测。

"怎么可能！基那的本事那么强大，怎么可能在你手里？一定是你耍了什么阴谋诡计！"瓦沙格愤愤道。

"别管我要什么阴谋诡计，总之他就是在我手里。我只看结果，从来不管过程。"凯西绿色的眼中闪过了一丝凌厉，"你们想好了吗？这笔交易到底做不做？"

"成交。"叶宴干脆地答了一声。

"很好。"凯西又提醒了一句，"还有，不要让她的二重身占据这具身体。"

崔乐乐是被一阵剧痛唤醒意识的。她正想抱怨两句，愕然发现自己根本就出不了声。明明思维还在继续，可身体好像被什么束缚了一样半分动弹不得。耳边依稀传来孩子们的嬉笑声："打它！打它！"她刚睁开眼睛，就看到一块石子迎面而来，尽管及时偏过了脑袋，但还是砸在了她的耳朵上。好痛！

"喵呜！"她终于能出声了，可是这声音好像有点不对吧？

再来一下："喵呜！"

再来一下："喵呜，喵呜！"

还没来得及等她再试几遍，石子暗器又飞了过来。乐乐只好拔腿窜逃。等等！好像真的哪里不对劲……为什么要窜逃？为什么石子看起来这么大？为什么旁边的草这么巨大？还有，还有，为什么——她多了一条黑色的尾巴？！

在震惊了半分钟后，她终于认识到了自己的现状——她，崔乐乐，罗马尼亚首席女巫的亲传弟子，每年世界黑魔法大赛的准前三名，女巫界冉冉升起的新星，怎么就变成了—— 一，只，猫！

这到底是怎么回事？她记得自己好像就吃了些新出炉的饼干和蛋糕

啊，怎么醒来就成一只猫了？对了，那些蛋糕——都是那个家伙给的！崔乐乐愤怒地握了握爪子，一定，绝对就是那只该死的黑猫！总是在她面前打转，还说自己是什么猫国的国王，想邀请她到猫国做客。真是笑话，一只猫，居然也想追求她？就算它是猫国国王又怎样？不还是只畜生吗？就连所罗门七十二魔王中的基那魔王都要听她差遣，一只猫凭什么喜欢她？没想到，它居然敢暗算自己！太可气了！

　　她崔乐乐梦想中的男朋友，本事一定要比她强，容貌一定要俊秀，最好有一头黑色飘逸的短发，一双闪闪发亮的眼睛，笑起来温柔如水。唉，不过这个世界上能和她崔乐乐相匹配的，恐怕也没几个吧。

　　就在她胡思乱想的间隙，又有几块小石子砸在了她的背上。好女不吃眼前亏！崔乐乐弓起了身子，打算以最快的速度逃离这个是非之地！恰巧在这时候，一个好听的男声阻止了这场追逐战："行了！欺负小猫算什么男子汉？你们羞不羞？"

　　孩子们顿时一哄而散。崔乐乐刚松了口气，就被人拎了起来，接着被小心翼翼地放入了怀里，那个好听的声音再次从头顶传来："真是只可怜的小家伙啊。"

　　那个声音温柔得像是要渗入人心里，同时有一股好闻的蛋糕香味钻入了鼻内。她有些好奇地抬起了头，看到了声音的主人——那居然是个相当英俊的少年，他有一头黑色飘逸的短发，透明的绿色在眼中轻轻荡漾，笑起来温柔如水。

Part37
新主人

　　细纱般轻盈的月光下，英俊的少年抱着小猫，透明的绿色在眼中轻漾，一脸温柔的笑："跟我回家好不好？"这样的笑容，这样的人儿，恐怕没有多少人能够拒绝这一诱惑。

　　崔乐乐当即举爪表示同意，还不忘"喵呜喵呜"叫了几声。在这个弱肉强食的世界里，自己这个样子还是暂时找个保护人比较好。至少有吃有喝有地方住，总比风餐露宿到处逃命来得好。

　　"那好，正好我也下班了。我这就带你回家。"少年对她笑了笑，"我叫凯，就在那家甜品店工作。"

　　原来凯是个甜点师傅。在崔乐乐的眼里，这个身份显然配不上原来的自己，更别提做她的主人了。不过此时此刻，她似乎没有更好的选择。

凯的家就在不远的高档小区里，独自居住的公寓面积并不大，最多也就有三十平方米。凯用柔软的被子和枕头给她做了一个暖暖的窝，又给她炖了一碗香喷喷的鱼肉拌饭。乐乐又累又饿，一口气吃了个精光，又顺带吃了凯带回来的三个面包，这才揉着肚子爬进了窝里，摊开爪子闭上了眼睛。不管明天会怎么样，现在还是好好先睡一觉再说吧。

她崔乐乐可是黑魔法师，一定有办法找到解咒法的！

很快就进入梦乡的她并没有看到，此时凯眼中闪过一丝意味不明的暗光。

接下来的几天，乐乐还是照样赖在新主人家里。凯对她照顾得无微不至，每天变着花样给她做好吃的，还有各种甜品蛋糕，丰富的美食差点让她忘记了身为猫咪的痛苦。而身为吃货的她，更是不放过一切机会。

今晚吃完了滋味鲜美的煎鲈鱼和鱼汤拌饭，凯将她抱进了浴室，那里已经放置了半盆清水。乐乐一个激灵，开始喵喵乱叫，这是要干吗？要干吗？

"你别乱动了。看你身上多脏，我给你洗个澡好吗？"他不由分说将她丢进了水里，"对了，老叫你小猫小猫的也不行，我给你取个名字吧？嗯，希望你做只快乐的小猫，我就干脆叫你乐乐吧。"

乐乐的猫脸垮了一下，这是巧合吗？

"洗澡之前先抓个虱子！"凯从身后拿出了一样工具，笑嘻嘻地在她面前晃了晃。

乐乐更加郁闷了，她什么时候沦落到要被人捉虱子了？而且还是由一个这样的帅哥亲自出马……可她除了蹬个脚爪喵个呜外，毫无反抗能力，真是人间惨剧！

凯还特别认真，轻轻拨开她的猫毛，一点点地寻找虱子的踪迹，不时还发出惊讶的叫声："好大一个！""哟！双胞胎虱子！""天哪！爬得好快！"

乐乐以头抢地，真想找个地洞钻下去。等她以后恢复了原形，绝对要离这个少年远远的。她实在不敢想象，当少年知道自己当初亲自为其抓虱的猫居然是个女孩，会是怎样的表情……只要一想到这样的场面，她就觉得没法儿活了。好吧，万一被这少年发现真相的话，她绝对要——杀，人，灭，口！

看到这只羞愧欲死的猫咪，少年的唇角划过一丝狡猾的笑。

乐乐过了一个星期的猫咪生活后，开始准备偷偷溜回原来的家了。家里还藏着好多魔法书，一定能找到恢复原形的方法。她可不能就这么当一辈子低等动物。

每天傍晚，凯都会带乐乐去外面散步。乐乐也愿意去消化消化一肚子的食物，只是以猫咪的形象出现实在有些不愉快。她一身黑色的猫毛被凯洗得干干净净，闪闪发亮，漂亮得像匹新缎子，脖子上还系着一个粉红色的蝴蝶结，这样走在公园里，倒引来不少猫小伙回头。有只大黄猫干脆拖着根鱼骨头跑到她面前，请她笑纳。乐乐直皱眉，仰起头，理也不理地就走了过去。那大黄猫还想跟上，忽然看到她身后的少年猛转过头，绿色眼睛发出一道凌厉的光，吓得它顿时退了回去。跟在旁边看热闹的几只猫也飞窜着逃走了。

晚上回到家里，乐乐习惯性地跳上了沙发，紧紧挨在了凯的身边。凯将她抱在怀里，温柔地抚摸着她的背，低声道："乐乐，原来你也有这么温柔的时候。你要总是这个样子就好了。"说着，他从盘子里抓了点小鱼干，放进她的嘴里。

乐乐无意中发现，凯好像很喜欢鱼。平时吃饭一定会有鱼，零食也是以鱼干为主，几乎不吃蔬菜和肉，就连水果也极为勉强。哪像她，即使现在成了一只猫，胃口也相当不错。

电视里正放着当红的偶像剧，凯刚转掉，乐乐就不满地叫了一声。凯轻轻笑了起来："原来乐乐喜欢看这个类型的电视剧。知道了，以后就不转台了。"

这样的电视剧对凯来说自然有些无聊，当乐乐再次从他怀里抬头时，发现凯已经闭着眼睛睡着了。从她的这个方向望去，能清晰地看到凯的两排浓密的睫毛在随着他的呼吸轻轻翕动，就像是一对精灵的翅膀，有着说不出的优雅和迷人。

这真的是个非常漂亮的少年呢。

她忽然感到自己也不算太倒霉，至少在人生最可怕最低潮的时候遇见了他。好吧，为了感谢他的救命之恩，之前那个杀人灭口的想法就算了吧。想到这里，她慢慢伸出了小猫爪，用软软的肉垫蹭了蹭他的脸，随即在他的怀里换了个舒服的姿势睡了过去。

她刚发出轻微鼾声，凯的眼睛就睁了开来。他神色复杂地盯着小猫的睡颜，幽幽叹了一口气，低下头在她的脑袋上轻轻亲了一下。

也许只有以这个样子出现在凯的面前时，她才能摒弃所有的傲慢吧。

第二天凯刚去上班，乐乐就趁机开始了自己的回家之行，谁知一出门就遇到了意想不到的阻碍。邻居家的博美犬正对她虎视眈眈，仿佛随时都有可能扑上来咬她一口。乐乐开始也有些害怕，毕竟自己现在的形态太弱小了，差不多谁都能欺负她。幸好她后来发现拴博美的绳子牢牢地系在树上，顿时大喜，丢了个鄙视的眼神给博美，大摇大摆地从它身前走了过去。

好不容易过了第一关，一到街上，乐乐立刻又傻了眼。抬眼望去，四周车水马龙，马路上车子开得飞快，让她根本不敢伸爪子。为了自己的小命着想，她只好跟在等红灯的大军后面混过了关，凭借着自己的记忆往家的方向跑去。

也不知跑了多久，她终于看到了熟悉的街道和经常去吃的牛肉面店，还有那个胖胖的、总是带着一脸温和笑容的老板。她习惯性地朝牛肉面店走去，谁知刚到门口，一盆带着牛膻味的脏水便淋遍了她的全身，将她从头到脚浇了个透心凉。那个胖胖的老板猛地冲了出来，恶狠狠地拿起扫帚打她，嘴里还骂着："快滚！哪里来的野猫！又想来偷牛肉吃！"

乐乐吓了一跳，连忙往外蹿了几米远。这时，又有一个男人盯着她对同伴说道："看到了吗？这只猫还挺肥的，不如抓去卖给那个卖猫肉火锅的饭店。"

那同伴连连点头表示赞成："好啊好啊！到时扒了皮，剁了头，把肉往火锅里一烫，那滋味啊，神仙吃了都得点头！"

乐乐听得猫毛都倒竖起来了，平时作为人类时她并没有感觉，可现在设身处地她才深深体会到，原来一只流浪猫在人类社会里生存是这么艰难！

还没等那两个男人行动，乐乐就箭一般地逃走了，她可不愿意成为别人的嘴中肉。好不容易总算跑到了自己居住的那幢公寓前，乐乐终于松了一口气，这下总该安全了吧？可这个念头刚转过脑袋，她忽然感觉自己身子一轻，整个身体被人拎了起来。她拼命挣扎，可只能用两条腿胡乱在半空中乱蹬……最终，她还是被塞进到了一个袋子里，眼前顿时变得一片漆黑。

Part38
虐猫女

　　乐乐被重重扔在地板上时，这才看清抓她的是个戴眼镜的年轻女人。女人的长相倒还清秀，只是眼睛里透着一股令人害怕的煞气。女人又将她拎了起来，粗鲁地塞到了旁边的笼子里。乐乐吃惊地发现这个笼子里竟然挤着好几只猫，无不是毛发脏乱，浑身脏兮兮的，还瑟瑟发抖，看起来都像是流浪猫。想到自己刚才被浇了一盆脏水，估计现在的样子和流浪猫也没什么区别吧。

　　女人细长的眼睛在镜片后露出了蟑螂般恶心的眼神，她从笼子里挑选了一只黄猫出来，扔在地板上。那只猫全身发抖，似乎根本没有逃跑的胆子，只是呆呆地趴在那里，等待着死亡的降临。女人又拿了一台摄像机放在桌上，还对着镜头比画了几个颇为自恋的动作。

乐乐忽然觉得这个女人看起来有点眼熟，当她的目光落在女人的高跟鞋上，心里突然咯噔一下，一股寒气瞬间从脚底直冲头顶，差点将她整个人冻结。这不是曾经在网络视频里见过的虐猫女吗？！没错，就是这双红色的高跟鞋！

不会吧？这也太倒霉了！不但要死，而且还是那么惨烈的死法！

不要啊！凯，救命！当她下意识地想到这个名字时，心里后悔非常，要知道会是这样的后果，她就不该偷偷溜出来。可现在后悔也晚了。凯又不是神仙，又怎么会猜得到她落在了虐猫女的手里呢？怎么办？怎么办？她真不甘心以这种方式结束生命！她可是顶顶厉害的黑魔法师啊！真是虎落平阳被犬欺，要不是被困在猫身里施展不出魔法，她绝对会用魔法将这个恶毒的女人变成癞蛤蟆！

女人似乎对那只猫的反应有些不满，想了想还是将它踢到了一边，接着伸手从笼子里直接将乐乐拎了出来，还笑眯眯道："看来看去你最活蹦乱跳了，这次就让你上镜头。快点感谢我吧！"

什么？活蹦乱跳也是催命符？她现在装死还来不来得及？

乐乐被这个女人摇得头晕眼花，但还是找准机会对着她的手臂狠狠咬了一口。眼镜女人惨呼一声，啪地将乐乐摔到了地上。这一次女人很用力，乐乐的背部和地板撞击之后，就觉得整个身体好像散了架，疼得无法动弹。

眼镜女人狞笑着，拿起摄像机对准了她："好，你就保持这个姿势，等着我的高跟鞋踩上你的肚子，等着你的肚肠心肝肺全都流出来，那一定好看极了……对了，刚开始应该有点前餐才对。"说着，她伸手用力掐住了乐乐的脖子。乐乐立刻感到喘不过气来，嘴唇也开始颤抖，视线变得越来越模糊，所有的意识仿佛都抽离自己而去……就在她以为自己就要丧命于此的时候，那双禁锢她的手突然放开了。

随即只听到那女人一声尖叫，仰面摔倒在地上，登时就晕过去了。

乐乐吃力地睁开了眼睛，一双荡漾着淡淡绿色的眼睛映入了眼帘。下一秒，她就被抱进了一个带着蛋糕甜香的怀抱里。是他……真的是凯……是凯来救她了……

一直在恐惧和紧张中煎熬的心，终于完全放了下来。

是那个人的话，她就能——安心地晕过去了。

抱紧了怀里的小猫，凯的绿色眼眸里燃起了怒火。他站起身狠狠踹了那个女人一脚，冷声道："找你很久了。这次要不是乐乐的蝴蝶结，未必能那么快找到你。伤害了那么多猫的你也该付出代价了。"

如果不是因为怕她逃走而在她脖子上绑了这个追踪器，如果他没有及时赶到……他不敢想象任何一个"如果"造成的后果。

"好了，乐乐，我们回家。"他小心翼翼地抱起了小猫，又对着那女人念了几句咒语，才离开了那里。

乐乐睁开双眼时，发现自己正被凯抱在怀里。她欣喜地"喵呜"了几声。凯摸了摸她的脑袋，又轻拍了一下她的尾巴，板起脸道："下次看你还调不调皮！再偷跑出去，我看你连怎么死的都不知道。这个城市里可不只这么一个变态。"

乐乐连连点头，这次的惊魂之旅差点吓破她的小苦胆，尤其在知道流浪猫的生存现状如此恶劣之后，她暂时打消了独自回家找书的念头。

"这次幸好有这个跟踪器，不然我也救不了你。"凯又将那个蝴蝶结戴在了她的脖子上。

乐乐又抬头看了看凯，因为他赶到得太及时，之前她竟然对他产生了一点点怀疑，还以为他隐瞒着什么，原来是因为这个……可是，那个恶毒的女人就那么放过她了吗？乐乐气恼地又叫了几声。凯笑着扯了扯她的耳朵，像是猜到了她的小心思，低声在那小耳朵边说道："对了，那个恶毒的女人，相信不会有什么好结果的。恶有恶报，不是不报，时候未到。"

乐乐觉得他今天笑得特别古怪，对他的话更是半信半疑。毕竟那样的行为，并没有触犯法律，她又没法儿施展黑魔法。估计这次是拿那个人渣没办法了。

"乐乐，你先趴着不要动。你的背上受了伤，我得给你擦点药。"凯低声说着，轻轻地将药揉在了她的背上。一接触到伤口，乐乐就痛得龇起了牙，只能以"喵喵喵"来抗议。

"忍忍，不然发炎就糟糕了。"他的声音轻柔得好像习习微风吹拂过玫瑰花瓣，夜莺翅膀轻掠过宁静湖面。

乐乐下意识地扭过了头，他整个人被昏黄灯光笼在浅浅光晕中，这样的背景将他的温柔渲染得淋漓尽致。黑瞳与绿瞳的视线相交，她似乎在他深邃的眼底看到了一种奇特的情愫。他微眯起眼睛专注地凝视着她，那不是看一只猫的眼神，而是看一个异性的眼神。

被这样的眼神注视着,她几乎想要捂住胸口,因为那里竟然有快得令人难以置信的心跳。

仿佛有什么种子在她心底开始萌芽,飞快地生长,随着血液蔓延到全身每一处……

第二天晚上,电视台的民生热线播报了一条很奇怪的新闻。住在某小区的李女士,昨天半夜在家里遭到了一拨猫咪的袭击,将她的脸和全身上下咬得没有一块好皮肤,彻底毁了容,简直比被泼过硫酸还要触目惊心。据说,李女士清醒后差点失去理智要自杀,被院方拦了下来。而且警方发现,从现场的种种证据来看,该女士正是网上广为流传的虐猫视频里的高跟鞋女士。这一发现引发了人们的无数联想,多数人将这件事称作猫的复仇。新闻出来后,剩下的那些虐猫人一下子都没了踪影,猫咪被虐杀事件几乎绝迹,就连流浪猫的生活也有所改善。

听到这个新闻,乐乐的第一个念头就是这是凯做的。但凯到底是什么时候召集了这么多猫呢?而且,这些猫是怎么听他话的呢?

Part39
保护你

　　在共同相处的这些日子里，乐乐渐渐发现凯的生活习惯很是特别。除了鱼，他几乎不吃其他东西。他很不喜欢狗。有时他不经意做的那些习惯性动作，更是和人类有着强烈的违和感。最夸张的是，一次他居然直接用手抓老鼠。再加上这次猫的复仇事件，乐乐心里某种奇怪的想法就像萌芽般冒了出来。

　　但是她也不敢往深处想。这里现在是她唯一的庇护所，这个少年是她唯一能信任的人。虽然她这样安慰着自己，但那种想法一旦生根，就开始左右她的意识。

　　她不敢想象，如果眼前的这一切都是虚假的，她会有什么样的反应。不知不觉中，她已经变得越来越依赖凯，越来越喜欢和他黏在一起，越来越习惯每晚在他的怀里看电视……对，习惯，这就是一种习惯吧。

虽然少年很帅，性格也好，可毕竟只是一个糕点师……她不是只喜欢比自己强的人吗。

这天下班回来的时候，凯居然带了一位客人来家里。那是一个打扮得颇为时尚的女人，长相也还算漂亮。乐乐看到那两人有说有笑地进来时，先是愣了愣，随即就感觉很不舒服，怎么看这两人都很扎眼。尤其是那个美人，其实也算不得美人吧，年纪有点大，眼角有点鱼尾纹，两只眼睛还一直贼溜溜地盯着凯。真是的，凯怎么把这样的女人带回来！乐乐不断挑剔这个女人的缺点，越看越烦心。

"啊，好可爱的小猫啊。"美人娇唤一声，伸手想要摸她。乐乐赶紧恶狠狠地龇牙，明显表现出一副离我远点的样子，吓得美人又缩回了手。

"你看你看，这小家伙目不转睛地盯着我看呢。凯，你一定很少带女孩子回家吧。难不成我是第一个？"美人有些羞涩地笑道。

"对啊，是盯着你看，看你脸上到底抹了多少粉！还第一个女孩子！怎么说，我也比你早来呢。"乐乐气鼓鼓地瞪着她，只可惜所有的抱怨说出口全成了"喵喵喵"。

凯暗笑了一下："对啊，因为我家乐乐难得见到美人，所以被你的美貌迷住也是正常的。"

美人一听乐得合不拢嘴，乐乐则气得直吹胡子。

"来，尝尝我调的甜酒。"凯微笑着奉上一只精致的酒杯。杯子里的蓝色液体晶莹剔透，犹如水晶般可爱诱人。乐乐的耳朵立刻就竖了起来，什么？喝酒？那可不行！孤男寡女，干柴烈火，再加上酒还了得？

美人欣然伸手去接，口中已满是赞美之词。就在她的指尖距离酒杯还有一厘米的距离时，乐乐及时扑了上去——杯子"砰"地掉了下来，里面的酒正好都落入乐乐张开的嘴里。

乐乐猛地被灌了一杯，脑子有点晕乎。不过，她趁着还有意识赶紧借酒装疯，对着那个美人龇牙伸爪，喵喵乱叫，瞬间就将这里弄得一团糟。美人的脸颊直抽动，显然是气得不轻。

"哎呀！真对不起，我家这只小猫就是调皮。今天真是遗憾，看来只能下次请你了。"凯笑着将灌了一肚子酒的小猫捞了起来。

美人虽然不甘，但也只能悻悻而去。

罗马尼亚首席女巫的弟子，魔法虽然厉害，可酒量只能用烂来形容。凯看着已经醉成了一团的猫咪，不禁好笑地弯起了唇。

"喵呜！喵呜！喵呜！"她还不忘再念几句猫语。凯听了之后，忍不住笑出声来。那几句话若是翻译过来就是：那个人，是女朋友吗？脸上的粉擦得太厚！抖下来可以包半斤饺子！

"乐乐……要不永远都用这样的形态生活下去吧，只是……"他用面颊轻轻蹭了蹭她毛茸茸的脑袋，如低喃般说道，"你一定不愿意的……"

第二天，当乐乐捧着涨痛的脑袋起来时，这才想起昨天被喝了不少酒。虽然有些难受，不过还是值得的，总比给那个女人喝要好，不然又不知会整出什么幺蛾子。话又说回来，为什么她会那么在意凯的女朋友？为什么她看那个女人这么不顺眼？这好像……不是一个好兆头……自从变成了一只猫后，她发现自己好像改变了很多，以前的骄傲呢？自信呢？似乎都随着原身的消失而隐藏起来了。

"乐乐，今天我带你去利星广场玩。"凯将她从软软的窝里抱了出来，把盛放了新鲜牛奶的小碟子放在她的面前。

利星广场？乐乐眼前一亮，那个地方离自己家很近哦。那不正是个好机会？她立刻欢快地撒腿跑到他的面前，对着他喵喵叫了几声。

"好了，吃完早点就去。"凯拍了拍她，"会很好玩的。"

清晨的利星广场上已经有不少早锻炼的人了，也有一些人在悠闲地遛着狗。天空蓝得清澈明亮，就像是块剔透的蓝色水晶。几朵白云懒洋洋地悬在半空，几乎察觉不到它们的移动。微风带着阳光的暖意，吹在身上有说不出的惬意。

乐乐躺在凯的怀里晒太阳，一边养神一边考虑怎么找机会溜回自己家。

"乐乐，要是每天都能陪你来玩就好了。"凯挑了一级石级坐下，从包里拿出了一块猫饼干塞到她嘴里。伺候好乐乐猫最首要的条件，就是要随时带足零食。

乐乐习惯地享受着他的服务，再次感受到仿佛有什么东西在心底慢慢生长，某种温柔的氤氲之气，冉冉升起，她的眼，她的心，都随之渐渐变得朦胧……

如果她一直都只能以猫的模样出现，那又该怎么办？一想到要看着凯将来谈女朋友、结婚、生孩子，她的心就难受起来……

正当她开始胡思乱想的时候，不远处的人群忽然开始乱了起来，有人惊慌失措地大叫着："快跑！快跑！藏獒咬人了！"

听到这句话，乐乐明显感到凯的身体一阵僵硬，几乎是短短一瞬间，那只藏獒已如一阵风般蹿到了他的面前。乐乐乍一见这庞然大物，也吓了一大跳。眼前的这只藏獒身形巨大，面相凶恶，气势逼人，算得上是藏獒之王。

让她感到奇怪的是，凯竟然还保持着原来的姿势，就好像魔怔了一般纹丝不动。周围的人着急地叫了起来："那个小伙子，赶紧逃啊！"

乐乐心里也是大急，生怕凯受伤。那只藏獒对他们虎视眈眈，显然是随时准备扑上来。双方对峙了半分钟，那只藏獒终于忍不住，狂吼一声就扑了过来。乐乐一看对方的尖牙正冲着凯的脖子而去，一急之下也顾不了这么多，从他的怀里一跃而起，死死咬住了藏獒的耳朵。藏獒吃痛顿时变得暴怒，连甩几下又甩不开小猫，最后用足劲才把小猫甩到了地上，气恼无比地朝着她的脖子咬去！

就在千钧一发的时候，藏獒突然惨叫一声，身体居然被一道闪电般的白光穿透，重重摔倒在地上。虽然其他人什么也没看见，但是乐乐看得再清楚不过，发出那道白光的人是——凯。

那不是人类能够使出的法术。就在那一刻，她想起了自己曾经见过那双绿眼睛。只是，那个时候，这双眼睛长在一只猫的脸上。

"乐乐？乐乐？你还好吧？"他急切地唤着她的名字，强烈地感觉到心底深处的恐惧。他在很小的时候，曾经被一条藏獒咬伤过，所以对它们有心理阴影。这件事已经过去了好久好久，他以为自己已经不在乎了，谁知刚才藏獒出现的那一刻，他还是被心底的阴影影响了。看着软塌塌躺在地上的小猫，他突然无比痛恨自己之前做出的那个决定，从未有过的痛恨。为什么要她和这只小猫交换命运？如果她能使用黑魔法的话……绝对……不会受伤……

"乐乐，对不起……"

乐乐半张着嘴说不出话来，心里的恼怒、怨恨、委屈、害怕……各种情绪一起翻涌而上，堵住了她的喉咙，却从眼睛里喷涌出来……

"我要恢复原状！猫国王陛下！"她清清楚楚地表达着这个意思。

"哇，猫居然会哭哦！"

"对啊，刚才它还保护主人呢，好感动！"

"以前有猫的复仇，现在有猫的报恩，猫也太神奇了吧！"

"可怜的猫，就这么死掉了。真是只忠心的猫！"

乐乐刚才有一瞬间以为自己要死掉，但听了这些话，她觉得自己又被气活了。

忽然，周围的声音全部在耳边消失了，就连那些人也都不知去向。她的眼前不知何时出现了一个黑发金瞳的少女。那头黑色的长发如海藻般在半空中垂落，风吹起，犹如散开了漫天璀璨的星光。那双金色的眼眸仿佛融进了清晨时分最灿烂的阳光，明丽得能够照亮全世界。少女的手里把玩着一串七彩项链，正笑眯眯地瞧着她和他。

"是你？"凯似乎有一些惊讶，"叶宴，你怎么会来？"

叶宴挑了挑眉，嘴角浅笑浮动："对啊，我来收取我想要的东西了。凯西陛下。这次，你玩得很开心吧。"

凯面色微变，立刻否认道："我不是玩！"

叶宴看了看一脸困惑又愤怒的乐乐，又望向凯："怎么？你不打算告诉她真相？还是需要我代劳？这样对自己喜欢的女孩子可不好哦。"

凯的脸色越来越黑："叶宴，你这是趁机报复。这件事我自己会和她说清楚的。现在，请你帮我一个忙，我需要你的力量，才能帮她恢复原状。"

叶宴笑着扬了扬手，只见一具少女的身体缓缓由半空中降下，稳稳地落在了地上。少女有一头极为亮泽的棕色短发，肤色白皙，体态娇小，即使紧闭着眼也能看出她的容貌相当秀美。乐乐一见那正是自己的身体，顿时激动得喵呜直叫。

"在恢复乐乐的身体之前，我想先对她说几句话。"凯说着走到了乐乐的身边，将它拥入了怀抱，低声道，"对不起，乐乐。我是凯西，猫国王凯西。你的傲慢曾刺痛了我，你曾把我的情意随意抛弃，所以我一气之下才想出了这个混账的办法。利用你将基那扣住，又利用基那让叶宴同意你和黑猫的命运交换。不过，我从没想过一辈子让你如此，因为我拥有一滴可以恢复命运的药水。所以，所以你也不必担心。我当初只是想给你一个教训，让你在走投无路的情形下无法再保持你的傲慢……让你能了解猫的生活，让你能全心依赖我，让你能给我一个相处的机会……总之，这次都是我的错。我也不奢望你的原谅。只是，能不能答应我一个要求？在你恢复原状之后，让我带你去一次猫的王国好吗？"

乐乐扭过头没有理他。

凯西停顿了一下："我会在那家甜点店里一直等你。等到你来为止。"

说完后，他把随身携带的瓶子交到了叶宴手里："接下来就拜托你了。我想，她现在最不想见到的人就是我。"

在药水的帮助下，乐乐很快就恢复了原形，她的灵魂再次归附于自己的身体，可以继续自己的命运了。她向叶宴道了谢，就准备离开这里。之前发生了太多事，她需要时间好好消化一下。

"等等，"叶宴叫住了她，"我还没有拿走我要的东西。这两样东西看起来似乎少了点，不过，勉强也够用了。"

就在乐乐一愣神的刹那间，已有两个彩色的点从她胸口飞出，融在了对方的那条七宝项链上。当色彩完全融入其中之后，整条项链忽然散发出了极为闪耀的光芒，比北地极光更为幻美，比天界彩虹更加绚丽……渐渐的，项链改变了形状，到最后竟然成了一把闪闪发光的银色钥匙。

叶宴微微笑了起来，解除所罗门宝藏的封印，她终于得到了。

终于可以进入所罗门宝藏的禁地，拿到那样期盼许久的宝物了。

几个月后。

前几日，S市一直下雪。细小的雪花轻悠悠地飘浮在空气里，在路灯的光柱下一一融化，反射出珍珠般的光泽。位于东城区某家并不太起眼的甜品店，凯西正在店里收拾，准备打烊。他不知道自己要等多久，或许会一直等下去。不过没关系，他有足够的耐心。

终有一天，他会等到她的。

店门，忽然慢慢被移开了一些。凯西逆着光线看过去，娇小的身形，短发，略显僵硬的动作。身上那种来自黑魔法修炼者的独有的气息，随着微风的吹拂越发明显。他的心，莫名地安稳了下来。对着那张想念了无数遍的容颜，他露出了一个温暖的微笑，发出了一声轻轻的"喵"。

她静静站立了片刻，突然用力推开了门，就像是——打开了自己的心扉。月光如流水般漫了进来，为这里笼上了一层淡淡的纱雾。

"我只是不想浪费一次免费旅行。"

"我知道。"

少年眼眸里流转的亮光，如印记般刻入了她的心头。那曾在最艰难时刻温暖过她的笑容，在灯光照耀下，明晃晃地绽放在自己的眼前。

时间仿佛被细细揉长。整个世界，静谧得只听见彼此深浅不一的呼吸声。

此时，在魔界的某一处。魔幻之林的花开了一树又一树，雪白的花朵成团成簇，无比热烈地朝着红色的魔月吐露芬芳。一层层白色的花瓣飘落在地面上，仿佛铺撒了薄雪，有风轻拂过，就会掀起小小的花浪。

树下坐的，是个相当年轻的男人。细长秀美的眉毛，柔滑洁白的肌肤，鲜艳的嘴唇勾勒出诱人的弧度。他那红宝石似的眼瞳泛着鲜血一般的红色光泽，这种妖冶的红色与他的雪一样白的长发形成了鲜明而诡异的对比，让人想起雪地上如彼岸花般绽放的血色之花。

他正微眯着眼欣赏手中的透明水晶夜莺，挑了挑细长的眉："小宴，费了这么大工夫打开所罗门宝藏，就是为了这个？"

黑发金瞳的少女亲昵地靠在他的身边："嗯，我听小灯师父说过，所罗门宝藏里有一只神奇的水晶夜莺，它不但会唱出世界上最悦耳的歌曲，还会讲全世界从古到今所有的故事。师父，你不是最喜欢听故事吗？所以我才靠自己的本事得到这样宝物送给你。"

"是吗？"流迦看了她一眼，"不过，再好也比不上你母亲讲的那个吧？不如把她直接请来更加方便。"

"如果师父你不怕三界的大批人马追杀到魔界，我倒可以试试看。"叶宴眨了眨眼,"好吧,既然不稀罕,师父,你把这只夜莺还给我好了。"

"送了人哪还有收回的道理。师父平时是怎么教你的?"流迦将夜莺小心翼翼放入了怀里,面无表情道,"念在你一片心意,师父就勉为其难收下算了。"

"师父,你总是这样……"叶宴笑着转了转眼珠,"其实,我也可以讲给你听啊。"

"哦?讲什么?记得以前有人说给我讲故事,结果好像每次都是没讲几句就耍赖说忘了,反倒还要我这做师父的讲给她听。"

"师父,你的记性怎么那么好啊。小宴我都忘记了呢。"叶宴笑嘻嘻地挽住了他的手,"这次可不一样哦,就讲讲是怎样唤醒这些宝珠的吧。我遇见了很多不同的人,不同的故事,有爱有恨有憎有喜。师父,你一定会喜欢这个故事的。"

他终于露出了一丝几不可见的笑容:"那么,这次会在这里多待一阵子吗?"

"嗯,暂时哪里也不想去,就陪着师父。对了,师父,你知道吗?打开所罗门宝藏的时候,还必须回答一个问题哦。你知道是什么吗?"

"世界上最珍贵的东西是什么。"

"师父,你怎么知道啊?"

"废话!我是所罗门下的魔王,怎么可能不知道这个问题。那你是怎么答的?"

"当然是未得到和已失去啊。不曾拥有的东西,人们都会期盼着何时能得到。可一旦得到了，又会觉得不过如此。而当人们不再珍惜已经得到的，等到失去的那一天，又会发现曾经拥有的东西是多么珍贵。"她的脸上露出了一点得意的神色，"师父，我答得很好吧？要是师父你会怎么答呢？"

"我嘛？"流迦转过头看着她的笑脸，"或许和你一样吧。"

"师父，你又打马虎眼了。唉，我好像有点困哦……为了这只水晶小鸟，这段时间累死我了。师父，你可别因为已得到就不珍惜……嗯，师父，借你的腿当枕头靠下哦……"

魔幻之林的花在月色下浓烈地绽放，水晶夜莺的歌声在婉转地低唱。他微侧过身，稍稍低头，如雪的白色长发温柔地散落下来，遮住了他此时的表情，仿佛隔绝了所有的思索，隔绝了流淌的时光，隔绝了一切的一切。

指尖轻抚过她黑色的发丝，在那里停顿了一瞬。

——世界上最珍贵的东西？

我的答案……

当然是……现在能把握的幸福……

（全文完）